Captive de l'oubli

—

Deux héritiers pour un milliardaire

ANDREA LAURENCE

Captive de l'oubli

Traduction française de
LAURENCE LENGLET

PASSIONS

HARLEQUIN

Collection : PASSIONS

Ce roman a déjà été publié en 2019

Titre original :
ONE UNFORGETTABLE WEEKEND

HARPERCOLLINS FRANCE
83-85, boulevard Vincent-Auriol, 75646 PARIS CEDEX 13
Service Clients — www.harlequin.fr
ISBN 978-2-2805-0135-4 — ISSN 1950-2761

Édité par HarperCollins France.
Composition et mise en pages Nord Compo.
Imprimé en mars 2024 par CPI Black Print (Barcelone)
en utilisant 100% d'électricité renouvelable.
Dépôt légal : avril 2024.

FSC www.fsc.org MIXTE Papier issu de sources responsables FSC® C159065

Pour limiter l'empreinte environnementale de ses livres, HarperCollins France s'engage à n'utiliser que du papier fabriqué à partir de bois provenant de forêts gérées durablement et de manière responsable.

1

— Mlle Niarchos va vous recevoir.

Aidan Murphy se leva, boutonna sa veste et lissa sa cravate. C'était un peu étrange de remettre un costume, après tout ce temps. Autrefois, ils étaient comme une seconde peau pour lui. Et puis son monde s'était effondré et son style de vie avait changé pour toujours. Un barman n'avait nul besoin de costumes chics et de cravates en soie. Le barman d'un pub irlandais comme Murphy's serait passé pour un clown aux yeux de ses clients s'il avait osé en porter un.

Mais le rendez-vous d'aujourd'hui n'avait rien à voir avec le bar et l'existence actuelle d'Aidan, ou celle qu'il avait cinq ans plus tôt. Aujourd'hui, il allait rendre hommage à ses parents défunts et tenter de tenir la promesse qu'il avait faite à sa mère sur son lit de mort, à savoir créer un centre de réadaptation destiné aux malades alcooliques.

En perdant ses parents à quelques années d'écart, il avait hérité de deux choses qu'il n'avait pas anticipées : d'un bar déclinant situé à Manhattan et d'une immense maison dans l'East Bronx. Alors cadre dans une agence de publicité et diplômé en marketing, il avait acquis un sens des affaires suffisant pour redresser la situation du bar, mais il ne savait que faire de cette maison immense située à l'autre bout de New York. Mais il n'était pas prêt non plus à se séparer de ce lieu où il avait passé son enfance, surtout si peu de temps après avoir perdu ses parents.

Ceux-ci avaient acheté la maison pour abriter la grande

famille catholique irlandaise qu'ils aspiraient à fonder, mais cela ne s'était jamais produit. La maison était entièrement payée mais, même s'il avait voulu la vendre, il aurait eu du mal à le faire. Le quartier avait perdu de son attractivité et le marché de la location n'était guère dynamique. Sa mère, consciente de ces difficultés, lui avait demandé de garder la maison et d'en faire un centre de transition destiné aux malades alcooliques sortant de cure de désintoxication. Après tant d'années passées auprès de son mari alcoolique, elle savait que ce genre de lieu était ce dont il aurait eu besoin en sortant de cure. Il n'en avait, hélas, jamais bénéficié. En général, il se remettait à boire au bout de quelques semaines.

Aidan avait alors eu l'idée de solliciter la Fondation Niarchos, même s'il détestait l'idée de demander de l'aide à qui que ce soit, et encore plus à des gens riches.

Hélas, Aidan avait besoin d'argent pour réaliser le rêve de sa mère. De beaucoup d'argent. Et ses économies personnelles s'étaient depuis longtemps envolées, absorbées par le bar laissé en piètre état par son père. Il s'était donc décidé à demander une bourse à la fondation.

Il ouvrit la porte de l'intimidant bureau et retint son souffle. C'était maintenant ou jamais. Avec un peu de chance, cette Mlle Niarchos ne serait pas insensible à son charme. Il savait qu'un sourire et un peu de badinage lui permettaient en général d'obtenir des femmes ce qu'il voulait. Il essayait de ne pas abuser de ce pouvoir, mais aujourd'hui cela rendrait les choses plus faciles.

Alors qu'il pénétrait dans l'espace élégamment décoré, il s'arrêta net lorsque son regard se posa sur les yeux sombres et exotiques de la femme qui avait disparu de sa vie plus d'un an auparavant. Son intention de charmer la directrice de la fondation s'évanouit lorsqu'il comprit qui elle était.

Violette.

Violette « Niarchos », apparemment, même s'ils n'avaient pas échangé leurs noms de famille durant le bref moment qu'ils avaient passé ensemble. S'ils avaient pris la peine de le faire, il aurait pu retrouver la belle lorsqu'elle avait disparu sans laisser de trace.

Alors qu'Aidan s'apprêtait à la saluer, il remarqua que Violette affichait un regard parfaitement vide. À l'évidence, elle ne le reconnaissait pas et le considérait juste comme quelqu'un venu solliciter une aide de sa fondation et non comme un homme avec qui elle avait fait l'amour. Apparemment, cette expérience avait fait une plus forte impression sur lui que sur elle.

— Violette ? demanda-t-il, juste pour s'assurer qu'il parlait bien à la bonne personne.

Il aurait juré que c'était elle, mais le temps pouvait altérer la mémoire. La femme qui se tenait devant lui était plus belle encore que dans son souvenir. Or il n'aurait jamais cru cela possible.

— Oui, répondit-elle en se levant.

Elle contourna son bureau pour le saluer de manière formelle. Elle portait un chemisier en soie lavande, une jupe droite grise, des collants et des escarpins mauves, classiques mais jolis. Elle arborait également un collier de perles et des boucles d'oreilles assorties. Cette version de Violette était beaucoup plus convenable et sobre que celle qui avait échoué dans son bar cette fameuse nuit.

— Tu ne me reconnais pas, déclara-t-il, car c'était une évidence. Je m'appelle Aidan. Nous nous sommes rencontrés chez Murphy's il y a environ un an et demi.

Son délicat visage de porcelaine s'anima soudain. Posant sur lui ses yeux noirs en amande, elle le dévisagea intensément et entrouvrit ses lèvres enduites de rose foncé, surprise. Elle semblait enfin savoir à qui elle avait à faire.

— Oh ! mon Dieu, souffla-t-elle, portant une main à sa bouche.

Il essaya de ne pas paniquer ouvertement lorsque des larmes perlèrent au coin des yeux de Violette. Mais il avait l'estomac complètement noué. Combien de nuits n'avait-il pas passées, allongé dans son lit, à se demander ce qui lui était arrivé, pourquoi elle n'était pas revenue au bar et à imaginer ce que ça lui ferait de la revoir ? Il n'avait rien fait pour mériter ces larmes.

Du moins, à sa connaissance.

Après tout, c'était elle qui était sortie de sa vie, s'évaporant au petit matin comme un fantôme, au point qu'il en était venu à se demander s'il n'avait pas inventé toute cette histoire. S'il n'avait pas été abstinent, il aurait pu croire qu'elle n'avait été qu'un fantasme d'ivrogne. Du reste, c'était l'impression qu'il avait eue. Aucune femme réelle n'aurait pu le toucher, l'émouvoir autant que Violette.

Sans le goût persistant de ses lèvres sur les siennes et la petite culotte déchirée abandonnée par terre dans sa chambre, il aurait pu croire qu'elle n'avait pas été réelle.

— Aidan, souffla-t-elle d'une voix altérée, comme si elle s'adressait à quelqu'un d'autre qu'à lui.

Un instant plus tard, les larmes se mirent à ruisseler sur ses joues.

Il résista à l'envie de s'élancer vers elle et de prendre sa frêle silhouette dans ses bras protecteurs. Il ne voulait pas la voir pleurer simplement parce qu'elle avait posé les yeux sur lui. Mais sa façon de le regarder le tranquillisa. C'était probablement du regret. À en juger par son apparence, Violette appartenait à la jet set. Elle avait probablement tout oublié des deux jours qu'elle avait passés dans les bras du barman sexy et, maintenant qu'elle était dans son bureau, elle devait être gênée de ses errements. Sans quoi elle n'aurait pas fondu en larmes et n'aurait pas eu l'air d'avoir envie de s'enfuir par la fenêtre de son confortable bureau.

— Ça va ? demanda-t-il.

Sa question sembla la ramener à la réalité. Elle s'essuya vivement les yeux et se détourna quelques secondes pour reprendre ses esprits.

— Oui, bien sûr, répondit-elle, de manière peu convaincante. Je suis désolée. Je...

Elle tendit la main pour serrer la sienne. Dès ce contact,

il sentit un picotement familier se répandre sur sa peau. Le simple fait de la toucher ce soir-là avait enflammé son système nerveux, et cela n'avait pas changé. Cela dit, il y avait dans son geste une tension nouvelle : il sentit la main de Violette se raidir dans la sienne, jusqu'au moment où elle lui fit signe de s'asseoir.

— Assieds-toi, je t'en prie. Nous avons beaucoup à nous dire.

Il prit place face à elle, de l'autre côté du bureau en merisier massif. Le fauteuil était confortable et le bureau accueillant, reflétant davantage la femme dont il se souvenait que celle qui, en cet instant, manipulait nerveusement ses papiers. Contrairement à un bureau classique, fonctionnel, celui-ci était joliment décoré. Il y avait un espace salon avec des fauteuils en velours de couleurs vives. Les murs étaient ornés d'œuvres d'art et de photos de paysages paradisiaques. Qu'était devenue la femme qui avait décoré ce bureau ? Celle qui avait poussé la porte de son bar en quête de consolation, espérant que quelqu'un l'aide à oublier ses problèmes ?

— Avant de parler de ta demande de financement, j'ai l'impression que je te dois des excuses, commença Violette. Tu dois te demander pourquoi j'ai disparu de cette façon. Et j'ai honte de ce que j'ai fait.

— Je veux simplement savoir ce qui t'est arrivé, répondit-il, ce qui était la vérité.

Elle n'était pas la première femme au monde à s'être éclipsée au petit matin après avoir couché avec un inconnu. Mais jamais elle ne lui avait envoyé un texto ou n'était repassée au pub. Il vivait pratiquement dans son bar. Elle aurait pu passer le voir n'importe quand, mais elle ne l'avait pas fait. Les heures qu'ils avaient passées ensemble avaient laissé à Aidan un souvenir impérissable, et il n'avait jamais compris pourquoi elle était partie sans même jeter un regard en arrière. Des dizaines de fois, il avait voulu la retrouver. Mais il n'avait pas la moindre information sur elle.

— J'ai eu un accident, reprit Violette, peinant visiblement à trouver ses mots. Je suppose que ça s'est produit lorsque j'ai quitté ton appartement. Mon taxi a percuté l'arrière d'un bus et ma tête a heurté la vitre de séparation. Je me suis réveillée à l'hôpital.

Il la dévisagea, consterné. Jamais il n'avait imaginé qu'elle ne l'avait pas rappelé parce qu'elle était dans l'impossibilité de le faire. Alors qu'il pestait devant son café, le lendemain matin, elle se trouvait à l'hôpital.

— Et tu vas mieux ?

— Oui, répondit-elle avec un sourire. Je m'en suis sortie avec une grosse bosse à la tête et pas mal de contusions. Mais aucune blessure grave, hormis ma perte de mémoire. En fait, je n'ai plus aucun souvenir de la semaine qui a précédé l'accident. La seule chose qui me soit revenue en me réveillant, c'est que j'avais quitté mon bureau après une importante réunion, la semaine précédente. Ces derniers mois, j'ai tout fait pour essayer de retrouver ces souvenirs, mais ça n'a pas marché. Si je ne t'ai pas contacté, c'est parce que je ne me souvenais ni de toi ni du moment que nous avons passé ensemble. C'est seulement lorsque tu m'as dit ton nom, il y a quelques instants que tout m'est revenu.

— Tu veux dire que tu es amnésique ?

Violette tiqua en entendant son ton sceptique. Lorsqu'elle expliquait sa situation, elle obtenait souvent cette réaction. Comme si l'amnésie était un mal qui n'existait qu'au cinéma, et non dans la vie réelle. Et pourtant, c'était ainsi. Une semaine entière de sa vie avait été effacée de sa mémoire, comme si elle n'avait jamais existé.

Les médecins lui avaient dit que les souvenirs allaient revenir, mais qu'on ne pouvait pas savoir quand ni comment. Ils se manifesteraient peut-être par bribes, comme des impressions de déjà-vu, ou bien la submergeraient comme un raz-de-marée.

C'était précisément ce qui venait de se produire. Lorsqu'il avait posé ses grands yeux bleus sur elle et prononcé son nom, elle avait eu le sentiment que la terre s'ouvrait sous ses pieds. En l'espace d'un instant, son esprit avait été submergé de visions de la nuit qu'ils avaient passée ensemble. Lui et elle nus, en sueur. Éclatant de rire. Mangeant au lit et discutant pendant des heures. Elle ne pouvait s'empêcher d'être gênée de partager des souvenirs si intimes avec un parfait inconnu. Mais cette gêne avait disparu lorsqu'elle avait compris tout ce que cette découverte impliquait par ailleurs pour elle.

C'était la raison pour laquelle elle avait éclaté en sanglots.

Elle avait passé quinze mois à chercher vainement ce qui s'était passé avant l'accident. À l'hôpital, elle avait tout fait pour recouvrer la mémoire. Mais par la suite elle avait mis tout cela entre parenthèses lorsqu'elle avait découvert sa grossesse. Elle s'était alors concentrée sur son fiancé de toujours, Beau Rosso, et les préparatifs qu'impliquait l'arrivée de leur premier enfant.

Puis le bébé était arrivé, et le trou béant dans sa mémoire était revenu au centre de sa vie.

— Je sais, reprit-elle, en levant une main pour stopper toute objection. Ça a l'air insensé. Moi aussi, j'aurais trouvé cela ridicule avant mon accident, mais c'est ce que m'ont dit les médecins. J'ai passé près d'un an et demi à essayer de retrouver la mémoire. Sans succès, pas le moindre flash de cette semaine de ma vie, jusqu'à ce que tu mettes les pieds dans ce bureau.

Aidan se passa la main dans la masse de ses cheveux roux et haussa un sourcil.

— Et donc, qu'est-ce qui t'est revenu précisément à mon sujet ? demanda-t-il avec un petit sourire en coin.

Cette fois, Violette ne put s'empêcher de rougir. Elle n'aimait pas se sentir en situation de faiblesse et savoir qu'il avait le pouvoir de la déstabiliser était... déstabilisant.

— Euh, je..., balbutia-t-elle. Je me souviens d'être entrée dans le bar. Tu travailles là ?

Il sourit à cette question.

— Pire. C'est mon bar.

Elle hocha la tête, réprimant un soupir de soulagement. Elle n'était pas le genre de femme à s'envoyer en l'air avec des barmans. Elle appartenait à une richissime de famille d'armateurs grecs et, en sa qualité d'héritière, elle avait reçu une excellente éducation. Son grand-père se serait retourné dans sa tombe s'il avait su qu'elle avait couché avec un barman. Cela dit, elle n'avait pas non plus l'habitude de coucher avec des patrons de bar, mais il était propriétaire de son établissement et non un beau parleur qui troquait ses sourires contre des pourboires.

Elle se mordilla la lèvre, passant en revue ses tout nouveaux souvenirs. Elle se rappelait être allée au bar, mais elle ignorait pourquoi. C'était la première fois qu'elle y mettait les pieds. Elle se souvenait précisément de l'instant où elle avait posé les yeux sur Aidan. Discutant et riant avec les derniers clients, il était en train de fermer.

— Je me souviens qu'on est allés chez toi.

Ses joues étaient cramoisies. Elle ne pouvait plus cacher son embarras, à présent. Et, au-delà des souvenirs torrides qui peuplaient son esprit, la façon dont Aidan la regardait de l'autre côté du bureau ne faisaient qu'ajouter à sa gêne.

— Je pense que nous savons tous les deux ce qui s'est passé ensuite.

Aidan hocha lentement la tête.

— J'ai revécu ce week-end des dizaines de fois, en me demandant ce que j'avais pu faire de travers.

Elle censura les visions sensuelles qui tournoyaient dans son esprit, s'efforçant d'oublier le désir qu'elle sentait naître au creux de son ventre.

— Que veux-tu dire ? Je ne me souviens peut-être pas de tout, mais je ne crois pas que tu aies commis le moindre impair.

— Pourtant, tu es partie, non ? Quand je me suis réveillé le dimanche, le lit était vide à côté de moi. À quelle heure es-tu partie ? Je n'ai absolument rien entendu.

Elle se creusa la tête. Elle était sortie de chez lui au petit matin, mais pourquoi ? Avait-elle quelque chose d'urgent à faire ? Elle pressentait que la réponse à cette question était la clé du problème, mais elle en ignorait la réponse. Quoi qu'il en soit, elle s'était retrouvée à l'hôpital.

— J'avais quelque chose d'urgent à faire. Je ne voulais pas te réveiller. Je pensais t'appeler plus tard.

— Mais tu es devenue amnésique, répliqua Aidan, sceptique.

— Oui. Mon téléphone a été broyé dans l'accident et j'ai perdu tous mes contacts, y compris ton numéro. Tous les souvenirs et traces du moment que nous avons passé ensemble ont été effacés.

Du moins, la majeure partie d'entre eux. Il ne restait qu'une seule chose, et non des moindres, dont elle n'avait pas réalisé l'importance jusque-là.

— Comme c'est pratique...

— Tu veux dire que j'ai inventé tout ça ? s'insurgea-t-elle.

Aidan se contenta de hausser les épaules.

— C'est juste une pilule assez grosse à avaler, c'est tout.

— Je t'assure que si j'avais voulu mettre fin à notre... Comment dire ? « relation » ? « liaison » ? « partie de jambes en l'air » ? Au moment que nous avons passé ensemble, je n'aurais eu aucun mal à te le dire. Je n'aurais pas eu besoin d'inventer une histoire d'amnésie et de téléphone cassé pour arrêter de te voir.

— Donc, tu voulais me revoir.

C'était une affirmation, pas une question. Son petit sourire était perturbant et la rendait nerveuse. Il semblait aimer produire cet effet sur elle.

D'ailleurs, elle n'était pas tout à fait sûre que cela lui déplaise. C'était la première fois qu'elle rencontrait un homme qui avait le pouvoir de lui faire perdre ses moyens d'un seul regard. Sans le moindre contact, par le seul souvenir de leurs caresses. Elle sentit toute résolution l'abandonner. Jamais elle ne lui dirait la vérité, mais elle avait passé avec lui les deux nuits les plus intenses, les plus belles de sa vie. Il avait maîtrisé son corps presque instantanément, jouant avec lui comme avec un violon, au point qu'elle s'était oubliée elle-même, criant son nom au plus fort de l'orgasme. Comment avait-elle pu l'oublier ?

— Oui, répondit-elle, déglutissant difficilement.

Elle suivit le regard d'Aidan lorsqu'il se posa sur sa main

gauche dépourvue de bague de fiançailles. Des mois durant, elle avait porté celle de Beau. Aujourd'hui, la marque de bronzage avait disparu et elle s'était habituée à ne plus la porter.

— Et maintenant ?

C'était une question dangereuse. Passer un week-end avec Aidan était une chose, mais aujourd'hui tout avait changé. Il n'y avait plus rien de simple.

— Ce n'est pas la question, répondit-elle, noyant le poisson.

— Ah bon, vraiment ? lança Aidan en se levant d'un bond pour contourner le bureau.

Posant les mains sur les accoudoirs de son fauteuil, il se pencha au-dessus d'elle. Il était proche sans pour autant la toucher. Lorsque la chaleur d'Aidan envahit son espace, elle retint son souffle. Sa large silhouette virile était si proche, si attirante qu'elle dut résister de toutes ses forces pour ne pas le toucher. Elle avait été si seule, si angoissée ces derniers mois qu'elle était tentée de lui céder.

— Violette, j'ai passé presque un an et demi à me demander ce qui t'était arrivé, reprit-il. Même quand je ne voulais pas penser à toi, quand je voulais tourner la page, j'étais assailli de visions de ton corps nu sous le mien au point d'en perdre la tête. Et maintenant, reprit-il après une pause, au cours de laquelle il avait laissé son regard errer sur elle avant de revenir à son visage, tu réapparais dans ma vie avec cette histoire invraisemblable et tes grands yeux effarouchés, et tu me dis que l'attirance que tu éprouves pour moi n'est pas la question ?

Comment pouvait-elle lui expliquer que les choses étaient plus compliquées, qu'elles allaient bien au-delà de l'attirance qu'elle éprouvait pour lui ? Il y avait d'autres facteurs en jeu, des choses qu'elle devait lui dire et qui n'avaient rien à voir avec son travail à la fondation.

Aidan s'approcha encore : leurs lèvres n'étaient plus qu'à quelques centimètres. Le cœur de Violette battait la chamade, sa respiration était si rapide qu'elle avait les poumons en feu. Chaque fois qu'elle inspirait, son odeur se répandait en elle, lui rappelant les moments les plus torrides de leurs ébats. Il était si proche. Si elle bougeait, ils s'embrasseraient et, pour être honnête, ce n'était pas l'envie qui lui manquait. Elle fit un effort surhumain pour rester immobile.

— Dis-le, ordonna-t-il.

Violette était incapable de se détourner de son regard impérieux. Lorsqu'il la regardait ainsi, elle aurait pu faire tout ce qu'il voulait. Mais, encore une fois, ce n'était pas si simple.

— Dis-le.

Elle déglutit.

— Bon, très bien. Oui, tu me plais toujours autant. Tu es content ?

Il la regarda, sceptique, et se redressa.

— Pas vraiment. Je n'ai jamais rencontré une femme qui lutte autant contre ses désirs. Qu'est-ce qui te freine ? Que je sois un simple barman et non un banquier de haute volée comme ton petit copain ?

Elle tressaillit. Cela n'avait rien à voir, mais leur différence sociale ne facilitait pas les choses, en effet. Elle n'avait pas besoin de la fortune d'un homme — puisqu'elle était elle-même milliardaire —, mais il est vrai qu'elle était toujours sortie avec des hommes riches par le passé. Une façon pour elle de se protéger des hommes intéressés, qui voyaient en elle un ticket de loto gagnant.

— Non, rétorqua-t-elle. Ce n'est pas pour ça. D'ailleurs, Beau est sorti de ma vie. Écoute, j'ai une chose importante à te dire. Assieds-toi, je t'en prie, et parlons.

Elle posa la main sur son torse pour tenter de le repousser et reprendre son souffle, mais il ne bougea pas d'un pouce. Elle ne fit que sentir la dureté de ses muscles sous sa chemise. Il ne répondit pas, ne bougea même pas. Son regard était fixé sur quelque chose derrière elle.

— Aidan ?

Il ne semblait même plus l'entendre.

Elle tourna la tête et suivit son regard jusqu'au cadre posé sur son bureau. C'était la seule photo de Knox qu'elle exposait sur son lieu de travail, et elle le regretta soudain. Tous ceux qui la voyaient lui demandaient qui était ce beau bébé roux aux grands yeux bleus. Cela n'avait pas échappé à Aidan non plus, mais pas seulement à cause de l'adorable minois de l'enfant. La ressemblance était impossible à ignorer et elle lui avait sauté aux yeux lorsque Aidan était apparu dans son bureau. La dernière pièce du puzzle avait trouvé sa place.

Aidan était manifestement paniqué. Il avait compris ce qu'impliquait cette photo : il était inutile d'effectuer un test de paternité pour comprendre la vérité.

— C'est ton bébé ?

Elle hocha la tête et il se redressa alors, libérant brusquement son espace.

— Oui. Lennox, mon fils. Il va avoir six mois.

— Lennox, répéta-t-il lentement.

— Mais je l'appelle Knox. Il est merveilleux, intelligent, affectueux. J'ai vraiment beaucoup de chance.

Aidan fixa la photo une fois de plus, la question qu'il n'osait pas poser sur le bout des lèvres.

— Et oui, murmura-t-elle, incertaine.

Le moment était venu de prononcer les mots qu'elle avait cru ne jamais prononcer un jour. Enfin, elle connaissait la vérité au sujet de son fils. Aurait-elle la force de l'énoncer ? Elle s'agrippa aux accoudoirs de son fauteuil et plongea le regard dans les yeux bleus si familiers du quasi inconnu qui se tenait devant elle.

— Je suis pratiquement sûre que c'est... ton fils.

2

— Mon fils ? Ses mots lui avaient fait l'effet d'un uppercut à l'estomac.

Aidan avait compris — à l'instant même où il avait posé les yeux sur la photo — que le bambin était son fils. Mais entendre Violette le dire avait eu plus d'impact qu'il ne l'avait anticipé.

— Oui. Je suis navrée que tu l'apprennes de cette façon. Assieds-toi, je t'en prie, et parlons-en.

À contrecœur, il regagna sa place de l'autre côté du bureau. Mais mieux valait qu'il soit assis avant que ses jambes ne se dérobent sous lui. Les pensées tournoyaient follement dans son esprit, sans qu'il puisse les arrêter. Il était venu solliciter un financement pour aider les malades alcooliques, et voilà qu'il se retrouvait avec un fils. Un fils prénommé Knox. Un fils dont il ignorait tout.

Un nœud se forma dans son estomac. Il avait toujours voulu fonder une famille, le moment venu, avoir une chance d'être un meilleur père que ne l'avait été le sien, prouver qu'il pouvait faire mieux que lui. Lorsqu'il déciderait de se marier et d'avoir des enfants, il leur consacrerait sa vie parce que c'était ainsi que les choses devaient se passer.

Mais, pour l'heure, il n'avait rien choisi. Il se retrouvait avec un fils de six mois dont il ne savait rien. Il allait rattraper son retard sans tarder. Il ignorait ce que Violette avait en tête, mais une chose était claire : il jouerait son rôle de père auprès de

Knox. Il l'emmènerait voir des matchs de base-ball et assisterait à toutes les réunions avec les enseignants.

— Pourquoi ne m'as-tu pas dit que j'avais un fils ? demanda-t-il, lui-même surpris par la froideur de sa voix.

Mais c'était sans doute une façon de lutter contre les émotions qui le submergeait.

Violette parut agacée.

— Tu me poses vraiment la question ?

Elle allait sans doute s'en tenir à son histoire d'amnésie. Il n'y croyait pas vraiment, mais il s'en contenterait pour le moment.

— Je suppose que tu vas me dire que tu l'avais oublié, comme tu avais oublié que tu avais couché avec moi.

Elle rapprocha sa chaise du bureau et croisa ses jolis doigts impeccablement manucurés sur le sous-main en cuir. L'espace d'un instant, elle parut chercher ses mots.

— À la façon dont tu dis cela, on voit que tu n'imagines même pas les six mois de ma vie que j'ai passés à angoisser, précisément parce que j'ignorais qui était le père de mon enfant.

— Mais avant, tu devais bien te dire quelque chose ?

Elle fixa le bureau, évitant son regard.

— Je pensais que c'était le fils de Beau, mon ex. Puisque je n'avais aucun souvenir du week-end que nous avions passé ensemble, je n'avais aucune raison de penser autre chose. Nous nous sommes fiancés. Nous devions nous marier, nous avions des projets d'avenir. Et puis, dans la salle d'accouchement, le gynécologue m'a tendu un bébé roux et toute l'équipe est restée muette.

Il réprima son envie de rire. Il imaginait parfaitement la scène : l'équipe médicale éberluée devant ce bébé d'ascendance manifestement irlandaise, se demandant ce qui avait bien pu se passer. Cela aurait été vraiment très drôle si cela n'avait pas signifié qu'il avait manqué la naissance de son premier enfant dans l'histoire.

— Comment l'a-t-il pris ? Mal, j'imagine...

Violette soupira et releva la tête.

— Ça n'a plus d'importance. La seule chose qui compte aujourd'hui, c'est que nous ne sommes plus ensemble et que nous savons qu'il n'est pas le père de Knox. C'est d'ailleurs ce qu'avaient indiqué les résultats du laboratoire.

— Comment tes parents ont-ils réagi ?

Elle lui lança un regard interrogateur.

— Je t'ai parlé de mes parents ?

Apparemment, elle ne se souvenait pas de leurs conversations. C'était sans doute lié davantage à la quantité de tequila qu'elle avait bue ce soir-là qu'à sa blessure à la tête. Elle était manifestement bouleversée lorsqu'elle avait poussé la porte de son bar et s'était mise à boire, les larmes aux yeux. Il avait écouté son histoire et s'était donné pour mission de lui rendre le sourire, sans penser un seul instant où le mènerait cette décision. À savoir, un enfant.

— Pas en détail, expliqua-t-il. Seulement qu'ils te poussaient à épouser ce type, alors que c'était un salaud de première catégorie. J'imagine qu'ils ont dû être déçus que tu aies un enfant avec un autre alors qu'ils te pensaient sur le point de convoler avec ce gars, conformément à leur souhait.

— C'est vrai. Mais ce qui les a surtout choqués, c'est que j'ignore qui était le père. Il n'était pas question pour eux que cela se sache dans leur milieu. Ils auraient largement préféré que je me marie avec Beau comme prévu et que nous prétendions qu'il était le père. Je pense que c'est d'ailleurs leur discours aujourd'hui encore. Pour eux, Beau et moi traversons juste une mauvaise passe.

— J'imagine qu'ils ne vont pas être ravis de découvrir que le vrai père de leur petit-fils est un barman fauché, même s'il est propriétaire de son bar.

Elle le dévisagea gravement. Il était évident que l'année écoulée avait été une pénible épreuve. Si elle disait la vérité, si elle avait effectivement perdu la mémoire, cela avait dû être terrible de se rendre compte qu'elle avait oublié la semaine la plus importante de sa vie.

— Je ne me fais pas de souci pour eux. Ces derniers mois, je me suis posé beaucoup de questions et j'ai découvert que je ne me souciais plus de ce qui pouvait faire plaisir à mes parents. Toute ma vie, j'ai voulu les satisfaire. Aujourd'hui, je ne me soucie que de moi-même et de mon fils.

Il prit le cadre posé sur le bureau et laissa courir ses doigts sur les joues roses et le sourire lumineux de l'enfant qu'il n'avait jamais rencontré. Il avait la même couleur de cheveux que lui, mais des yeux en amande et des lèvres charnues, comme Violette. Il avait son sourire aussi, même s'il n'avait pas encore de dents. Il imaginait que leur fils devait avoir ce rire contagieux qu'ont tous les bébés. Il espérait pouvoir l'entendre dès que possible.

— Je te l'aurais dit, reprit Violette d'une petite voix, ce qui amena Aidan à lever les yeux et à sonder son regard sombre pour savoir si elle disait la vérité. Si je ne l'ai pas fait, ce n'est pas parce que je craignais ce que pensaient les autres ou que je ne souhaitais pas t'inclure dans la vie de Knox. Si j'avais pu, je t'aurais retrouvé et te l'aurais dit sans hésiter. Mais jusqu'à maintenant je n'avais aucun souvenir. C'est pourquoi je n'ai pas pu m'empêcher de pleurer quand ça m'est revenu tout d'un coup. C'est un soulagement immense de savoir enfin la vérité, après tous ces mois d'incertitude.

Il soupira et fixa de nouveau le visage de son fils. Il ignorait si elle disait la vérité mais, en cet instant, ça n'avait pas vraiment d'importance. S'il voulait avoir une chance de voir son enfant, il était préférable de la prendre au mot en espérant que tout se passe pour le mieux.

— Qu'allons-nous faire, maintenant ? demanda-t-il.

Violette tapota nerveusement le rebord de son bureau.

— Eh bien, je suppose que je devrais appeler mon avocat. Il pourrait organiser un test de paternité, juste pour confirmer tu es bien le père, puis nous pourrions mettre en place des visites et ce genre de choses.

Seuls les riches songeaient d'abord à appeler leur avocat. N'importe qui d'autre l'aurait emmené directement voir son fils. Lui n'avait pas d'avocat, et encore moins un avocat qui se rendait disponible au premier coup de fil.

Bien sûr, il ne pouvait absolument pas rivaliser avec la fortune de Violette. La Fondation Niarchos investissait chaque année des sommes astronomiques dans des projets caritatifs, et ce n'était qu'une part infime de la fortune familiale. Il avait lu quelques articles sur les Niarchos, lorsqu'il était en quête de financement pour son projet. Parti de rien, le grand-père de Violette avait fait fortune en Grèce en exportant de l'acier vers les États-Unis. Et la fortune de la famille n'avait cessé de s'accroître lorsque la famille s'était installée en Amérique.

Aidan ne pouvait imaginer combien de milliards de dollars brassait l'empire Niarchos. La famille s'était sans doute lancée dans les projets caritatifs pour réduire ses impôts colossaux. Aidan s'était toujours méfié des riches mais, s'ils pouvaient financer son projet, pourquoi ne pas s'adresser à eux ? Tout ce dont il avait besoin, c'était d'une somme suffisante pour lancer sa maison de transition, une goutte d'eau pour les Niarchos.

Sauf qu'il n'aurait jamais pu imaginer que l'héritière de cet empire et directrice de la fondation était la femme qui peuplait ses souvenirs depuis si longtemps. Ou que solliciter un financement l'amènerait à rencontrer un fils dont il ignorait l'existence.

— Tu as absolument raison, reprit-il. Ce test de paternité doit être fait. Mais je pensais à quelque chose de plus amusant.

— Quoi donc ? demanda Violette.

— On pourrait aller jouer au parc avec lui, non ?

Violette ne pouvait réprimer une angoisse qui lui nouait l'estomac. C'était une chose d'inviter Aidan chez elle pour rencontrer son fils. C'en était une autre de savoir qu'il serait là dans quelques instants.

Deux jours s'étaient écoulés depuis qu'il était entré dans son bureau, bouleversant son univers. Deux jours qu'elle était sans cesse assaillie de souvenirs embarrassants des nuits qu'elle avait passées avec lui. Ses étreintes. Ses caresses. Le plaisir physique et la sécurité affective qu'elle avait ressentis au creux de ses bras et qu'elle n'avait jamais éprouvés auparavant.

Si son amnésie avait été au départ une simple contrariété, elle était devenue profondément gênante après la naissance de Knox. Aujourd'hui, elle regrettait amèrement tout ce temps perdu, pendant lequel elle aurait pu nouer des liens plus profonds avec Aidan.

Des mois durant, elle avait considéré Beau comme son fiancé, uniquement parce qu'elle avait tout oublié de ce bonheur. Des mois durant, elle s'était posé des questions. Quelque chose la gênait, sans qu'elle parvienne à mettre le doigt dessus, perturbée par l'intuition que les choses ne se déroulaient pas comme elles l'auraient dû. Que Beau n'était pas l'homme qu'il lui fallait, même si elle n'avait aucune raison de le penser.

À présent, elle savait ce que son inconscient s'était efforcé de lui glisser à l'oreille pendant tout ce temps. Aidan était la pièce manquante dans sa vie. Et dans celle de Knox. Elle avait failli tomber à la renverse, ce matin-là, lorsque, plongeant dans son regard bleu, elle l'avait enfin compris. Comment avait-elle pu oublier ce menton viril parsemé de barbe naissante, ces lèvres expertes et ces mains puissantes ? Aujourd'hui encore, elle se souvenait sans peine de la douceur du duvet qui couvrait son torse musclé. Du battement de son cœur sous ses mains.

Les jours et les nuits qu'ils avaient passés ensemble n'avaient pas été une simple aventure sensuelle. Jamais elle n'aurait imaginé qu'elle suivrait ce barman chez lui, le soir même de leur rencontre, mais ils avaient vraiment accroché. Il avait raison sur ce point. Le savoir de retour dans sa vie avait quelque chose d'excitant et de terrifiant à la fois. Ils avaient partagé une intimité qu'elle n'avait jamais connue avec aucun homme auparavant. Au bout de quelques heures à peine, elle avait eu l'impression qu'ils se connaissaient depuis toujours, comme si son cœur allait se briser si elle devait être séparée de lui.

Après l'échec de sa relation avec Beau et la solitude dans

laquelle elle avait été plongée ces derniers mois, elle rêvait de rétablir ce lien. Et pourtant cela l'effrayait aussi. Quoi qu'il se passe entre eux, elle espérait qu'Aidan ferait partie de la vie de Knox. C'était dans la logique des choses. Mais en ce qui les concernait, elle et lui ? Une relation aussi intense pouvait-elle durer ? Ne risquait-elle pas de les consumer ?

Même s'il était toujours attiré par elle, ce dont elle n'était pas tout à fait sûre, ne risquait-il pas de se lasser ? Peut-être étaient-ils attirés l'un par l'autre aujourd'hui uniquement parce qu'on leur avait volé leur chance. Si cela se terminait mal, elle ne voulait pas que son fils en subisse les conséquences. Et, pour être tout à fait honnête, comment ferait-elle, de son côté, pour se relever d'une rupture après une relation intense et passionnée ?

Dans ces conditions, peut-être aurait-elle dû garder ses distances. Se montrer polie, cordiale, efficace. Après tout, ils allaient travailler ensemble non seulement pour financer son projet, mais aussi élever un enfant.

Lorsqu'ils s'étaient un peu remis de leurs émotions, ils avaient fini par parler du projet qui avait amené Aidan dans son bureau. Si le conseil d'administration donnait son feu vert, ils travailleraient ensemble pendant plusieurs semaines pour monter le financement. La fondation ne se contentait pas de signer des chèques, elle offrait à ses protégés un suivi, le temps de viabiliser le projet. C'était la clé du succès de la Fondation Niarchos, et ils seraient obligés de travailler ensemble quoi qu'il se passe entre eux sur le plan personnel.

Elle entendit des pas dans l'escalier et se retourna au moment où Tara entrait dans la pièce, Knox dans les bras. Il portait un body blanc orné de dinosaures bleus et verts avec un petit short bleu assorti. C'était l'une de ses tenues préférées offertes par son amie Lucy, qui s'apprêtait à accoucher de jumeaux. La baby-sitter lui tendit son fils qu'elle prit dans ses bras, étonnée de sentir le parfum de son savon.

— Il a dû reprendre un bain, expliqua Tara en riant. Je lui avais donné une comporte en dessert, mais il en a mis partout, le coquin. Il n'a même pas dû en avaler une cuillère. En tout cas, il est prêt à sortir. Si tu veux, je peux lui tenir compagnie pendant que tu accueilles ton invité.

Elle chatouilla le ventre du bébé, qui éclata de rire, en se tortillant dans les bras de Violette. Elle se mordilla la lèvre, avant de secouer la tête. Elle avait expliqué à la jeune fille qu'elle recevait quelqu'un, sans préciser de qui il s'agissait. Les rumeurs se propageaient vite et elle ne voulait prendre aucun risque. Pour l'instant, elle tenait à garder cette relation secrète.

— Ça va aller. C'est ton jour de congé. Amuse-toi.

Tara sourit avant de sortir sa veste du placard.

— Très bien. Alors amusez-vous bien, vous aussi. Envoie-moi un texto si tu as besoin de moi.

Lorsque Tara sortit de l'appartement, Violette poussa un soupir de soulagement. Au moins, sa baby-sitter ne croiserait pas Aidan. Ce dernier était plus grand que la moyenne, bien bâti aussi, de sorte qu'il attirait les regards de toutes les femmes. Tara n'aurait pas échappé à la règle. De plus, avec cette chevelure rousse et ces intenses yeux bleus, il n'aurait pu cacher bien longtemps le lien qui l'unissait à Knox.

Pourtant, Violette, qui avait toute confiance en Tara, était très attachée à elle. Tous les doutes qui l'avaient assaillie lorsqu'elle avait décidé d'engager une baby-sitter à demeure pour son fils s'étaient envolés au moment où Tara s'était présentée à l'entretien. Violette avait passé toute son enfance en compagnie de gouvernantes et autres bonnes d'enfant. À bord de leur jet privé, ses parents enchaînaient les voyages d'affaires partout dans le monde, laissant leur fille sous la responsabilité de leur personnel de maison.

Violette gardait toutefois un bon souvenir de ses nourrices. C'étaient des femmes charmantes et non d'épouvantables dragons, comme on se l'imaginait parfois. Toutefois, elles n'avaient jamais pu compenser pleinement l'absence de ses parents. Lorsque Knox était né, elle savait qu'elle ne s'en sortirait pas toute seule. Elle avait un travail et, comme la Fondation appartenait à sa famille, elle pouvait l'amener avec elle si nécessaire. Mais elle avait vraiment besoin de quelqu'un en journée. À la fois serviable et tendre, Tara avait parfaitement répondu à ce besoin.

Toutefois, la situation avec Aidan était précaire. Elle n'était pas prête à en parler à qui que ce soit pour l'instant, y compris à Tara. Elle n'en avait même pas parlé à ses meilleures amies — Emma, Lucy et Harper —, qu'elle avait rencontrées durant ses études. Elle se confierait à elles le moment venu, lorsqu'elle serait prête, et non à cause de fuites aussi incontrôlables que malencontreuses.

Elle regarda son fils. Le bambin se mordillait le poing, salivant abondamment. Décidément, le petit coquin n'était jamais propre très longtemps. Se dirigeant vers la table à langer installée près de son bureau, elle prit un bavoir pour l'essuyer.

— Tu vas rencontrer ton papa pour la première fois, murmura-t-elle. Essaie de ne pas trop lui baver dessus, hein ?

Knox lui adressa un grand sourire et remit aussitôt le poing dans sa bouche. À en croire son guide sur les bébés, les incisives de Knox ne tarderaient pas à percer. Il y aurait quelques nuits blanches en perspective.

Le téléphone sonna. Violette reconnut le numéro du concierge. Un « certain M. Murphy » attendait dans le vestibule. Elle lui dit de le faire monter et s'efforça de se préparer à son arrivée.

Dix bonnes minutes semblèrent s'écouler entre l'appel du concierge et le moment où l'ascenseur s'ouvrit sur le palier du loft donnant sur Park Avenue, qu'elle occupait à l'angle des cinquième et sixième étages de l'immeuble. Ses parents le lui avaient offert lorsqu'elle avait décroché son master, puis était revenue vivre à New York. Cela avait presque compensé leur absence à la remise des diplômes. Ils étaient bloqués à Istanbul. Mais cela ne l'avait même pas surprise, puisqu'ils avaient toujours procédé de la sorte, préférant la couvrir de luxueux cadeaux plutôt que de l'honorer de leur présence.

Aujourd'hui, elle envisageait toutefois de déménager. Si

l'appartement était spacieux pour une personne seule, elle s'y sentait à l'étroit maintenant qu'elle y vivait en compagnie de Knox et Tara. Les jouets, vêtements et meubles de bébé avaient envahi tout l'espace, et elle désirait s'installer près d'un parc où Knox pourrait s'ébattre une fois qu'il saurait marcher.

La sonnette retentit. Elle prit une profonde inspiration et s'arma de courage. Tout se passerait bien. Aidan n'était pas là pour elle, mais pour rencontrer son fils. Ce qui ne voulait pas dire que l'émotion ne serait pas au rendez-vous pour tout le monde.

Knox dans les bras, elle ouvrit la porte d'entrée et recula de quelques pas pour permettre à Aidan de les voir tous les deux.

— Bonjour, Aidan. Entre.

C'était comme si elle n'avait rien dit, car, à l'instant où Aidan posa les yeux sur son fils, tout ce qui l'entourait sembla disparaître. Complètement immobile, voire pétrifié, il semblait même avoir arrêté de respirer.

Knox ne prêtait toutefois aucune attention à leur visiteur. Manifestement fasciné par le col festonné de sa mère, il s'était mis à le triturer de ses petits doigts potelés.

— Lennox, nous avons un visiteur. Tu dis bonjour ?

Son fils en était incapable, bien sûr, mais Aidan avait enfin réussi à capter son attention. Knox fixa ses grands yeux sur lui et lui adressa un large sourire.

— C'est incroyable à quel point vous vous ressemblez, commenta-t-elle pour meubler le silence. Je parie que tu devais être exactement pareil, bébé.

Il se contenta de hocher la tête, sans quitter Knox des yeux.

— Je ne parvenais pas tout à fait à y croire, mais je n'ai plus aucun doute. C'est bien mon fils.

Elle jeta un œil derrière lui, soudain nerveuse. Sa voisine de palier était incroyablement curieuse.

— C'est une évidence. Entre donc. Vous pourrez ainsi faire plus amplement connaissance.

Il entra enfin dans le vestibule, la laissant refermer la porte. Il examinait l'enfant dans ses bras comme une œuvre d'art dans un musée, s'efforçant d'en absorber et d'en comprendre les moindres détails.

Elle remarqua qu'il avait un cadeau à la main qu'il devrait poser quelque part s'il voulait prendre Knox dans ses bras, ce qui n'allait pas tarder à faire s'il en avait le courage. Il paraissait à la fois angoissé et terrifié à cette perspective.

— Viens donc dans le salon, comme ça, tu pourras te mettre à l'aise.

Il la suivit dans un vaste espace décoré de meubles contemporains et inondé de lumière grâce à deux grandes baies vitrées. Ils se dirigèrent vers le centre de la pièce à dominantes de gris et blanc où étaient disposés plusieurs canapés blancs, rehaussés de coussins colorés.

— Il y a des bébés dans ton entourage ? demanda-t-elle.

Peut-être connaissait-il bien les enfants, après tout. Certaines personnes avaient en effet élevé leurs frères et sœurs, ou des neveux et nièces.

— Non, pas vraiment, répondit-il enfin. J'étais fils unique. Et je n'ai pas d'enfants... Je veux dire, autres que Knox. C'est mon premier. En fait, je n'y connais strictement rien.

Violette sourit. Faire aveu d'ignorance ne devait pas être évident pour un homme de son tempérament. Déjà, le simple fait de demander un financement à la fondation lui avait coûté, c'était une évidence. Il semblait sur la défensive lorsqu'il avait poussé la porte de son bureau. Aidan avait sans doute l'habitude de se débrouiller seul, répugnant à solliciter l'aide de qui que ce soit. Mais elle avait apprécié qu'il prenne sur lui pour demander un financement, preuve que son projet devait lui tenir à cœur. À l'évidence, avoir un fils lui tenait à cœur également, car dans le cas contraire, il n'aurait jamais admis son inexpérience.

— Tu vas t'en sortir. Moi non plus, je n'y connaissais pas grand-chose au début. Et puis, ce n'est plus un nouveau-né. C'est un robuste bébé, aujourd'hui. Il est au maximum des courbes de taille et de poids pour un enfant de son âge.

À ces mots, Aidan sourit, visiblement ravi des performances de son fils.

— J'ai toujours eu une constitution solide. J'aurais pu être un assez bon joueur de football, si j'avais voulu. Mais j'ai toujours préféré le base-ball, déclara-t-il en levant le paquet cadeau qu'il tenait à la main avant de le poser sur la table basse. D'ailleurs, je lui ai acheté une tenue de base-ball, avec un gant taille bébé. Maintenant que je fais partie de sa vie, je dois veiller à ce qu'il soit élevé correctement.

Violette se mit à rire.

— Pas de problème. Ma famille a toujours aimé le base-ball. D'ailleurs, la fondation loue une suite à l'année au Yankee Stadium, si tu as envie de l'emmener voir un match. Tiens, dit-elle en faisant passer Knox sur son autre bras, pour qu'il soit face à son père. Prends-le un peu pour voir. Tu dois apprendre à surmonter ta peur.

Elle vit tous les muscles de son corps se contracter et fut soudain assaillie de visions de ses propres mains caressant avidement chaque parcelle de ce corps viril. Il y avait si longtemps qu'elle n'avait pas caressé un homme. Les muscles durs, le duvet sous ses doigts, le corps luisant de sueur sur le sien. Si différent du sien et pourtant si réconfortant. Mais ce n'était pas le moment de regretter ce qu'elle avait perdu. Écartant ces pensées importunes, elle se concentra sur le moment présent et, pour la première fois, cala Knox entre les bras de son père.

L'espace d'un instant, Aidan parut nerveux, mais il ne tarda pas à se détendre lorsque Knox se pelotonna confortablement contre son torse.

— Salut, mon petit bonhomme, murmura-t-il en resserrant doucement son étreinte.

Elle recula d'un pas pour leur donner de l'espace et dissimuler plus facilement les larmes qui lui étaient montées aux yeux. À travers sa vision brouillée, elle vit Knox poser une main sur la joue de son père et glousser en sentant le picotement de sa barbe naissante. Peut-être avait-il instinctivement reconnu son père. Ou bien était-il aussi attiré par Aidan que l'était sa mère.

C'était si émouvant de les voir enfin réunis. Après tout ce qu'elle avait enduré ces derniers mois, elle avait commencé à se demander si elle aurait un jour la chance d'assister à ce moment, en supposant que Knox ait un jour le bonheur de connaître les bras protecteurs de son vrai père. Elle avait éprouvé une profonde culpabilité après la naissance de son fils, pour avoir induit Beau en erreur, bien qu'involontairement, pour avoir oublié qui était le père de son fils. Et parce que ce dernier risquait de ne jamais connaître son père, et inversement, juste parce qu'un chauffeur de taxi imprudent lui avait volé ses souvenirs.

Puis Aidan avait fait son entrée dans son bureau et tout avait soudain semblé rentrer dans l'ordre. On leur avait donné la possibilité de repartir de zéro. À présent, elle ne savait même plus pourquoi elle avait tant appréhendé la visite d'Aidan. C'était une chance inouïe d'assister à un tel moment. Et jamais elle ne l'oublierait.

C'était extraordinaire. Parfait.

À cet instant précis, Knox vomit sa compote sur le polo d'Aidan.

3

Si l'on avait dit à Aidan, six mois plus tôt, qu'il serait à moitié nu dans l'appartement de Violette aujourd'hui, il aurait éclaté de rire. Mais à l'époque il ignorait tout de son fils et de la faculté des enfants de cet âge à couvrir les adultes de vomi.

— Il ne me reste plus qu'à mettre ton polo au sèche-linge. Tu pourras le renfiler d'ici une petite heure, annonça Violette en revenant au salon, Knox calé sur la hanche.

Après l'incident, Aidan et Knox avaient joué ensemble, laissant Violette se charger de leurs vêtements. Elle avait ensuite changé Knox, lui passant un body orné de petits trains.

Le regard de Violette s'attarda un instant sur son torse avant de se fixer vivement sur un tableau ornant le mur.

— Je n'ai pas vraiment de vêtements à ta taille, ici. Désolée pour cet incident. Avoir un enfant en bas âge n'est pas facile pour quelqu'un d'aussi perfectionniste que moi.

— C'est ma faute, répliqua-t-il. Je n'aurais pas dû le faire sauter dans mes bras alors qu'il venait de manger.

— Maintenant, je suis sûre que tu n'oublieras jamais la première fois où tu as pris ton fils dans tes bras, s'esclaffa-t-elle.

— Comment pourrais-je l'oublier ? Même sans cet incident, c'est un moment absolument exceptionnel.

À ces mots, il vit une ombre passer sur le visage de Violette. Tout son humour s'était soudain envolé. Le regard fixé sur le sol, elle paraissait triste. Était-ce parce qu'il avait manqué les premiers mois de la vie de son fils ? Ou parce qu'il l'avait enfin retrouvée ? Il n'aurait su le dire.

Il profita de cet instant pour l'examiner. Cela faisait bien longtemps qu'il n'en avait pas eu l'occasion. Lorsqu'elle avait partagé son lit, il avait essayé de mémoriser toutes les lignes et courbes de son visage : l'arc délicat de ses sourcils sombres, les cils épais qui projetaient une ombre sur ses joues lorsqu'elle dormait.

Mais elle avait changé, aujourd'hui. Comme lors de cette soirée chez Murphy's, elle était toujours impeccablement habillée, coiffée et maquillée. Elle portait un pantalon cigarette couleur prune parfaitement coupé et un chemisier en soie avec un col brodé de petites fleurs. Mais elle semblait beaucoup moins paisible que lorsqu'elle dormait dans ses bras presque un an auparavant. Plus exposée au stress de la vie, comme en témoignaient les fines rides qui marquaient son front et le contour de ses yeux. Malgré sa grossesse, elle paraissait même plus mince qu'auparavant. Comme vidée. Manifestement, l'année écoulée avait laissé des traces.

C'était aussi son cas à lui, même si cela se voyait moins. La mort de son père, trois ans plus tôt, avait bouleversé son existence, mais elle ne l'avait pas surpris. Il avait su rebondir. Murphy's était redevenu florissant et, bien qu'ayant quitté son poste de cadre dans la publicité, Aidan était satisfait de son choix de vie.

Mais sa mère était tombée malade.

En tant que commerçante, elle ne bénéficiait hélas que d'une mutuelle minimale, qui ne prenait pas en charge les derniers traitements ayant pu la guérir. Et il n'avait pas les moyens de les payer lui-même.

Condamné à l'impuissance, il avait vu sa mère dépérir à l'hôpital jour après jour. Si son père avait succombé à sa dépendance à l'alcool, sa mère, elle, n'avait jamais commis le moindre excès. Simplement, elle était trop pauvre pour s'offrir les médicaments qui auraient pu la sauver.

Avant sa mort, sa mère lui avait toutefois confié une mission : fonder une maison de transition. C'était une idée qui lui tenait à cœur depuis longtemps, mais qu'elle n'aurait pas le temps, elle le savait, de mener à bien. Lui avait le temps, et il réaliserait ce projet avec l'aide de la fondation de Violette. La vie prenait parfois un tour étonnant. Qui sait s'il aurait retrouvé Violette et découvert l'existence de son fils sans le projet de sa mère ?

S'approchant de Knox, elle remarqua qu'il bâillait.

— Je pense que c'est l'heure de la sieste. Tu m'aides à le coucher ? demanda-t-elle en lui tendant le bébé.

Il leva ses yeux étonnés et sourit.

— Bien sûr, répondit-il, en prenant Knox dans ses bras.

Propre à présent, le bambin se laissa faire sans rechigner. Il ne connaissait pas beaucoup d'enfants, mais ceux qu'il avait tenté de prendre dans ses bras semblaient souvent réfractaires. Il était heureux que ce ne soit pas le cas de son fils. Manifestement, ils appréciaient tous deux cette proximité. Le petit sentait le shampoing et le talc, une combinaison nouvelle pour Aidan, mais qu'il trouvait curieusement apaisante. Knox se blottit contre le torse nu de son père et fourra le poing dans la bouche.

— Attention à ce qu'il ne t'arrache pas des poils, le prévint Violette. Suis-moi, sa chambre est par là.

Jetant un œil inquiet à son torse, Aidan emboîta le pas à Violette dans l'escalier. Traversant le palier, elle poussa une porte, qui s'ouvrit sur une chambre spacieuse et joliment décorée. Le papier peint à chevrons gris et blanc était parsemé de taches jaune vif et bleu foncé. Les rideaux étaient ornés d'éléphants, et un gros éléphant en peluche trônait dans un coin de la pièce. Il n'aurait pu imaginer une chambre d'enfant plus parfaite.

Violette s'arrêta devant un lit à barreaux orné d'un tour de lit imprimé d'éléphants. Aidan la regarda allumer le mobile suspendu au-dessus du lit. Soudain, des motifs d'éléphants multicolores apparurent au plafond au son d'une berceuse.

— Tu peux le poser dans son lit, souffla-t-elle. Il ne va pas tarder à s'endormir.

Aidan s'exécuta. Bien que sachant que le petit avait besoin de sa sieste, il n'était pas encore prêt à se séparer de lui. Mais sans doute ne tarderait-il pas à le revoir.

Le bambin s'agita quelques instants avant de se saisir de la tétine que lui tendait sa mère. À peine se fut-il mis à téter que ses yeux se fermèrent.

— Je te l'avais dit. Il adore les siestes.

— Tel père, tel fils, répondit Aidan avec un sourire.

Ils sortirent sur la pointe des pieds, Violette refermant la porte derrière lui. Mais, au lieu de redescendre directement au salon, elle traversa le palier et ouvrit la porte d'en face. Il ne put s'empêcher de sursauter lorsqu'il comprit que c'était sa chambre à coucher.

Pourquoi l'emmenait-elle dans sa chambre ?

Elle y entra sans hésitation, sans même lui adresser un regard. Il resta sur le palier, s'interrogeant sur ce qu'il devait faire. Lorsqu'elle l'avait reçu dans son bureau, il lui avait demandé avec insistance si elle était toujours attirée par lui. Mais c'était inutile. À la couleur de ses joues et à la façon dont elle se mordillait la lèvre inférieure, on voyait bien que c'était le cas. Il avait simplement besoin qu'elle le dise à voix haute et qu'elle l'admette aussi elle-même.

Finalement, Violette avait cédé et avoué qu'elle le désirait toujours, mais ils avaient ensuite parlé d'autre chose et n'étaient jamais revenus sur ce point. Était-ce pour elle une façon de relancer cette conversation ?

Il ne connaissait pas très bien Violette. Il ne la connaissait même pas du tout. Mais il ne pouvait croire un instant que cette femme belle, riche et, comme elle le disait elle-même, perfectionniste l'emmenait dans sa chambre pour le séduire alors que leur fils faisait la sieste de l'autre côté du palier. Cela ne lui aurait pas déplu, bien sûr, mais ce n'était pas le genre de Violette.

— Tu peux entrer, Aidan, lança-t-elle depuis le fond de la chambre.

Elle se tenait devant le miroir d'une large coiffeuse en chêne. Entre eux trônait un lit extra-large orné d'une tête de lit en tapisserie et d'une dizaine d'oreillers rebondis. Apparemment, les riches aimaient investir dans les oreillers.

Il s'agrippa au cadre de la porte, sans bouger d'un pouce. Il n'était pas tout à fait sûr de pouvoir s'abstenir de la toucher une fois qu'il aurait mis le pied dans sa chambre. Les notes florales de son parfum flottaient dans l'atmosphère et lui titillaient déjà les narines, l'attirant irrésistiblement et convoquant tous les fantasmes que lui avait inspirés cette femme au cours des derniers mois.

— Je ne suis pas sûr que ce soit une bonne idée.

Violette le regarda, perplexe, avant de laisser son regard errer un peu trop longtemps sur son torse nu. Lorsque ses yeux croisèrent les siens, il comprit qu'elle ne pouvait s'empêcher d'admirer son corps et de nourrir des pensées coupables. Soudain, elle rougit et s'humecta les lèvres. Il comprenait ce qu'elle ressentait. Il était lui-même taraudé par le même désir depuis qu'il était entré chez elle et, pourtant, elle était entièrement vêtue.

— Je suis venue prendre quelque chose dans la garde-robe. Je n'essaie pas de te séduire, Aidan.

Il croisa les bras sur son torse, pensif.

— Tu en es sûre ? demanda-t-il. Parce tu me regardais comme si j'étais un grand verre d'eau glacée et que tu avais follement envie de me boire. Et, pour être honnête, je suis passablement assoiffé moi-même.

— Je t'ai peut-être regardé, mais je n'ai rien fait de plus, répliqua-t-elle en se tournant vers la garde-robe pour en sortir quelque chose. Comment pourrais-je m'en empêcher, alors que tu te promènes chez moi à moitié nu ? Tiens. C'est le T-shirt le plus large et le plus simple que j'aie dans ma garde-robe. Mets-le, je t'en prie.

Violette lui jeta le T-shirt en question, qu'il attrapa et examina, après l'avoir déplié. Si c'était là le haut le plus simple et le plus large de sa garde-robe, c'était à se demander comment devaient être les autres. Couverts de paillettes, de dentelle et de fanfreluches ? De toute façon, il était trop petit. Avec ses larges épaules et son torse massif, il ne portait que du XL, même s'il était fin au niveau de la taille. Le T-shirt en question était un médium, pour femme, de surcroît. De plus, il était mauve. Sa seule qualité était le logo imprimé sur le devant : celui d'un groupe de rock local qu'il avait vu en concert une fois ou deux.

— Il est trop petit.

— Mets-le, je t'en prie.

— Je vais le déchirer.

— Peu importe. J'ai besoin que tu enfiles quelque chose, le temps que ton polo soit sec. C'est ça ou une robe en soie rose. À toi de voir, mais je t'en prie, couvre-toi.

Elle lui adressait un regard suppliant qu'il ne put ignorer. Manifestement, elle luttait contre le désir qu'elle éprouvait pour lui. Et sans doute avait-elle plusieurs raisons de le faire. Peut-être ne voulait-elle pas compliquer les choses, maintenant qu'il était impliqué dans la vie de son fils. Peut-être entretenait-elle une relation avec quelqu'un d'autre. Mais peut-être, aussi, était-elle gênée de craquer si visiblement pour un simple patron de bar. C'était une raison de lutter contre ses sentiments. Pas une bonne raison, mais une raison quand même.

Haussant les épaules, il se décida à passer le T-shirt. Ce n'était pas ce qu'il avait fait de plus facile, mais après quelques ajustements il parvint à l'enfiler.

— Voilà, c'est fait.

Elle ne répondit pas tout de suite. Il leva les yeux et, contre toute attente, vit qu'elle semblait en état de choc. Il avait beau être vêtu d'un T-shirt de femme trop petit pour lui, elle le regardait comme si elle s'apprêtait à le dévorer tout cru. Elle s'agrippait si fort au rebord du lit que les jointures de ses doigts étaient toutes blanches.

— Qu'y a-t-il ? fit-il en regardant le T-shirt.

Ce n'était pas difficile à deviner. Le vêtement, ultra-moulant, semblait avoir été peint à même sa peau. Le moindre de ses muscles, tous ses abdominaux semblaient soulignés par le haut étroit qu'elle l'avait forcé à enfiler.

— Oh ! bon sang, j'aurais dû te passer la robe, soupira-t-elle en secouant la tête. Enlève ça. C'est encore pire.

— Le pantalon, aussi ? demanda-t-il avec un sourire espiègle.

Elle déglutit avant de secouer la tête.

— Euh, non... Juste le T-shirt.

Pour l'instant, du moins, se dit-il avec un sourire en coin tout en ôtant le vêtement.

— Tu as été bien silencieuse, cette semaine, remarqua Harper, avant de porter à ses lèvres le verre de vin blanc sec qu'elle prenait généralement en compagnie de ses amies.

— Knox a commencé à faire ses dents ? demanda Emma. Quand Georgie faisait ses dents, elle ne fermait pratiquement pas l'œil de la nuit, et moi non plus. Pendant des semaines, j'ai vécu comme un zombie et, pourtant, j'avais une baby-sitter la journée.

— C'est vraiment ce qui m'attend ? demanda Lucy, soudain inquiète.

— Et encore, elles te ménagent, renchérit Harper, qui était la seule du groupe à ne pas avoir d'enfant ou à ne pas être enceinte et qui, de ce fait, était en pleine forme et menait une vie apparemment idéale. Donc, attends-toi à ce que ce soit trois fois pire que ce que te racontent Emma et Violette.

— Merci de ta délicatesse, ma chère belle-sœur, grommela Lucy dans son Perrier citron, au lieu de son habituel verre de rosé.

Enceinte de trente-cinq semaines, elle attendait le neveu et la nièce de Harper. Elle avait épousé le frère de celle-ci, Oliver, quelques mois plus tôt et tous deux attendaient avec impatience la naissance de leurs jumeaux.

— Je suis là pour ça, répliqua Harper. Mais sérieusement, Violette, qu'est-ce qui t'arrive ?

Violette aurait mille fois préféré que ses amies continuent à se chamailler pour éviter de répondre à la question. Hélas, il était évident que Harper n'allait pas lâcher le morceau. Et cette soirée entre filles était, elle le savait, l'occasion ou jamais de leur révéler tout ce qu'elle leur avait trop longtemps caché. Il était temps de remettre les compteurs à zéro, et elle prit une profonde inspiration.

— Knox est bel et bien en train de faire ses dents, commença-t-elle, mais ce n'est pas le problème. Il y a autre chose.

— Vraiment ? fit Emma, manifestement intriguée. Raconte.

— J'espère que Beau n'est pas revenu à la charge, intervint Lucy d'un ton inquiet.

Ce n'aurait pas été la première fois. L'ex-fiancé de Violette avait essayé de se réconcilier plusieurs fois avec elle depuis la naissance de Knox, six mois plus tôt. Il aurait en effet préféré l'épouser même en sachant que l'enfant n'était pas le sien. Apparemment, il aimait Violette et se fichait des origines de Knox. C'était elle qui avait exigé le test de paternité, elle encore qui avait décidé de lui rendre sa bague de fiançailles et rompu avec lui lorsque les résultats avaient confirmé ce qu'elle pressentait depuis le départ. Beau avait eu du mal à accepter cette rupture, tout comme les parents de Violette, mais elle savait, au fond d'elle-même, qu'elle n'avait pas le choix.

— Non, par chance, voilà plusieurs semaines qu'il ne m'a pas contactée. En fait, c'est une bonne nouvelle : j'ai retrouvé la mémoire.

— Entièrement ? demanda Lucy, écarquillant ses grands yeux bruns.

— Non, répondit Violette. Mais je me suis souvenue d'une chose très importante.

— L'identité du père de Knox ? lança Emma, fascinée.

— Oui.

Les trois meilleures amies de Violette poussèrent des cris d'excitation, attirant les regards des autres clients du restaurant.

Elles se mirent à la bombarder de questions, sans même lui laisser le temps de répondre.

Secouant la tête, Violette prit une longue gorgée de chardonnay pour se donner du courage.

— Calmez-vous un peu et je vous dirai tout. La semaine dernière, un homme est venu à la fondation.

— C'était un rouquin ? s'enquit Lucy.

— Laisse-la parler, la réprimanda Harper.

— Mais c'est ce que je fais, répliqua Lucy.

— Oui, c'était un rouquin, intervint Violette, reprenant les rênes de la conversation. Avec des yeux bleus, exactement comme ceux de Knox. Cela dit, je ne l'ai pas reconnu tout de suite. C'est lui qui m'a reconnue. Apparemment, j'étais sortie en douce de chez lui le matin de l'accident et il n'avait jamais pu me recontacter.

— Mais alors, à quel moment as-tu retrouvé la mémoire ? questionna Emma.

— Quand il a dit son nom. Je ne savais absolument pas qui il était quand, tout à coup, j'ai eu l'impression d'être submergée de souvenirs. Je me suis soudain rappelée, presque seconde par seconde, les deux jours extraordinaires que nous avons passés ensemble. Et j'ai compris que c'était le père de Knox. Je n'avais pas le moindre doute.

— Oh là là, s'exclama Lucy en s'agrippant à son gros ventre. C'est si excitant que j'en aurais presque des contractions !

— Je t'en prie, non ! lança Harper, effarée. Garde tes jumeaux encore un peu. Si tu accouches ce soir, mon frère dira que c'est ma faute. Et je n'ai pas envie de l'entendre râler.

— Ça a dû être un incroyable soulagement, reprit Emma, ignorant les deux autres et posant la main sur celle de Violette. Enfin, tu sais qui est le père de ton enfant. Je n'ai retrouvé Jonah que deux mois après être tombée enceinte. Je n'ose même pas imaginer ce que ça a dû être pour toi de rester si longtemps dans l'ignorance.

— Je n'avais pas vraiment le choix, répondit Violette en haussant les épaules.

Ces six derniers mois avaient été pénibles, sans aucun doute, mais elle n'avait pas eu d'autre option que d'attendre que son esprit ne dévoile ses secrets.

— Alors, comment s'appelle-t-il ? demanda Harper. J'ai un ami détective qui pourrait se renseigner sur lui, si tu veux.

— Ce ne sera pas nécessaire. Je sais déjà pas mal de choses sur lui, ne serait-ce que grâce à son dossier de financement. Il s'appelle Aidan Murphy.

C'était agréable de pouvoir enfin répondre à cette question. À présent, elle connaissait son nom de famille, alors qu'elle l'ignorait lorsqu'elle s'était souvenue de lui. Ils ne s'étaient pas dit grand-chose l'un sur l'autre, durant le week-end qu'ils avaient passé ensemble. Et elle n'avait découvert son patronyme que lorsqu'elle avait consulté son dossier.

— Alors, tu lui as parlé de Knox ? demanda Lucy.

Violette hocha la tête et trempa un cracker dans la purée d'épinards posée au centre de la table. Elle avait soudain plus envie de parler que de manger mais, à ce rythme, l'entrée serait froide si elle n'en profitait pas tout de suite.

— Il l'a compris tout seul en voyant la photo du bébé sur mon bureau. Je lui ai alors dit la vérité.

Les filles la houspillèrent durant toute l'heure qui suivit, la questionnant sur les moindres détails de ses retrouvailles avec Aidan et les réactions de celui-ci face à son fils. Elles se calmèrent un peu le temps de commander, mais les questions reprirent tandis qu'elles dégustaient leurs entrées et commandaient d'autres boissons.

— Incroyable, commenta Harper lorsque Violette eut terminé son histoire. Tu t'es souvenue d'autre chose sur cette fameuse semaine ? Tu as eu cet accident juste après le week-end avec Aidan, c'est ça ? Tu te souviens de ce qui s'est passé avant ?

— Non, pas encore.

Violette le regrettait, mais elle avait été trop occupée par la situation avec Aidan pour s'en soucier réellement. Un événement l'avait poussée à aller chez Murphy's noyer son chagrin dans l'alcool. Elle aurait voulu en savoir davantage. En même temps, une découverte capitale était suffisante pour l'instant. Elle retrouverait bien la mémoire un jour, du moins l'espérait-elle.

— Tu n'as pas l'air très heureuse, remarqua Emma. J'aurais cru que tu serais vraiment ravie de cette découverte. Je veux dire, tu ne nous en as même pas parlé et ça s'est produit il y a plus d'une semaine. Il y a quelque chose que tu ne nous dis pas, non ?

Violette espérait qu'elles ne soulèveraient pas ce problème, mais c'était mal les connaître.

— Peut-être que je suis trop bouleversée par toute cette histoire. Ça fait beaucoup à absorber d'un coup. Je suis maintenant en situation de partager Knox avec son père, alors que je l'avais pour moi seule depuis sa naissance.

Harper secoua la tête.

— Ce n'est pas ça. Il y a autre chose. Tu as parlé d'Aidan à tes parents ?

— Mon Dieu, non ! s'exclama Violette. Je tiens à ce qu'Aidan et moi nous mettions d'accord sur l'éducation de Knox par l'intermédiaire de nos avocats avant d'informer mes parents de la situation. Tu les connais. De plus, ils sont à Dubaï, en ce moment. Ou au Qatar. Je ne sais plus.

— J'ai l'impression que ça ne changerait pas grand-chose s'ils étaient à la table d'à côté. Qu'est-ce que tu nous caches ? Qu'est-ce qui cloche chez Aidan ? Il est bizarre ? Agaçant ? C'est un communiste ?

— Il est parfait, répliqua Violette. Il est simplement différent de ce à quoi je m'attendais. Ce n'est pas le genre d'homme avec qui je sors habituellement.

— Le genre d'homme avec qui tu sors habituellement est un salaud. C'est plutôt positif, non ? lança Harper, décidément remontée.

— Beau n'était pas un salaud, rétorqua Violette. Nous

allions bien ensemble sur le papier. Mais pas dans la vraie vie. Aidan est…

— Pauvre ? suggéra Lucy.

Violette se tourna vers son amie, regrettant de ne pouvoir la contredire et de paraître si snob. Lucy avait été très démunie dans son enfance jusqu'au jour où elle avait hérité de la fortune de son employeur — la grand-tante de Harper. Elle était donc bien placée pour parler.

— « Pauvre » n'est pas exactement le mot, répondit-elle. Il a une entreprise, mais il ne fréquente pas les mêmes cercles que moi. Je sais que c'est une chose terrible à dire, mais vous connaissez mon problème. Ma famille est très connue et n'importe qui peut se renseigner à notre sujet sur Internet.

— Pauvre petite fille riche, fit Harper avec un petit sourire sarcastique. Quel genre d'entreprise a-t-il ?

— Un bar. Un pub irlandais, précisément.

— Voilà pourquoi tu n'as rien dit à tes parents et que tu n'osais pas nous en parler, reprit Harper d'un ton accusateur. Tu as eu une liaison avec un barman sexy !

4

Deux jours s'étaient écoulés depuis que Violette avait dîné avec ses amies, mais leurs remarques ne quittaient pas son esprit. Elle n'avait parlé de lui ni à ses parents ni à ses amies parce qu'elle avait honte d'avoir couché avec un barman. Ce qui était sans doute vrai.

Non, ce n'était pas vrai, et pourtant leurs paroles la hantaient. Elle savait qu'Aidan était beaucoup plus qu'un simple barman. Entre leurs torrides étreintes, ils avaient beaucoup discuté. Elle savait que c'était un homme intelligent et tendre, qu'il ferait un père parfait pour Knox.

Mais ce n'était pas pour autant qu'elle allait parler de lui à ses parents.

Le problème ne venait pas d'Aidan. Mais plutôt de ses parents. Ils fréquentaient la jet set du monde entier et l'ignoraient la plupart du temps. Lorsqu'elle les voyait, ils l'accablaient de critiques, qu'ils compensaient par une quantité au moins équivalente de cadeaux. Les cadeaux apaisaient leur conscience, mais ils s'en servaient aussi pour lui faire du chantage. Alors qu'elle était encore à la clinique après son accouchement, son père lui avait promis un yacht si elle acceptait d'épouser Beau et de dire à tout le monde qu'il était le père de Knox.

Elle avait décliné son offre.

C'était la première fois qu'elle refusait quoi que ce soit à ses parents. Ils n'avaient d'ailleurs pas très bien su comment réagir. Finalement, ils lui avaient offert une bague en diamant et ouvert un compte épargne en actions pour Knox, avant de s'envoler vers une autre destination.

Ses parents l'aimaient. Leur amour s'exprimait de manière matérielle, mais jamais ils n'extériorisaient leurs sentiments, contrairement à ce que Violette aurait souhaité. C'était pourtant ce qu'elle voulait pour Knox, et elle avait l'intuition qu'Aidan serait à l'égard de leur fils le père aimant et chaleureux qu'elle n'avait jamais eu.

Mais elle savait aussi que ses parents ne verraient pas les qualités d'Aidan : ils ne relèveraient que ses « défauts », comme ils le faisaient avec elle. Or elle l'avait déjà fait beaucoup souffrir, quoique involontairement. Si elle n'avait pas perdu la mémoire, elle lui aurait parlé de Knox dès la découverte de sa grossesse. Il ne méritait pas l'animosité que lui voueraient ses parents, qui ne manqueraient pas de le comparer à Beau en toute occasion, critiquant son travail, sa famille ou son éducation... Il ne sortirait rien de bon de tout ça. Pour l'instant, il était plus simple de leur laisser croire qu'elle n'avait toujours pas retrouvé la mémoire.

Elle avait toutefois consulté son avocat et tenait à informer Aidan de ses préconisations. Aussi avait-elle décidé de passer chez Murphy's avant l'ouverture. Il lui avait indiqué par texto que la porte ne serait pas verrouillée et qu'elle pouvait passer quand cela lui convenait.

En arrivant devant le bar, elle éprouva une intense sensation de déjà-vu. C'était l'endroit où sa vie avait basculé pour toujours, même si elle n'en avait pris conscience que tout récemment. Lorsqu'elle poussa la lourde porte, elle fut assaillie d'odeurs et de sons familiers. Derrière le bar, Aidan essuyait des verres et les rangeait sur leurs étagères respectives.

— Bienvenue chez Murphy's, lança-t-il avec un sourire chaleureux qui lui noua l'estomac.

C'était probablement ce sourire qui l'avait séduite le soir de leur rencontre. Il l'avait tout de suite attirée comme un aimant. Elle n'avait eu qu'une seule envie : être près de lui. Et, aujourd'hui encore, il lui faisait exactement le même effet, même si elle s'en défendait. Bien sûr, elle avait envie qu'il joue son rôle de père pour Knox. Et pourtant, à en croire l'accélération de son pouls et le durcissement de ses seins, elle avait envie de lui tout court. Mais une relation avec Aidan pouvait-elle être durable ?

Elle n'en savait strictement rien. Ils n'étaient pas du même monde. Tout chez eux était différent : ils n'avaient ni la même culture ni la même religion et ils ne venaient pas du même quartier. Il n'avait sans doute jamais fréquenté les cercles d'ultra-riches où évoluaient les Niarchos. Il avait été facile de faire abstraction de ces différences le temps d'un week-end. Mais qu'adviendrait-il s'ils s'engageaient pour la vie ? Ce serait une source permanente de discorde.

— Où est Knox ? demanda Aidan, voyant qu'elle n'avait à son bras qu'un sac à main de luxe.

— Avec Tara.

Elle n'avait pu se résoudre à amener son fils de six mois dans un bar, même pour voir son père. Elle posa son sac sur le bar étincelant et se hissa sur un tabouret.

— Qui est Tara ?

— Ma baby-sitter.

Aidan afficha une expression mitigée. Un mélange de surprise et d'agacement. Manifestement, il ne trouvait pas les mots. Elle comprenait mal en quoi une chose aussi simple pouvait le gêner. Il aurait dû se douter qu'elle avait besoin d'aide pour s'occuper du bébé. Elle était mère célibataire et avait, de plus, un travail. Quelqu'un devait garder Knox la journée. Un jour, il serait inscrit dans une prestigieuse école maternelle, mais pour le moment, elle devait choisir entre une nourrice et la crèche. La nourrice avait emporté sa préférence.

— Qu'y a-t-il ? demanda-t-elle enfin. Si tu as quelque chose à dire, vas-y.

Aidan soupira et vint s'asseoir à ses côtés.

— Que sais-tu au juste de cette Tara ? T'es-tu au moins renseignée à son sujet ? As-tu demandé des recommandations à d'autres familles ?

Elle ne put s'empêcher de rire et de secouer la tête. Croyait-il vraiment qu'elle allait confier son fils à la première personne venue ?

— Bien sûr que oui ! En fait, j'en sais davantage sur elle que sur toi, si tu veux le savoir. Elle répondait à toutes mes exigences, de plus c'est une fille formidable. Alors ce n'est pas la peine de monter sur tes grands chevaux.

Il haussa les épaules.

— C'est plus fort que moi. Je débute dans mon rôle de père, mais c'est incroyable à quel point je m'inquiète déjà pour Knox.

— Je comprends. À peine l'infirmière me l'a-t-elle pris des bras à la clinique que j'ai commencé à m'inquiéter. Lorsqu'elle me l'a rendu, j'étais au bord des larmes. Dès que j'ai posé les yeux sur ce petit garçon, j'ai été submergée d'amour. Jamais je n'avais ressenti cela pour qui que ce soit.

L'espace d'un instant, une lueur de tristesse passa dans le regard d'Aidan. Mais, se hâtant de la chasser, il se remit à sourire comme si de rien n'était. Elle aurait tant voulu lui rendre les six mois qu'il avait perdus. Ou, du moins, l'embrasser pour faire disparaître cette tristesse.

— Alors, qu'est-ce que tu bois ? demanda-t-il pour changer de sujet.

— Tu aurais quelque chose de sucré ?

— J'ai du cidre irlandais à la pression.

— Très bien.

Prenant un sous-verre, elle le fit tourner nerveusement entre ses doigts pendant qu'il lui préparait sa boisson.

Aidan la posa devant elle.

— Quand tu m'as appelé tout à l'heure, tu m'as dit que tu avais vu ton avocat. Que t'a-t-il conseillé ?

— Il est en train de rédiger une convention parentale pour la garde de Knox. Nous la signerons tous les deux si nous sommes d'accord. Son assistante te contactera prochainement pour le test de paternité. Le laboratoire a déjà le profil de Knox, après le test que j'avais fait effectuer à Beau. Voilà, pour commencer.

— Très bien, mais il faut aussi établir le montant de la pension alimentaire.

À ces mots, Violette, nerveuse jusque-là, s'immobilisa complètement.

— Je n'en ai pas parlé à mon avocat.

Aidan la dévisagea, perplexe.

— Pourquoi ? Je t'ai dit que je voulais contribuer à l'éducation de mon fils de toutes les façons possibles.

Elle sentit son estomac se nouer. Elle détestait parler d'argent, en particulier de *son* argent. C'était une chose de parler de la fortune familiale ou de la fondation en général, mais c'en était une autre d'entrer dans les détails : cela l'angoissait systématiquement. Les gens ne la considéraient plus de la même façon, dès qu'ils connaissaient l'ampleur de sa fortune. Or elle avait aimé la façon dont Aidan l'avait regardée le soir de leur rencontre. Son regard était animé d'un désir pur, et rien d'autre. Aujourd'hui encore, elle avait surpris son regard admiratif lorsqu'elle était entrée dans le bar. Elle ne voulait pas que ça change. Mais elle ne pouvait accepter une pension alimentaire uniquement pour mettre fin à une conversation gênante.

— Ce n'est pas nécessaire, Aidan, répondit-elle enfin. Avec le lancement de la maison de transition et ton bar, tu dois en avoir besoin, toi. Mais si tu y tiens, garde-le pour des activités que tu pourrais faire avec Knox.

— C'est une obligation, répliqua-t-il, les mâchoires crispées. Je suis son père. Je n'ai pas envie que les gens disent un jour que je ne lui ai jamais donné un sou.

— Et moi, je te dis que je ne veux rien accepter de toi. Je ne plaisante pas, ajouta-t-elle en croisant les bras.

Cela ne devait pas la rendre vraiment impressionnante, mais cela valait le coup d'essayer. Les hommes pouvaient se montrer si orgueilleux dans ce genre de situation. Au moins, ça n'avait jamais été un problème avec Beau, qui la laissait volontiers payer quand elle le proposait.

Peut-être même un peu trop volontiers, maintenant qu'elle y repensait.

Aidan leva les bras au ciel.

— Écoute, Violette, tu es bien lotie, je l'ai vu. Ton appartement est plus grand que mon bar, tu as une baby-sitter à demeure et tout le tralala. Mais je...

— Je ne suis pas simplement « bien lotie », l'interrompit-elle, sentant monter l'agacement habituel lorsqu'elle abordait ce sujet.

Elle avala une gorgée de cidre pour tenter de se calmer. Elle avait beau avoir un très bel appartement et à peu près tout ce qu'elle pouvait souhaiter, elle s'efforçait de vivre plus modestement que les classes aisées de Manhattan. Les nombreuses maisons de ses parents étaient si luxueuses qu'elle n'y amenait jamais personne. Et, dans son adolescence, elle n'avait jamais invité la moindre amie à passer une nuit chez elle. Ses camarades d'école n'avaient pas besoin de voir les meubles à dorures et les statues de dieux grecs qui ornaient son vestibule. Cet étalage de richesses l'avait toujours mise mal à l'aise.

— Aidan, je suis l'une des femmes les plus riches du pays, déclara-t-elle enfin, lâchant les mots qu'elle retenait depuis le début de la conversation. Et ça se compte en milliards, pas en millions. Je suis navrée de devoir le dire aussi abruptement, mais je veux que tu comprennes : ce n'est pas par pure gentillesse que je refuse ta pension alimentaire.

— Elle est milliardaire ?

Aidan dévisagea son client, agacé. Stanley avait parlé un peu plus fort qu'il ne l'aurait voulu.

— Pourquoi ne le cries-tu pas sur tous les toits, Stan ? Je crois que tout le monde ici n'a pas entendu !

— Désolé, marmonna Stan en avalant une longue gorgée de Guinness. J'ai cru que tu voulais frimer. Moi, en tout cas, j'adorerais rencontrer une femme aussi riche et aussi sexy. Et je le crierais sur tous les toits !

— Tu ferais ça avec n'importe quelle femme !

Stan se mit à rire avant de reprendre une gorgée de bière.

— Pas faux. Mais qu'y a-t-il de mal à fréquenter une femme riche ?

— Rien. Sauf que...

Aidan n'aimait pas le dire à voix haute, mais il n'appréciait pas les gens riches. Il préférait largement les ouvriers, les employés, ceux qui travaillaient dur. Ces gens-là avaient souvent le cœur sur la main et auraient volontiers donné leur chemise pour aider quelqu'un. Il en avait connu beaucoup au cours de sa vie et s'en était souvent fait des amis.

Lorsqu'ils se liaient d'amitié avec quelqu'un, c'était sans arrière-pensée. Ils ne cherchaient pas à profiter des autres ou à les utiliser pour servir leurs intérêts. Ils savaient en général qu'ils ne feraient jamais partie des classes supérieures, et encore moins des gens riches, mais ça ne leur posait aucun problème. À ses débuts, Aidan avait visé haut, essayant d'améliorer sa situation pour aider ses parents, et il avait réussi. Recruté par une prestigieuse agence publicitaire de Madison Avenue, il touchait alors un excellent salaire et de nombreuses primes.

Mais il était plus heureux aujourd'hui, derrière son bar. Il avait côtoyé les classes supérieures, et cette expérience lui avait laissé un goût amer. Chez Murphy's, quand une bière avait mauvais goût, il suffisait de remplacer le fût et le problème était réglé.

— Je suis sûr que tu dis ça à cause d'Iris, reprit Stan.

Aidan tiqua à la mention du prénom de son ex-fiancée.

— Je t'ai donné cinquante dollars pour que tu arrêtes de me parler d'elle.

Stan frotta pensivement son menton orné d'une barbe de deux jours.

— C'est toi qui l'as dit. Pas moi, si j'ai bonne mémoire. Alors, je le répète : c'est ta malheureuse rupture avec Iris qui t'a rendu aigri.

Aigri ? Aidan réfléchit quelques instants à l'adjectif qu'avait employé Stan, avant de chasser ses doutes.

— Peut-être. Tu ne serais pas aigri, toi, si ta soi-disant fiancée t'avait quitté pour ton supérieur hiérarchique, uniquement parce qu'il était plus riche et plus haut placé que toi ?

— Ce n'était pas ton supérieur hiérarchique, répliqua Sam. À l'époque, tu avais démissionné de l'agence afin de reprendre le pub. Je me souviens qu'elle est venue ici pour rompre avec toi.

— Un détail... Ce qui compte, c'est qu'elle a décidé, quelques semaines après la mort de mon père, de surcroît, qu'elle méritait mieux qu'un patron de bar. Quand elle a compris que je ne serais jamais un des jeunes loups de l'agence, elle a fait une croix sur moi.

— Peut-être. Mais qu'est-ce qui te fait croire que ta Violette est comme elle ?

— Rien.

Aidan secoua la tête et essuya le vieux comptoir. Son travail chez Murphy's se composait essentiellement de tâches qu'il pouvait accomplir presque sans y penser. Malheureusement pour lui, cela voulait dire aujourd'hui qu'il était libre de ressasser sans fin la conversation qu'il avait eue avec Violette.

— Tout ce que je veux dire, c'est que je me méfie des riches. Les riches ne cessent de s'enrichir, les pauvres de s'appauvrir, et cela arrange bien les riches. Quoi qu'il en soit, ce n'est pas « ma » Violette. J'ai eu une liaison avec elle. Maintenant, nous avons un enfant ensemble, et cela uniquement à cause d'un excès de tequila et du taux d'échec de trois pour cent des préservatifs. De toute façon, je ne crois pas qu'elle...

— Qu'elle ait envie de se taper le barman régulièrement ?

— Voilà qui est joliment formulé, Stan. Mais c'est ça. S'envoyer en l'air est une chose. Une vraie relation, c'est complètement différent.

— Sauf que ça ne veut pas dire que ça ne l'intéresse pas.

— Elle n'a rien fait pour me retrouver quand elle est tombée enceinte, je te signale. Et tu aurais réagi exactement comme ça à sa place. Je ne suis qu'un patron bar qui a du mal à boucler ses fins de mois. Elle a probablement honte de parler de moi aux gens.

— Je croyais qu'elle avait eu un choc à la tête.

— C'est ce qu'elle prétend.

— Tu ne la crois pas ?

Aidan soupira avant de s'accouder au comptoir.

— Je ne sais pas. Je trouve ça incroyablement tiré par les cheveux. Je préfère penser qu'elle a voulu m'oublier et qu'en tombant sur moi elle a inventé toute cette histoire pour ne pas passer pour la méchante.

— Ou alors, elle a vraiment eu cet accident et perdu la mémoire. Elle a été très accommodante, non, depuis que vous avez repris contact ?

C'était vrai, ce qui constituait d'ailleurs une partie du problème. La Violette qu'il avait rencontrée au départ ne semblait pas le genre de femme à inventer des histoires. De plus, elle avait paru infiniment soulagée de connaître son nom et de renouer les fils de son passé. Mais la Violette d'autrefois avait-elle quelque chose à voir avec la femme haut placée qui était la mère de son fils ? Il était difficile de réconcilier ces deux parties de sa personnalité.

— Alors, laisse-moi te poser une question, reprit Stan, voyant qu'Aidan restait silencieux. Tu as dit que ça ne l'intéressait pas de nouer une relation avec toi. Mais toi, qu'aimerais-tu faire ?

À cette question, Aidan se mura dans le silence, réfléchissant à une réponse. Il la désirait, c'était une certitude. D'ailleurs, comment aurait-il pu en être autrement ? Jamais il n'avait connu une femme aussi belle, aussi gracieuse, aussi sensuelle. Mais la Violette qu'il désirait était celle qu'il avait rencontrée un an plus tôt. La milliardaire qu'elle était en réalité serait-elle aussi libre, aussi désinhibée ? Maintenant qu'il connaissait le revers étincelant de la médaille, il pouvait en douter.

Comme Stan l'avait mentionné, Aidan n'avait jamais apprécié les gens riches, mais ce n'était pas seulement à cause d'Iris et de cet abruti de Trevor. Non, il s'était bien souvent frotté à des spécimens pour qui l'argent primait sur le sens moral. Violette n'entrait peut-être pas dans cette catégorie, mais il ne pouvait l'affirmer. Comme elle l'avait dit, ils ne savaient pas grand-chose l'un de l'autre. Cela ne faisait que très peu de temps qu'il connaissait son nom et savait où elle vivait et travaillait. Mais ce qu'il connaissait en revanche très bien — et cela le consumait littéralement —, c'était le goût de sa peau sous ses lèvres, les ondulations de son corps sur le sien et les petits gémissements qu'elle poussait juste avant l'orgasme.

— C'est trop tôt pour le dire, répondit enfin Aidan. C'est compliqué.

Du coin de l'œil, il perçut le geste reconnaissable entre tous. Au fond du bar, deux clients commandaient une autre tournée. Il se leva pour leur servir deux pintes et les leur apporter.

— Toutes les relations sont compliquées, fit remarquer Stan lorsque Aidan fut de retour avec les deux verres vides. Qu'est-ce qui rend celle-ci plus compliquée qu'une autre ?

— Hormis le fait qu'elle est milliardaire, tu veux dire ? Eh bien, il y a aussi le fait que nous avons un enfant. S'il devait y avoir en problème entre elle et moi, cela pourrait remettre en cause la convention parentale.

— La quoi ? demanda Stan en faisant la grimace. La garde du petit, tu veux dire ?

— Exactement. On appelle ça comme ça, aujourd'hui.

— Dans ma jeunesse, on appelait ça le « mariage ».

Le mariage ? Certaines personnes, dans le même cas, auraient sans doute pensé que c'était la seule option possible. Il avait en fait de la chance que ses parents, tous deux fervents catholiques, soient morts et enterrés, car apprendre qu'ils avaient un petit-fils illégitime les aurait peut-être tués.

— Peut-être, mais ni elle ni moi n'avons évoqué la question. Et ça n'a rien de surprenant. Pourquoi voudrait-elle m'épouser, Stan ? Elle n'a pas besoin de moi pour élever notre fils. Elle possède une immense fortune, l'appartement le plus grand que j'aie vu à Manhattan. Et elle emploie une baby-sitter à demeure. Ma présence dans sa vie n'est qu'une complication pour elle, j'en suis sûr. Elle me laisse m'impliquer dans la vie de Knox pour me faire plaisir. Il n'y a rien que je puisse leur offrir, ni à elle ni à mon fils.

— Ce n'est pas vrai, répliqua Stan du ton le plus réconfortant possible. Tu es son père. Du moins, tu es presque sûr de l'être. Et, une fois que tu auras le résultat du test, tu en seras absolument sûr. Alors rien ni personne ne pourra t'enlever ça ou prendre la place qui te revient à ses côtés. Tu n'as pas besoin d'être riche ou d'avoir un bon boulot pour t'occuper de ton fils. Sois son père. C'est important. Plus important que de vider ton compte pour lui payer une école privée hors de prix. Laisse ça à sa mère. Et contente-toi de faire ce que tu sais faire.

— Justement, qu'est-ce que je sais faire ? demanda-t-il. Autrefois, je savais faire acheter à des gens des choses dont ils n'avaient pas besoin. Au lycée, je n'étais pas mauvais en base-ball. Aujourd'hui, je sers les bières à la perfection. Rien de tout cela ne peut m'aider à bien élever Knox.

— Contente-toi d'être le meilleur père possible, grommela Stan. C'est si difficile ?

— Je ne sais pas comment faire, répondit Aidan.

Stan le dévisagea quelques instants. Client de longue date chez Murphy's, il avait bien connu Patrick Murphy, le père d'Aidan.

— C'est vrai que ton père n'a pas été un très bon exemple, admit-il. Mais tu es un type bien, Aidan. Tu as renoncé à ta carrière pour reprendre le bar après la mort de ton père. Tu t'es occupé de ta mère quand elle était malade, paix à son âme. Tu sais comment être un bon père parce que tu es une bonne personne. J'en suis certain.

Aidan médita un instant les paroles de son plus ancien client avant de hocher la tête.

— Tu as raison, concéda-t-il enfin. Être présent est déjà énorme par rapport à ce que font certains pères, riches ou pauvres. Seulement, je ne suis pas sûr que ce soit suffisant pour ce genre de gosse.

— Que veux-tu dire ?

— Un gosse de riches. Je ne pourrai jamais lui acheter une voiture de sport ou l'envoyer dans la meilleure université du pays, comme le font certains pères. Mais j'ai envie de jouer à la bagarre avec lui et de l'emmener voir son premier match de base-ball. Je veux lui apprendre ce dont il a besoin pour être un homme solide et honnête dans ce monde. Ainsi, lorsqu'il disposera de sa fortune, il n'outrepassera pas ses pouvoirs. Je veux aussi qu'il ait une enfance normale.

— Comment ça, « normale » ?

— Naître rentier n'est pas normal, par exemple. Pas plus que les écoles privées ou les baby-sitters à domicile. Quoi que je dise ou fasse, mon fils sera riche. C'est un fait. Tout ce qu'il me reste à faire, c'est à veiller qu'il ne devienne pas quelqu'un d'infect.

— Alors, bonne chance, mon gars, répondit Stan en vidant sa bière avant de se lever pour enfiler son manteau.

Aidan se mit à rire et raccompagna son client jusqu'à la porte.

— Merci.

5

Lorsque le téléphone sonna, peut-être pour la centième fois de la matinée, Violette leva les yeux au ciel.

En entrant dans sa cuisine ce matin, elle s'était retrouvée les pieds dans l'eau. Dès lors, les choses n'avaient fait que dégénérer. Au terme d'innombrables coups de fil, visites de plombiers et remplissages de formulaires d'assurance, elle se trouvait certes un peu plus au sec, mais temporairement sans domicile et passablement excédée. Si bien que lorsque le concierge appela pour annoncer l'arrivée d'un autre visiteur, elle n'était pas des plus réceptives. Mais c'était Aidan, et elle répondit de le faire monter.

Elle attendit dans le vestibule qu'il sorte de l'ascenseur. Il s'immobilisa en découvrant la porte grande ouverte et l'énorme ventilateur industriel qui séchait les lames du parquet. Il passa la main dans ses longues mèches rousses et la dévisagea, consterné.

— Mais que s'est-il passé ici ? demanda-t-il en enjambant le ventilateur pour entrer dans l'appartement.

Elle soupira et désigna la zone de guerre qui lui servait hier encore de cuisine.

— Apparemment, une des canalisations de la salle de bains d'en haut était rouillée. Elle a explosé dans la nuit. Du coup, le plafond de la cuisine a cédé et j'ai été inondée. C'est le privilège de vivre dans un immeuble d'avant-guerre, je suppose. J'ai découvert la catastrophe en me levant.

Aidan contempla la scène d'un œil sombre.

— Les réparations vont prendre un moment. Le parquet est à remplacer. Les lames commencent déjà à gondoler. Et l'humidité va sans doute toucher une partie des traverses de sol et de plafond. Les matériaux d'isolation absorbent l'eau à l'intérieur des murs, et il faudra sans doute les arracher et les remplacer, de même que tous les placos qui ont pris l'eau. Il y aura peut-être quelques placards à refaire, aussi. C'est un gros boulot, c'est sûr.

— Tu t'y connais en construction ? demanda Violette.

Il haussa les épaules.

— Pas vraiment. Mais il m'est arrivé de réaliser quelques travaux. Le bar de mon père a été inondé lors de l'ouragan Sandy et j'ai participé à la rénovation. D'ailleurs, je vais me charger de la plupart des travaux dans la maison de ma mère si nous obtenons le financement. Ce qui me permettra d'économiser de l'argent. Cela dit, ça prend du temps. L'entrepreneur t'a donné un délai ?

— Non, mais je leur ai accordé une semaine pour tout remettre en état de marche. S'ils font du bon boulot, je leur demanderai de refaire la décoration de la cuisine. De toute façon, j'y songeais déjà.

— Une semaine, ce n'est pas énorme vu la quantité de travail.

— Peut-être, mais vu la somme que je suis prête à payer, j'espère qu'ils trouveront une solution. Je n'ai jamais aimé loger dans un hôtel plus d'une semaine. Sans parler du fait que j'ai un enfant, maintenant. Sans oublier Tara. Même en louant une suite au Plaza, nous risquons d'être à l'étroit avec toutes les affaires de Knox.

— Au Plaza ? répéta Aidan, effaré. Tu es sérieuse ?

— Oui, répondit-elle, sans comprendre ce qu'il pouvait y avoir d'étrange là-dedans. C'est à deux pas d'ici, donc plus simple. J'ai déjà réservé. Nous n'allons pas rester dans un appartement en chantier. Tara est en train de faire les valises.

— Tu n'as pas de famille chez qui tu pourrais séjourner ? Et tes parents ?

Elle ne put s'empêcher de pouffer. Cela semblait logique, mais il n'était pas question pour elle de loger chez eux, à moins d'être absolument contrainte de le faire. Même s'ils étaient en voyage, elle aurait l'impression de redevenir adolescente. Ils la feraient espionner par la gouvernante, laquelle leur rapporterait ses moindres faits et gestes. Au risque même de découvrir l'existence d'Aidan.

— Non, merci. Je préfère encore aller à l'hôtel. Ils sont très spéciaux, je te l'ai dit.

Il parcourut la pièce de son regard bleu, en quête d'une solution, mais il avait peu de chances de la trouver parmi les lattes gondolées et les boiseries imbibées d'eau.

— Pourquoi ne pas t'installer chez moi ?

Elle s'immobilisa, incrédule.

— Chez toi ? Ne sois pas ridicule…

— Ce n'est pas ridicule, répliqua Aidan. Tu es déjà venue. Ce n'est peut-être pas le Plaza, mais j'ai deux grandes chambres à coucher et une cuisine tout équipée, ce que tu ne pourras jamais avoir à l'hôtel. Je passe toutes mes journées au bar donc, en gros, tu auras l'appartement pour toi toute seule. De plus, ce ne serait que pour une semaine et ça me permettrait de passer plus de temps avec Knox.

Elle essaya de ne pas paraître offusquée qu'il n'ait apparemment pas envie de passer plus de temps avec elle aussi. Sa proposition appelait toutefois quelques questions importantes.

— C'est adorable de ta part, commença-t-elle, mais deux chambres… Pour trois adultes et un bébé.

Comment imaginait-il la répartition dans cette configuration ?

— Tara et Knox peuvent partager la chambre d'amis. Il y a un lit double et de la place pour la table à langer. Toi, tu peux dormir dans ma chambre. Et moi…, commença-t-il, laissant planer le suspense et posant sur elle ses yeux bleus étincelants.

Elle sentit son estomac se nouer. Partager un appartement, une chambre, un lit… Que ce soit pour une semaine, un jour ou une heure, elle ignorait si elle aurait la force de résister au charme de son hôte. Des visions de lui torse nu continuaient de la hanter la nuit. Déjà, elle avait eu toutes les peines du monde à ne pas se jeter sur lui, en le voyant arriver.

— Eh bien, je dormirai sur le canapé.

Même dans ce cas de figure, elle ne pouvait accepter sa proposition. Loger au Plaza n'était pas une si mauvaise idée. Ils bénéficieraient des services de l'hôtel et survivraient.

— Non, vraiment, Aidan. Je n'ai pas envie de m'imposer dans ta vie. L'hôtel me va très bien. De toute façon, le Plaza envoie un minibus pour nous prendre dans une heure avec toutes nos affaires.

Aidan s'empara du téléphone portable de Violette, posé sur le plan de travail.

— Appelle-les et annule.

— Quoi ? Mais pourquoi ? s'exclama-t-elle, lui arrachant le téléphone des mains pour le fourrer dans la poche arrière de son jean, bien décidée à ne pas appeler qui que ce soit.

— Parce qu'il est hors de question que je vous laisse aller à l'hôtel, mon fils et toi, alors que je peux vous héberger.

— Que tu nous « laisses » ? répéta Violette, incapable de réprimer une pointe d'agacement.

Elle n'était pas le genre de femme à demander la permission à qui que ce soit. Il y avait eu un temps où ses parents surveillaient et critiquaient tous ses faits et gestes, même depuis l'étranger. En grandissant, elle avait décidé de prendre sa vie en mains. Elle avait vite compris que des quantités de gens dans ce monde — d'hommes, en particulier — n'auraient été que trop heureux de la contrôler, elle et sa fortune. Mais elle n'était pas un gros lot. Elle avait dû se forger une volonté d'acier sous peine d'y laisser sa fortune.

— Pour qui te prends-tu ? lança-t-elle. Je suis une adulte, et une mère célibataire. Je ne laisse personne prendre les décisions à ma place.

Aidan écarquilla les yeux, réalisant manifestement son erreur. Il leva les mains en signe d'apaisement.

— Ce n'est pas ce que je voulais dire. Je sais que tu prends tes propres décisions et qu'elles sont sans doute meilleures que les miennes. J'ai envie de te rendre service, voilà tout. Tu en as déjà fait beaucoup pour moi, entre la demande de financement et la garde de Knox. Il n'y a pas grand-chose que je puisse faire pour vous deux. Je suis sûr que le Plaza est un endroit génial, bien mieux que ce que je peux vous offrir. Mais je te demande de ne pas y aller et de venir chez moi à la place. Laisse-moi t'aider.

Elle poussa un soupir et croisa les bras. C'était difficile de résister à son expression implorante. Elle savait que ce n'était pas facile de partager la vie d'une femme comme elle. Elle le tenait des rares amies qu'elle avait encore et des hommes avec qui elle était sortie. Lui acheter un cadeau semblait chose impossible. Que pouvait-on bien acheter à quelqu'un qui était a priori en mesure de s'offrir tout ce qu'elle désirait ? Quant à l'aider ? Comment ? Elle pouvait se payer toute l'aide dont elle avait besoin.

Mais une véritable gentillesse, cela n'avait pas de prix. Il était évident qu'Aidan voulait lui faire plaisir. Pas pour l'impressionner ou la surveiller, mais parce qu'il voulait faire quelque chose pour elle. Dans son souvenir, l'appartement d'Aidan était un endroit agréable, situé à Hell's Kitchen, un quartier vivant de Manhattan pas trop éloigné de chez elle. Lors de leur rencontre, il lui avait dit que cet appartement était tout ce qui lui restait de sa vie d'autrefois, même si elle n'avait pas compris à quoi il faisait allusion.

— Ce serait agréable de pouvoir bénéficier d'une cuisine équipée pour Knox, admit-elle.

Les suites du Plaza ne disposaient que d'un minibar et le menu du service d'étage ne proposait sans doute pas de petits pots ou de lait pour bébé.

— Très bien. On peut essayer. Mais si nous nous sentons à l'étroit ou que ça ne fonctionne pas pour une raison ou une autre, nous irons au Plaza.

Elle n'aurait pas pu obtenir plus belle récompense que le sourire radieux qui s'affichait sur le visage d'Aidan.

— Absolument, dit-il. Et je me ferais une joie de vous y conduire moi-même. Mais je pense que tout va très bien se passer.

Elle en était moins sûre, même si c'était beaucoup mieux que de rester dans son appartement dévasté. Avec les travaux, Knox ne pourrait pas faire la sieste et il lui serait impossible de se concentrer sur quoi que ce soit.

— Merci, Aidan. C'est vraiment adorable de ta part. J'espère que nous ne te ferons pas regretter ta gentillesse. Pour information, Knox est en train de faire ses dents.

— Pas de souci, si ça peut me permettre de passer plus de temps avec lui. Et avec toi, ajouta-t-il en lui adressant un regard entendu, avant de consulter vivement sa montre. Bon, il faut que je rentre. J'ai du ménage à faire si je veux vous recevoir dans de bonnes conditions. Je dois être chez Murphy's vers 14 heures, donc tu auras besoin de ça si vous emménagez dans l'après-midi.

Sortant un morceau de papier de sa poche, il y griffonna l'adresse avant de le lui tendre accompagné d'une clé en cuivre. Elle accepta l'adresse et la clé, serrant le métal froid dans sa main.

— Merci, Aidan.

Il hocha la tête avant de regagner l'entrée et d'enjamber une deuxième fois le ventilateur géant. Lorsqu'il fut parti, elle contempla la clé dans sa main. Le nœud qui s'était formé dans son estomac donnait à penser qu'elle n'aurait jamais dû accepter de loger chez lui. La chaleur qui avait envahi son bas-ventre lorsqu'il lui avait glissé ce regard éloquent l'en avait convaincue. Elle allait devoir se montrer très prudente si elle ne voulait pas tomber dans ses bras. Mais ce qui était fait était fait.

Et ça ne durerait qu'une semaine.

Avec un soupir résigné, elle monta à l'étage pour prévenir Tara de ce soudain changement de plans.

Aidan ouvrit silencieusement la porte de son appartement et pénétra à l'intérieur, se demandant ce qui l'attendait. Il avait dû aller travailler vers 15 heures et les avait laissées au beau milieu des valises et des cartons. Il avait appelé Violette à plusieurs reprises dans la soirée et celle-ci avait affirmé que tout était impeccable. Mais il n'en était pas si sûr. Il l'avait trouvée stressée. Enfin, ça n'avait rien d'étonnant quand on commençait la journée les pieds dans l'eau pour se retrouver le même soir chez un quasi-inconnu.

L'appartement était sombre et silencieux. Rien ne semblait avoir vraiment changé, hormis quelques détails : un biberon posé sur l'égouttoir à côté de l'évier, la poussette stationnée dans l'entrée et Violette pelotonnée sur son canapé avec un livre.

La seule lampe allumée formait un halo doré, soulignant sa silhouette comme si un ange était apparu là en son absence. Elle avait relevé ses longs cheveux noirs en un chignon souple et portait un pantalon de pyjama en soie bleu marine. Ainsi démaquillée et détendue, elle ne lui avait jamais paru plus belle.

Lorsque, levant les yeux de son livre, elle lui adressa un sourire incroyablement serein, il dut s'agripper à un dossier de chaise pour ne pas tomber à la renverse.

— Salut, fit-il le plus sobrement possible.

— Salut, répondit-elle en glissant un marque-page dans le livre avant de le refermer.

Il remarqua alors que c'était une romance historique, avec en couverture un Écossais extrêmement musclé qui, vêtu de son seul kilt, brandissait une impressionnante épée tout en enlaçant une jolie jeune femme. Les grosses lettres dorées du titre semblaient évoquer un mariage contrarié. Quoi qu'il en soit, il était étonné de ce choix chez une femme comme Violette. Il aurait cru qu'elle lisait des choses beaucoup plus classiques. Intéressant…

— Je ne pensais pas te trouver encore debout.

Il n'assurait pas la fermeture, ce soir, mais lorsque c'était le cas il ne rentrait pas avant 4 heures du matin.

— Je cogite beaucoup, répondit-elle à voix basse avant de le rejoindre.

— Je comprends. Ça m'arrive souvent, à moi aussi, répondit-il, sans s'étendre sur la question car il ne voulait pas ennuyer Violette avec les querelles d'ivrognes auxquelles il était confronté chaque soir. Alors, ça y est, vous êtes installés ? Tout se passe comme tu veux ?

— Tout se passe bien, jusqu'à maintenant. Naturellement, c'est un appartement de célibataire, mais on se débrouille. Nous avons posé des verrous de sécurité pour enfant sur quelques tiroirs, mais rien d'excessif. Knox ne marche pas encore, de toute façon.

Il s'en réjouit. Il est vrai que c'était la première fois qu'il hébergeait un bébé. Toutefois, quelques verrous de sécurité pour hommes adultes n'auraient pas été superflus, en ce qui le concernait.

— J'ai aussi un peu travaillé pour la fondation, reprit Violette. J'ai d'ailleurs reçu un mail du président. Le conseil d'administration s'est réuni ce matin et tu seras sûrement ravi d'apprendre que ta demande de financement est validée, pour la totalité de la somme demandée.

Le cœur d'Aidan faillit s'arrêter dans sa poitrine. La totalité de la somme ? Validée ? Il parvenait à peine à y croire.

— Tu es sérieuse ?

Elle hocha la tête et sourit. Sans même y penser, il s'élança vers elle et la prit dans ses bras. Elle poussa un cri de surprise lorsqu'il la souleva de terre et se mit à la faire tournoyer au milieu du salon.

— Nous avons l'argent ! s'écria-t-il, surexcité et pris de vertiges à force de tourner en rond sur son tapis bleu.

— Aidan ! gronda-t-elle, mais il l'entendit à peine.

Ce fut seulement lorsqu'il distingua les mots « réveiller le bébé » qu'il réalisa qu'il était 3 heures du matin, ce qui n'était pas le meilleur moment pour célébrer la nouvelle.

Il la reposa lentement au sol, se torturant au passage en la laissant glisser contre lui. Son pouls battait furieusement dans sa gorge, l'empêchant d'inspirer une bouffée d'air salvatrice. Il avait un mal fou à lâcher Violette maintenant qu'il la tenait de nouveau contre lui.

Car ils n'avaient rien fait d'autre que se serrer la main depuis qu'ils s'étaient retrouvés. Il avait agi par pur réflexe et le regrettait un peu à présent. Maintenant que c'était fait, il aurait voulu ne jamais plus la laisser partir. Il se força toutefois à le faire, se dégageant de leur étreinte, mais gardant les deux mains solidement arrimées à sa taille.

Il remarqua alors que Violette ne faisait pas mine de reculer.

Debout au milieu du salon, ils s'efforçaient tous deux de reprendre leurs esprits après ce moment d'excitation. Il était soulagé de savoir qu'il n'était pas le seul à être affecté par cette étreinte. Il remarqua que les joues de Violette avaient pris une teinte rosée.

— Je suis désolé, murmura-t-il en appuyant le front contre le sien. J'avais vraiment besoin d'une bonne nouvelle et tu me l'as donnée.

Elle jeta un regard vers la chambre d'amis, restant une petite minute à l'écoute.

— Je crois que nous ne l'avons pas réveillé, dit-elle enfin avec un profond soupir de soulagement. Mais ce n'est pas faute d'avoir essayé, hein ? lança-t-elle en lui assénant une petite tape sur le torse, assortie d'un regard espiègle.

Il feignit d'avoir mal, alors qu'en réalité une décharge de plaisir l'avait transpercé lorsqu'elle avait posé la main sur lui, main qui, d'ailleurs, n'avait pas bougé d'un iota. Ils restèrent ainsi quelques instants au milieu du salon, lui, enserrant sa taille souple, elle, lui caressant le torse. Il aurait voulu pouvoir ôter son T-shirt pour qu'elle puisse enfouir les doigts dans la toison qui ornait sa poitrine. Il adorait quand elle faisait ça. Il n'avait rien oublié de l'effet dévastateur de ses caresses. À cette seule pensée, il fut submergé par un désir foudroyant.

Il fit un effort surhumain pour se ressaisir. Leur étreinte

n'était qu'un concours de circonstances. Il n'avait plus embrassé Violette depuis leur première rencontre. Et leur cohabitation forcée cette semaine n'y changerait rien.

Quoique...

— Aidan ? souffla Violette d'un ton implorant.

Aussitôt, tous ses doutes s'évaporèrent. Resserrant son étreinte, il inclina la tête pour l'embrasser. À l'instant précis où leurs lèvres se touchèrent, il eut l'impression d'être aspiré dans une autre dimension. Après quinze mois d'incertitudes, ils étaient enfin réunis et libres de toutes contraintes ou complications. Seul existait le plaisir de céder à un désir qui n'avait jamais cessé d'exister.

Violette ne recula pas. Au contraire, sa bouche était douce et accueillante, s'ouvrant volontiers à ses tendres assauts, et sa langue hardie jouait avec la sienne. Elle se lova contre lui, imbriquant ses courbes dans les moindres saillies de son corps.

Il grogna doucement contre ses lèvres, espérant ne pas trop faire de bruit. Cela faisait si longtemps qu'il attendait ce moment. Pendant près d'un an et demi, il s'était demandé si elle demeurerait à jamais un souvenir.

Et maintenant, voilà qu'elle lui palpait le torse et qu'il redécouvrait le goût de ses baisers.

— Aidan, murmura-t-elle de nouveau contre ses lèvres.

Cette fois, il marqua une pause, sans pour autant cesser de la caresser à travers son pyjama en soie.

— Oui ? fit-il, priant silencieusement qu'elle ne mette pas un terme à ces retrouvailles.

Il n'était pas encore prêt à renoncer, même si c'était une mauvaise idée. Il aurait tout le temps d'y repenser plus tard.

— Emmène-moi dans ta chambre.

Son cœur bondit de joie à ces mots. Sans la moindre hésitation, il lui prit la main et la guida dans l'obscurité jusqu'à sa chambre. Par chance, la cuisine se situait entre les deux chambres, ce qui leur donnait un peu d'intimité.

D'un coup sec, il tira Violette à l'intérieur et ferma la porte.

À peine furent-ils isolés du monde extérieur que toutes les barrières cédèrent. Le peu de lucidité qu'il avait encore fut balayé en l'espace d'un instant. Il n'avait plus qu'un désir en tête : s'emparer de son corps nu.

Elle partageait manifestement cet état d'esprit. Ils s'arrachèrent fébrilement leurs vêtements, qui atterrissaient par terre, les uns après les autres, sans cérémonie. Dès qu'un carré de peau était exposé, ils s'arrêtaient, prenant le temps de caresser et de goûter chaque nouveau territoire conquis avant de reprendre leur effeuillage.

Lorsqu'ils furent nus, ils se jetèrent sur le lit dans un même mouvement, rebondissant plusieurs fois sur l'accueillant matelas. Entre rires et baisers, ils écartèrent sans ménagement oreillers et couvertures pour s'étendre enfin l'un contre l'autre.

C'étaient leurs retrouvailles, Aidan en était bien conscient. Après des mois d'interrogations, ils ne feraient sans doute qu'évacuer la frustration qui les rongeait depuis si longtemps. Le badinage, les préliminaires seraient pour une autre fois. Pour l'instant, seul comptait le désir cru qui les animait.

— Préservatif, souffla Violette hors d'haleine tandis que, agenouillé entre ses cuisses, il lui aspirait un mamelon tout en glissant un doigt dans son entrejambe humide.

Elle avait raison. S'il ne prenait pas le temps d'en mettre un maintenant, ils le regretteraient tous les deux. Cela dit, cela n'avait servi strictement à rien, la fois précédente. Ils avaient utilisé plusieurs préservatifs sans remarquer le moindre problème et pourtant ils avaient eu un fils. Cette fois, en plongeant la main dans le tiroir de la table de nuit, il se félicita d'avoir changé de marque.

Il enfila le préservatif puis, s'inclinant vers elle, reprit ses lèvres. Posant les mains sur ses seins, il les caressa un moment avant de descendre vers les hanches et de s'emparer de ses fesses. La maintenant parfaitement immobile, il la pénétra lentement et, une fois entièrement en elle, gémit de soulagement.

Il avait cru être privé à jamais de cette divine sensation

mais, contre toute attente, Violette était là dans son lit. Il n'avait pourtant rien prémédité en rentrant ce soir, et voilà qu'il avait la chance de revivre son fantasme.

Nouant les chevilles dans son dos, Violette l'attira plus profondément en elle. Il poussa un grognement contre ses lèvres.

— Donne-moi tout ce que tu as, murmura Violette avec une lueur espiègle dans les yeux.

Il ne se le fit pas dire deux fois. Lui bloquant les mains au-dessus de la tête et la maintenant parfaitement immobile sous son poids, il accéléra le rythme de ses pénétrations. Il la martela ainsi sans trêve, se calant sur le tempo de ses cris étouffés. La tête enfouie dans son cou, elle alternait gémissements et tendres morsures. Il sut bientôt qu'il ne résisterait pas longtemps à cet excès de stimulation. Il avait beau vouloir faire durer ce moment toute la nuit, il ne pourrait maintenir un tel rythme très longtemps. Elle était bien trop belle, bien trop délectable. Alors qu'il sentait monter en lui un orgasme massif, Violette se cabra soudain sous lui, bloquant ses hanches. Il en profita pour accélérer l'allure jusqu'à ce qu'elle s'effondre sous lui.

Sur un cri silencieux, elle planta alors les ongles dans son dos, terrassée par l'extase. Renversant la tête en arrière, elle se cambra, secouée de spasmes de plaisir. Sentant ses muscles internes de serrer autour de lui, il jouit à son tour de toutes ses forces.

Alors, aussi rapidement que la frénésie s'était emparée de lui quelques instants plus tôt, tout fut terminé. Après être resté plusieurs secondes au-dessus d'elle pour reprendre son souffle, il roula sur le côté. Lorsqu'il se fut débarrassé du préservatif, il réalisa qu'il ne savait pas très bien ce qui allait se passer ensuite.

Leur désir incandescent les avait jetés peut-être trop tôt dans les bras l'un de l'autre, sans laisser à leur relation le temps de s'épanouir. Qu'allait-il se passer après ce rapprochement ? Étaient-ils ensemble, à présent ? Ou serait-ce une simple passade ? Accepterait-elle qu'il reste auprès d'elle dans le lit ou, en dépit de cette étreinte débridée, seraient-ils gênés tous les deux ? Il voulait à tout prix éviter de la mettre en difficulté. Ils allaient travailler ensemble durant plusieurs semaines, quoi qu'il se passe ce soir.

Finalement, il se leva et alla se rafraîchir à la salle de bains. C'était une première étape. Il aviserait en sortant. De retour dans la chambre, il attrapa un oreiller et un caleçon, bien décidé à finir la nuit sur le canapé. C'était plus simple que de lui demander si elle voulait qu'il s'en aille.

— Où vas-tu ? s'enquit Violette, toujours étendue, nue, sur le lit.

— Sur le canapé, bougonna-t-il.

Violette haussa un sourcil et se mit à rire.

— Crois-tu vraiment que cette précaution soit nécessaire, après ce qui vient de se passer entre nous ?

C'était une bonne question. Quelque part, il était soulagé qu'elle ne cherche pas à le faire partir. Mais il lui avait promis sa chambre et avait proposé de dormir sur le canapé. Or il voulait tenir parole. Cela étant, en la voyant ainsi entortillée entre les draps, les lèvres gonflées de désir et les cheveux en bataille, il comprit qu'il n'avait absolument aucune envie de partir.

Pour être honnête, il avait encore envie d'elle. Mais plus lentement, cette fois. Une deuxième fois lui donnerait l'occasion de bien s'occuper d'elle. Comme tout aurait peut-être changé le lendemain matin, il devait profiter autant que possible de l'instant présent.

— Je ne sais pas, répondit-il.

— Reviens dans ce lit tout de suite ! ordonna-t-elle, voyant qu'il hésitait. Je n'en ai pas encore tout à fait fini avec toi, ajouta-t-elle, avec une petite moue lubrique.

Cette fois, il s'exécuta sans la moindre hésitation.

6

Aujourd'hui, Violette avait un mal fou à se concentrer. Aidan était passé à son bureau finaliser son dossier de financement, et elle semblait incapable de mener à bien ces simples tâches administratives. Il ne cessait, il faut dire, de lui lancer des regards séducteurs, stimulant davantage sa libido que son professionnalisme. Elle n'avait en réalité qu'une seule envie : fourrer la tête au creux de son cou et s'imprégner de son odeur virile.

Elle aurait pourtant dû regretter ce qui s'était passé la veille mais voilà : elle ne parvenait pas à s'en convaincre. Elle n'avait absolument pas l'impression d'avoir commis une erreur en cédant à son désir. Cela lui paraissait au contraire la chose la plus naturelle du monde. Leur première rencontre avait été si extraordinaire qu'il semblait difficile de condamner des retrouvailles qu'ils avaient voulues tous les deux. Et qu'ils avaient voulu au point de succomber à la tentation pas moins de quatre fois la nuit précédente. D'ailleurs, le moindre de ses mouvements lui rappelait douloureusement — quoique délicieusement, aussi — leurs ébats de la veille.

La situation était toutefois plus compliquée que lors de leur première rencontre. Et Violette s'efforçait de ne pas songer à ce que penseraient les gens s'ils poursuivaient leur relation. Si les origines, le travail et la situation financière d'Aidan ne lui posaient strictement aucun problème, elle savait qu'il n'en irait pas de même pour tout le monde. Notamment pour ses parents et leurs amis. Elle voulait protéger Aidan de la laideur des cercles qu'elle fréquentait, de ceux qui se faisaient un devoir de juger et une joie de médire. Ils exerçaient ces talents à propos de tout et de tout le monde, mais ils ne seraient que trop heureux de se mettre une nouvelle victime sous la dent. Aidan ne méritait pas d'être traîné dans la boue, simplement parce qu'il sortait avec Violette.

Mais sortaient-ils réellement ensemble ? Cela restait à prouver, et ses inquiétudes étaient peut-être prématurées. Certes, ils avaient un enfant et partageaient, pour un bref laps de temps, un appartement. Mais ce n'était pas parce qu'ils avaient couché ensemble une fois qu'il existait entre eux quelque chose de solide.

Et, actuellement, cela lui convenait parfaitement. Une relation exigeait beaucoup de patience et de temps — elle en avait fait la dure expérience avec Beau —, et ils avaient tous deux beaucoup trop à faire pour le moment. Céder à leur attirance et s'amuser tant qu'ils étaient ensemble semblait presque une recommandation thérapeutique — un remède contre le stress, bien plus efficace qu'un verre de vin ou un tapis de course. Une relation physique pouvait-elle évoluer vers autre chose ? C'était fort possible, mais présentement, elle ne l'en désirait pas moins.

D'ailleurs, en cet instant, elle aurait été prête à tout pour recoucher avec lui. Et si Betsy, son assistante, avait demandé à partir plus tôt, elle aurait aussitôt verrouillé sa porte et se serait offerte à lui à même son bureau. Il n'aurait eu qu'à retrousser sa jupe.

Elle leva les yeux du formulaire qu'elle regardait fixement depuis plusieurs minutes et réalisa qu'Aidan l'observait avec un grand sourire.

— Qu'y a-t-il ? fit-elle en rougissant, comme s'il l'avait prise la main dans le sac.

— Tu ne m'écoutes absolument pas. Tu étais sur une autre planète.

— C'est vrai, concéda-t-elle, penaude. J'étais perdue dans mes pensées. Que disais-tu ?

— Des pensées coupables, j'espère ? la taquina-t-il.

Si tu savais à quel point…

Aidan désigna le paragraphe d'un formulaire qu'il avait surligné en jaune.

— Je te questionnais au sujet de ce passage. Il est indiqué que je suis censé aider mon association à se constituer une base de donateurs. Comment va-t-on s'y prendre ?

Elle prit une profonde inspiration et se reconnecta en mode travail. C'était quelque part plus simple que de penser à ses relations avec Aidan.

— D'un côté, nous te procurons le financement, mais par ailleurs nous mettons à ta disposition un réseau de personnes et d'organisations qui cherchent à soutenir des projets comme le tien. C'est pourquoi nous planifierons probablement un événement afin de lever des fonds supplémentaires et te présenter à des gens à même de soutenir ton association sur le long terme pour que tu sois autonome financièrement.

— Quel genre d'événement ?

Elle ouvrit un catalogue d'anciennes invitations à des événements élaborés par la fondation.

— Parfois, nous organisons une marche ou une course. Les soirées à thème et les galas attirent toujours beaucoup de monde. Il y a eu quelques carnavals. Un concert. À toi de voir. Les galas de charité sont souvent les événements les plus réussis. Le retour sur investissement est excellent, d'autant qu'il n'est pas nécessaire d'inviter une célébrité. Les gens riches aiment se retrouver dans les soirées chics, surtout dans une optique charitable. Le but sera de faire de la publicité à ton association.

Aidan feuilleta pensivement le catalogue.

— Je n'aurais jamais imaginé que ce projet prendrait une telle ampleur.

— C'est nécessaire si tu veux te faire connaître. À propos, comment vas-tu appeler ton association ?

Se calant dans sa chaise, il réfléchit quelques instants.

— Pendant un moment, j'ai pensé à Tremplin ou à quelque chose comme ça. Mais aujourd'hui je préfère la Maison de Molly.

C'était le prénom de ma mère, et cette maison était la sienne, après tout. Faute d'avoir réussi à sauver mon père, c'était son rêve d'aider les gens comme lui à guérir de leurs addictions.

— Ton père était alcoolique ?

Aidan hocha la tête.

— C'est ce qui l'a tué, pour finir. Et je ne peux m'empêcher de penser que le stress subi par ma mère durant toutes ces années a contribué aussi à sa maladie à elle.

Elle s'efforça de ne pas penser à ce qu'avait dû endurer Aidan en perdant ainsi ses deux parents. Il était certes adulte à l'époque, mais il semblait marqué aujourd'hui encore. Il avait consacré sa vie à redresser la situation du bar dont il avait hérité. Et il se démenait pour créer une association caritative alors qu'il aurait été beaucoup plus simple de vendre la maison et de tourner la page.

Elle admirait ce qu'il faisait pour ses proches. Il serait un père formidable pour Knox et un merveilleux mari pour celle qui aurait la chance de mettre la main sur lui. Curieusement, elle ne s'imaginait même pas figurer parmi les candidates, même si ce n'était pas l'envie qui lui manquait.

— C'est un nom parfait, répondit Violette en prenant le formulaire pour compléter le cadre réservé à l'association. Le nom choisi, reprit-elle, aide parfois à définir la date de l'événement. Il nous est arrivé d'organiser une fête déguisée le soir de Halloween pour le lancement d'une association d'aide aux enfants malades.

Aidan reposa le catalogue d'invitations.

— Tu sais, je pense qu'une soirée dansante pourrait être une bonne idée. Tu as dit que ce genre de soirées rapportait de l'argent et c'est ce qu'il nous faut. Pourquoi pas un bal de minuit pour la Maison de Molly ?

C'était un bon début. Mais cela manquait un peu d'originalité.

— Et un bal masqué pour la Maison de Molly ? Nous pourrions demander aux invités de porter des masques de mardi gras ou de style vénitien. C'est plus original qu'une soirée classique et ça pourrait amuser plus de monde.

— C'est parfait. Un bal masqué pour la Maison de Molly. Je pense que ma mère aurait aimé. Pour les masques. Elle se mettait toujours en quatre pour confectionner mes costumes de Halloween.

— Très bien, alors. Nous reverserons à la Maison de Molly les bénéfices réalisés sur la vente des invitations, après avoir déduit les coûts liés à l'organisation : location de salle, animation, rafraîchissements, etc. Le but de ce genre de soirées est de recueillir les noms et les coordonnées des invités susceptibles de constituer ta base de donateurs, mais il est bon d'avoir aussi des recettes en espèces. Nous pourrions organiser une tombola pour lever plus de fonds, avec, comme gros lot, un collier en diamants ou une voiture.

— Une vraie voiture ? demanda Aidan, surpris.

— Je l'ai déjà fait. Une année, nous avions mis en jeu une petite voiture de sport. Le vendeur nous avait fait une remise sur la voiture en échange de la publicité qu'il tirait de l'événement. Chaque ticket de tombola était vendu vingt-cinq dollars, et ça a si bien marché que nous avons pu couvrir le prix de la voiture et réaliser des profits supplémentaires. Les invités ont apprécié qu'on leur propose quelque chose d'original. Nous pourrions nous en inspirer en trouvant un gros lot qui ait du sens pour ton association.

Aidan la dévisagea quelques instants, puis passa la main dans ses mèches rousses.

— Pourquoi pas un voyage ?

C'était une bonne idée. La fondation l'avait déjà fait.

— Quel genre de voyage ?

— Ma mère a toujours voulu aller en Irlande. Elle rêvait de visiter le village de ses ancêtres et tous les grands sites touristiques. Après la mort de mon père, elle s'était organisée pour y aller avec un groupe de dames qu'elle fréquentait à l'église. Mais elle est tombée malade et a dû tout annuler. On lui avait diagnostiqué un cancer du pancréas très agressif et difficile à soigner. Elle a lutté de toutes ses forces pendant huit mois, avant d'être emportée. Ça me ferait vraiment plaisir d'offrir un voyage pour deux en Irlande. Tu parlais de quelque chose qui ait du sens, et je pense qu'un tel lot pourrait plaire encore plus aux invités qu'une voiture de sport.

Elle sourit. La suggestion était parfaite et elle n'aurait sans doute pas trouvé mieux elle-même.

— C'est une idée formidable. Je vais demander à Betsy, mon assistante, d'appeler notre agence de voyages pour demander des devis pour un voyage pour deux tous frais payés. J'ai quelques contacts dans une compagnie aérienne. Nous pourrions peut-être obtenir gratuitement les billets d'avion en première classe ou le séjour d'une semaine à l'hôtel. Il faut que ce soit très attractif pour que les invités se précipitent sur les tickets de tombola.

Les choses commençaient vraiment à prendre tournure, et, ravie, elle saisit la main d'Aidan sur la table. Ils tressaillirent à ce contact, car ils ne s'étaient pas touchés depuis le matin, mais ni l'un ni l'autre ne se déroba. Au contraire, il plongea dans son regard et sourit. La chaleur de sa peau la réchauffa car, avec la climatisation, il faisait presque trop frais dans le bureau. Quant à l'intensité de son regard, elle réveilla une fois de plus sa libido. Comment pouvait-elle le désirer encore, si peu de temps après leurs ébats de la veille ? Elle n'en avait aucune idée, mais c'était ainsi.

Bien que pressée de récupérer son appartement, le séjour chez Aidan se passait merveilleusement. Le Plaza était certes un endroit parfait, mais, contrairement à l'appartement d'Aidan, la présence d'un grand rouquin sexy à même de la réchauffer dans son lit n'était pas incluse dans le prix.

Quelqu'un toqua doucement à la porte. Leurs mains se séparèrent brusquement. Betsy passa la tête à l'intérieur.

— Oui, Betsy ?

— Désolée de vous interrompre, mais je voulais vous informer que M. Randall est là pour son rendez-vous de 15 heures.

— Merci.

Elle consulta sa montre, réalisant que le temps avec Aidan avait passé encore plus vite qu'elle ne l'avait anticipé.

— Au moins, nous avons bien avancé. Tu peux encaisser le premier chèque et commencer la rénovation de la maison. Pendant ce temps, je vais me concentrer sur l'organisation de notre bal.

— Très bien. Tout ça me paraît vraiment parfait, Violette. Je ne vois plus qu'un seul petit problème pour l'instant.

Elle se raidit sur sa chaise. C'était typiquement le genre de remarques qui la stressait. Garante de la qualité des événements organisés par la fondation, elle s'investissait en effet avec énergie pour que tout soit parfait.

— Quoi donc ?

— Je n'ai pas de smoking pour le bal, avoua-t-il avec un sourire contrit.

Même au sommet de sa carrière de publicitaire, Aidan n'avait jamais eu de smoking. Il possédait des costumes très élégants, mais rien qui s'approche, de près ou de loin, du luxe auquel Violette était sans doute habituée.

Ralph Lauren, Tom Ford, Georgio Armani... Il ne pouvait s'empêcher d'avoir le vertige à la vue des prix des costumes. Il n'aurait jamais dû en parler à Violette. Car, ce faisant, il lui avait fixé une mission. S'il était venu à la soirée vêtu d'un costume de location, les gens n'y auraient vu que du feu.

Mais c'était apparemment important pour Violette.

— Je pense qu'un Armani ou un Tom Ford serait parfait pour toi, dit-elle tandis qu'ils regardaient la vitrine d'un magasin de la Cinquième Avenue. Les coupes sont plus cintrées cette saison, ce qui devrait limiter les retouches.

Atterré, il la suivit chez Armani. Il avait à peine les moyens de payer l'addition à la cafétéria de la boutique, alors un costume… Mais ce n'était pas venu à l'esprit de Violette, qui semblait déterminée à trouver le costume parfait.

Il ne tarda pas à se déconcentrer. Après avoir repéré une paire de lunettes de soleil et manqué de s'étouffer en voyant le prix, il s'était adossé au mur, préférant regarder Violette papillonner de rayon en rayon. Il se concentrait sur ses mouvements, la nonchalance avec laquelle elle se déplaçait, moulée par sa jolie jupe noire. Les ondulations de ses hanches l'hypnotisaient et, s'il avait pu, il n'aurait pas hésité à retrousser sa jupe et à la prendre au beau milieu des rayonnages, quitte à saccager les piles de vêtements impeccables.

— Aidan ? fit-elle quelques minutes plus tard.

Il sortit de sa rêverie lorsqu'elle se retourna et que son beau visage agacé remplaça ses fesses dans le panorama.

— Oui ?

— J'ai déjà acheté ma robe de soirée, dit-elle. Je viens ici pour t'aider à trouver quelque chose de bien, mais tu ne me prêtes absolument aucune attention. J'ai besoin de ton avis, figure-toi.

— Et si on trouvait un costume à un prix abordable que j'aurais envie de porter ? la défia-t-il.

Se décollant du mur d'un coup d'épaule, il rejoignit Violette, qui l'attendait, bras croisés.

— Je ne sais pas quel genre de gens sollicite l'aide de la fondation, mais je peux t'assurer que je ne demanderais pas d'argent si j'avais les moyens de m'offrir un smoking hors de prix que je ne porterai qu'une seule fois.

Violette le considéra d'un air préoccupé.

— Cette soirée est importante pour toi, Aidan. Tu vas y rencontrer des gens qui t'aideront à faire de la Maison de Molly une réussite. Tu dois leur inspirer confiance et cette image passe par les vêtements que tu portes.

— Je veux avoir l'air compétent et non paraître avoir détourné une partie de ma subvention pour ressembler à une gravure de mode.

— Tu ne devrais pas voir les choses comme ça. Un costume

de qualité est toujours un bon investissement. Si tu choisis l'ensemble adéquat, tu pourras le porter toute ta vie.

— Je le porterai même tous les jours, Violette, car je devrai vendre tous mes autres vêtements pour me le payer.

Elle soupira avant d'esquisser une moue pensive. S'approchant d'un présentoir, elle souleva la manche d'un costume pour consulter l'étiquette de prix. Se tournant vers Aidan, elle le considéra d'un air déterminé.

— Nous allons t'acheter un costume. C'est moi qui te l'offre. J'insiste.

Il tendit les deux bras, comme pour se défendre.

— Non, non, non et non. Tu n'es pas ma bonne fée, Violette, et je ne laisserai pas m'acheter un costume de bal. Il n'en est pas question. Je préfère encore venir en survêtement.

Il était déterminé. La rénovation de la maison était peut-être la mission de la fondation, mais son relooking ne faisait pas partie du contrat, même si cela semblait faire plaisir à Violette.

— J'en ai les moyens. Laisse-moi t'aider. Ne serait-ce que pour te remercier de nous avoir hébergés chez toi.

Il sentit la moutarde lui monter au nez. Il n'aurait jamais dû lui parler du costume. Aussitôt, une lueur était apparue dans le regard de Violette et il avait compris que ce serait source de discorde.

— Violette, ta fortune se compte en milliards, je le sais. Je sais aussi que ça te fait plaisir d'aider les gens quand tu le peux. Mais essaie de te mettre à ma place.

— À ta place ?

Il croisa les bras pour masquer son irritation.

— Je suis un homme adulte, Violette. J'ai une entreprise. Et je prends mes propres décisions. Je n'ai pas l'habitude qu'on me dise ce que je dois faire ou pas. Je t'ai demandé de m'accompagner parce que j'avais besoin de ton avis. Non pour choisir des vêtements à ma place, et encore moins les payer. Aurais-tu fait cela pour ton ex ? Le traiter comme ton projet Pygmalion ? Le relooker pour le rendre présentable ?

— Bien sûr que non, répliqua-t-elle.

— Parce qu'il n'en avait pas besoin, n'est-ce pas ? Il est vrai que toi et lui étiez parfaitement assortis, pour le plus grand bonheur de tes parents, ajouta-t-il, avant de s'éloigner, conscient qu'il devait prendre l'air sous peine de lâcher une phrase qu'il allait regretter.

Il regagna l'entrée du magasin et sortit. Se faufilant parmi la foule d'acheteurs et de touristes qui arpentaient la Cinquième Avenue, il espéra que l'animation de la ville lui calmerait l'esprit. Au bout d'une centaine de mètres, il s'assit sur un muret et inspira profondément.

Quelques instants plus tard, Violette le rejoignit et s'assit sans mot dire à ses côtés.

— Je suis désolée, murmura-t-elle enfin. Je ne cherche ni à te changer ni à te relooker. Je n'ai pas envie que tu le penses.

Il resta silencieux. Il était encore trop énervé pour lui répondre. Il n'était pas l'un de ces gars propres sur eux et pleins aux as qu'elle fréquentait habituellement. Il n'avait pas fait d'études dans une grande école, et personne ne lui avait ouvert un compte en actions durant son enfance. Il avait étudié dans une petite université publique grâce à une bourse, s'efforçant de façonner une version améliorée de lui-même. Si ce n'est qu'il n'avait jamais aimé ce nouvel Aidan. C'était la raison pour laquelle il n'avait eu aucun mal à quitter son agence de publicité. Il ne s'y était jamais senti à sa place, et son ex-fiancée ne l'avait jamais aidé à surmonter ce sentiment.

— J'oublie parfois que les gens réagissent différemment à ma fortune. Certains s'en fichent. D'autres sont ravis de m'aider à la dépenser. Pour ma part, je m'efforce de m'en servir le plus judicieusement possible, y compris pour aider des gens qui en ont besoin. Mais je n'ai aucune envie de te mettre mal à l'aise. Alors faisons une croix là-dessus. Et achète-le-toi, toi-même, ton fichu costume.

Lorsqu'il releva la tête, elle souriait.

— Compte sur moi, répliqua-t-il avec un sourire.

— Parfait, alors !

— J'ai juste besoin d'un nouveau costume, Violette, reprit-il au bout d'un moment. Juste un costume. Noir. Simple. Rien d'extravagant.

— D'accord. Bon, on repart de zéro ?

Il haussa les épaules. En dépit de cette querelle, il avait toujours besoin d'une tenue de soirée.

— D'accord.

En se levant, ils remarquèrent qu'ils se trouvaient devant un grand magasin.

— Entrons pour voir, proposa-t-elle. Ils ont un grand choix de marques et des costumes de prêt-à-porter qui pourraient faire l'affaire.

Il la suivit à contrecœur. Ils parcoururent différents rayons, sans rien trouver qui correspondent aux attentes de Violette ou au budget d'Aidan. Jusqu'au moment où ils croisèrent un vendeur.

— Monsieur, s'il vous plaît ?

L'homme s'immobilisa et leur adressa un sourire poli. Il portait un costume qui devait dépasser largement le montant de son salaire mensuel, mais c'était sans doute un avantage en nature lié à son poste, supposa Aidan.

— Comment puis-je vous aider ?

— Nous cherchons un costume. Auriez-vous un rayon d'articles soldés ? Ou des fins de série ?

— Oui, suivez-moi, je vous prie.

Marcus, comme l'indiquait le badge qu'il portait à sa veste, les guida jusqu'à un rayon où étaient présentées quelques pièces soldées.

— C'est tout ce que nous avons.

D'un seul coup d'œil, Aidan comprit qu'il ne trouverait pas son bonheur. Il y avait une veste trois-quarts couleur camel, une veste noire en velours côtelé, beaucoup trop grande pour lui, et quelques chemises de smoking.

Violette passa rapidement en revue la sélection avant de se

tourner vers le vendeur avec un sourire charmant. Elle avait une idée derrière la tête et elle était apparemment prête à tout pour arriver à ses fins.

— Cette question va peut-être vous sembler curieuse, mais arrive-t-il qu'un client rapporte un costume ? Je sais que vous faites surtout du sur-mesure et que ce ne doit pas être fréquent, mais, voyez-vous, Marcus, je cherche quelque chose d'un peu particulier pour mon ami. Nous appartenons tous les deux à une organisation caritative et nous devons organiser un gala destiné à nos donateurs. Alors, bien sûr, j'aimerais beaucoup vous acheter un costume de la dernière collection, mais le prix risque, hélas, de dépasser notre budget.

Marcus l'avait écoutée attentivement.

— De quel genre d'organisation caritative s'agit-il ?

— Je m'apprête à ouvrir une maison de transition baptisée la « Maison de Molly », enchaîna Aidan. Son objectif est d'accueillir des malades alcooliques tout juste sortis de cure et de les aider à se réinsérer dans la société tout en les aidant à ne pas retomber dans leur addiction. Je dois faire bonne impression sur nos donateurs potentiels, mais les goûts de madame ne cadrent pas vraiment avec mon budget. Peut-être auriez-vous quelque chose à nous proposer ?

Au bout de quelques instants de réflexion, Marcus leva l'index.

— En fait, j'aurais peut-être quelque chose...

Il poussa la porte d'une réserve et en ressortit un instant plus tard, une housse Tom Ford à la main.

— C'est un smoking sur mesure. Nous avons appelé le client à plusieurs reprises le mois dernier et, ce matin, il nous a informés qu'il annulait sa commande. C'est un Tom Ford, coupe cintrée, en laine et mohair. Il y aurait peut-être quelques retouches à faire, mais l'ensemble pourrait vous aller.

Aidan regarda l'homme ouvrir la housse, révélant un smoking noir à revers en satin et un nœud papillon. Il se tourna vers Violette dont il vit le regard s'illuminer.

— Combien ? demanda-t-il, n'ayant pas envie que Violette

tombe amoureuse d'un costume qui dépasse, une fois de plus, son budget.

Marcus consulta le formulaire de commande fixé au costume et se livra à un bref calcul mental.

— Normalement, c'est un costume que nous ne devrions pas vendre, puisque c'était une commande. En général, ce sont les employés qui achètent ce genre d'articles avec remise, ou bien ils se retrouvent dans l'une de nos boutiques de soldes. Mais, pour vous, je crois pouvoir faire une exception. Une remise de soixante-quinze pour cent pourrait-elle vous convenir ?

Aidan jeta un œil au prix de départ et comprit qu'il était sur le point de réaliser une affaire en or. Le prix demeurait élevé, mais une telle qualité méritait bien un effort.

— Vous êtes sérieux ? lança-t-il.

Marcus acquiesça et sourit.

— Tout à fait. Vous désirez l'essayer ? J'appelle un tailleur pour les retouches. Le costume sera prêt dans la semaine.

— D'accord, répondit Aidan, laissant Violette dans le magasin pour suivre Marcus. Ce costume est-il vraiment censé bénéficier d'une telle remise ? s'enquit-il lorsqu'ils furent seuls dans le salon d'essayage.

— Probablement pas, répliqua Marcus. Mais mon beau-père vient de sortir d'une cure de sevrage. J'approuve votre projet et si je peux vous aider de quelque façon que ce soit à mon modeste niveau, alors, c'est mon devoir de le faire.

7

— Où allez-vous, comme ça, tous les deux ?

Le lendemain, Aidan venait de sortir de son immeuble avec Knox en poussette, lorsqu'il avait croisé Violette.

— Hé, salut, toi. Je ne savais pas que tu finissais si tôt aujourd'hui.

— Eh bien, j'ai décidé de m'accorder un peu de repos, figure-toi. Peut-être que je travaillerai un peu tout à l'heure, depuis chez toi. Vous ne sortez pas avec Tara ?

— Non, je lui ai donné son après-midi. Elle avait des courses à faire, apparemment. Alors, comme je ne travaille pas, j'ai eu envie d'emmener Knox au parc.

Violette se crispa à cette explication et agrippa la mallette d'ordinateur qu'elle portait sur l'épaule. Visiblement, elle n'appréciait que moyennement qu'il s'occupe seul de leur bébé, même s'il s'en était beaucoup chargé depuis qu'ils avaient emménagé chez lui.

— Alors, viens avec nous puisque tu es de retour, proposa-t-il pour calmer le jeu.

— Tu as raison. Une petite promenade au parc ne me ferait pas de mal, répondit-elle, s'efforçant de ne pas montrer qu'elle craignait de le laisser seul avec leur bébé. Tu m'accordes une minute ? Je vais me changer.

— Absolument. On t'attend ici.

Elle fut de retour une dizaine de minutes plus tard. Elle s'était remonté les cheveux en queue-de-cheval et avait enfilé un jean et un petit T-shirt qui soulignait ses courbes, décontracté et moulant. Il préférait de loin ce genre de tenue aux tailleurs guindés qu'elle portait chaque jour au travail.

Ils parcoururent quelques centaines de mètres jusqu'au parc le plus proche dans un silence relativement confortable. Une fois au parc, ils se dirigèrent vers l'allée ombragée qui bordait le terrain de jeux. Knox était encore beaucoup trop jeune pour y jouer, mais Aidan tenait à ce qu'il profite des rares écrins de nature de Manhattan.

Le regard fixé sur les arbres et le ciel, Knox découvrait les lieux avec curiosité. La tétine dans la bouche, il semblait apaisé par la promenade en poussette.

Aidan regarda son fils en souriant, puis parcourut le parc du regard.

— Uniquement des baby-sitters, remarqua-t-il.

Violette haussa les épaules.

— C'est un jour de semaine, en plein après-midi. La plupart des gens sont au travail, et il faut bien s'occuper des enfants qui ne vont pas encore à l'école.

Il comprenait l'aspect pratique de la chose, mais ne l'approuvait pas pour autant.

— Je comprends. Il y a de moins en moins de mères au foyer, de nos jours. Mais je ne te reproche pas l'emploi de Tara, c'est une jeune fille très compétente. Simplement, je trouve cela inquiétant que de plus en plus d'enfants grandissent sans recevoir l'attention et l'affection de leurs parents, alors que c'est absolument nécessaire pour devenir un adulte équilibré et stable sur le plan émotionnel.

Violette le regarda, visiblement étonnée.

— Tu trouves que je suis quelqu'un d'équilibré et de stable sur le plan émotionnel ?

Malgré le signal d'alarme qui retentissait dans sa tête, il se devait de répondre honnêtement s'il espérait un jour convaincre Violette d'élever leur fils un peu différemment.

— Pas vraiment. Tes parents et toi avez à l'évidence des

problèmes. Je ne te connais pas encore assez pour savoir comment ça se manifeste dans ta vie de tous les jours, mais j'en ai déjà observé quelques symptômes.

Violette s'immobilisa, les mains sur les hanches.

— Ah oui, lesquels ?

— Eh bien, cette façon que tu as d'exiger la perfection, à la fois pour toi et pour les autres, par exemple. Et ta crainte infondée de ne jamais prendre la bonne décision. Quand je te dis que tu es l'un des êtres les plus parfaits que j'aie jamais rencontré, tu ne veux pas me croire. Tu n'accordes foi qu'aux critiques de tes parents. Je ne comprends pas pourquoi leur opinion est si importante.

Violette soupira, et son regard se perdit dans le lointain.

— Leur opinion est importante parce que j'ai passé toute mon enfance à essayer d'attirer leur attention. Tu as raison, je passais plus de quatre-vingt-quinze pour cent de mon temps avec des nourrices. Mes parents passaient le leur à travailler, à voyager et à faire tout un tas de choses qui les éloignaient de moi. Je devais être la meilleure, quoi que je fasse, parce que j'espérais ainsi attirer leur attention, pourtant ça ne semblait jamais suffire. J'étais la meilleure de ma classe au lycée, je suis entrée dans l'université de leur choix, j'ai décroché le master qu'ils voulaient, je suis sortie avec l'homme qu'ils voulaient... Et ils n'étaient toujours pas satisfaits. Jusqu'au jour ou j'ai poussé la porte de chez Murphy's, j'ai vécu la vie qu'ils avaient choisie pour moi.

Il ne comprenait pas les parents de Violette et n'était absolument pas pressé de les rencontrer. C'étaient peut-être les grands-parents de Knox, mais jamais il ne les laisserait rabaisser et manipuler son fils comme ils l'avaient fait avec Violette.

— Ils devraient être fiers d'avoir une fille comme toi. Peu importe avec qui tu sors et ce que tu choisis de faire de ta vie.

Elle se tourna vers lui et le dévisagea quelques instants comme si elle n'en croyait pas ses oreilles. C'était pourtant indiscutable.

— En dépit de ce que tu penses, je n'ai aucune envie d'élever

Knox comme je l'ai été moi-même. C'est vrai, j'ai une baby-sitter car j'en ai besoin, mais jamais je ne le confierai à qui que ce soit sur de longues périodes, pendant que je fais le tour du monde. Je serai là tous les jours pour mon fils. Et je veux que tu le sois, toi aussi.

Elle avait prononcé ces mots avec gravité, le regard plongé dans le sien. Jusqu'à cet instant, il ne savait pas vraiment quelle était son opinion sur ce point. Elle avait bien sûr fait tout ce qu'il fallait pour l'inclure dans la vie de leur fils, mais cela ne durait que depuis deux semaines. Ils venaient d'apprendre que le test de paternité était, comme ils l'anticipaient tous les deux, positif, et ils avaient contribué à la rédaction de la convention parentale avec l'avocat de Violette. Mais serait-elle dans le même état d'esprit dans quelques mois ou quelques années ? Lorsque ses parents et le reste de la bonne société de Manhattan découvriraient que le père de Knox était un rien du tout ?

— Je le pense vraiment, reprit-elle. Peu importe ce qui se passe entre nous, je veux que tu sois présent le plus possible dans la vie de ton fils. Knox le mérite et toi aussi.

Elle posa la main sur la sienne, agrippée à la poignée de la poussette. Tout comme au bureau, cette main était chaude et réconfortante, lui rappelant qu'il y avait bien longtemps qu'on ne l'avait pas touché aussi tendrement. Depuis la mort de sa mère, peut-être. Baissant les yeux vers les doigts de Violette, il s'efforça de ne pas se laisser submerger par ses émotions, au vu de tous dans le parc.

— Merci, lâcha-t-il enfin. Mon père non plus n'était jamais à la maison. Il était toujours au bar, où il passait beaucoup de temps à dormir pour se remettre de ses cuites. Je n'ai jamais su s'il avait ouvert un bar parce qu'il était alcoolique ou s'il était devenu alcoolique parce qu'il tenait un bar. Mais le résultat était le même. La plupart du temps, il était ivre ou souffrait de la gueule de bois. Il ne faisait jamais ce que font la plupart des pères avec leur fils. Il n'a jamais assisté à l'un de mes matchs de base-ball, par exemple. Ma mère faisait de son mieux pour compenser ses manques, mais elle ne pouvait pas être partout.

— Tu ne seras jamais ce genre de père, Aidan, j'en suis sûre. Tu connais ton fils depuis peu et pourtant tu l'adores, c'est une évidence. Jamais tu ne l'écarteras de ta vie, comme l'a fait ton père avec toi.

— C'est précisément la raison pour laquelle je ne touche jamais à l'alcool.

— Je ne l'avais pas remarqué, avoua-t-elle, surprise. Mais c'est parfaitement logique.

— Je ne connais même pas le goût de la bière, juste son odeur. J'ai toujours eu trop peur de devenir comme lui. On commence par un simple verre et, sans même sans rendre compte, on s'accoutume et on ne peut plus faire marche arrière. J'ai refusé de me faire subir ça, ou à ma mère. Elle avait déjà suffisamment de soucis comme ça avec mon père.

— Tu vas pouvoir aider beaucoup de gens grâce à la maison de transition.

— C'est ma mère qui en a eu l'idée, en réalité. Mon père a fait deux cures de désintoxication. C'était assez efficace, à vrai dire, mais il retombait dans ses mauvaises habitudes dès qu'il rentrait à la maison et reprenait le travail. De toute façon, il aurait été alcoolique, bar ou pas bar. Ma mère a toujours affirmé qu'après la cure il aurait fallu à mon père beaucoup plus qu'un mois pour stabiliser le sevrage et lui permettre d'échapper à ses routines d'addiction. Elle s'en voulait d'être incapable d'empêcher mon père de se détruire, et il y est parvenu, finalement. Il est mort d'une cirrhose il y a environ trois ans. C'est pourquoi j'ai quitté mon poste à l'agence de publicité et repris le bar.

— Attends. Tu travaillais dans une agence de publicité ?

Il la dévisagea, surpris qu'elle ne soit pas au courant. Peut-être n'en avait-il pas parlé, après tout.

— Oui. Pendant cinq ans, j'ai été chef de publicité dans une agence. Je venais de décrocher mon diplôme lorsque j'ai été embauché. J'ai mené quelques grosses campagnes pour d'importants annonceurs et j'avais le vent en poupe au sein de l'agence. C'était une vie très différente de celle qui est la mienne aujourd'hui.

— Ça ne te manque pas ?

— Je suis navré de te décevoir, mais non, absolument pas. Je faisais beaucoup d'efforts pour devenir de plus en plus compétent et incontournable au sein de l'agence, mais je me suis rendu compte que je n'étais pas plus heureux que lorsque j'étais pauvre. J'avais réussi, mais j'étais malheureux. Gérer un bar n'est peut-être pas le boulot le plus glorieux et le plus rémunérateur, mais je m'entends bien avec mes employés et mes clients. Je suis souvent heureux d'aller au travail. J'aime écouter les gens qui ont besoin de parler. Chaque jour, c'est une expérience complètement différente et j'aime ça.

Violette semblait sidérée par toute cette conversation.

— Je ne sais pas pourquoi, mais je croyais que tu avais toujours travaillé au bar. La publicité..., murmura-t-elle en secouant la tête. Apparemment, il y a beaucoup de choses que nous ignorons encore l'un de l'autre.

— C'est sûr. L'occasion d'en parler ne s'était sans doute jamais présentée, pourtant j'étais sûr que tu le savais. C'est d'ailleurs pourquoi j'ai un bel appartement à Hell's Kitchen. Grâce aux primes que je touchais dans la publicité, j'ai pu l'acheter avec un apport très confortable. Sans cela, je n'aurais pas les moyens de vivre ici aujourd'hui.

— Tu es propriétaire de ton appartement ? Ça non plus, je ne le savais pas, remarqua Violette.

— Je dois admettre que nous avons procédé un peu à l'envers, répondit Aidan.

Après un demi-tour, ils remontèrent l'allée en sens inverse. Plus il y songeait, plus il avait envie de rattraper son retard avec Violette. Ils avaient effectivement tout fait dans le désordre. Ils avaient d'abord eu un enfant, puis s'étaient installés ensemble, bien que temporairement. Ils savaient peu de chose de leurs passés respectifs. Ils avaient certes des sentiments l'un pour l'autre, mais se connaissaient à peine. Et il avait envie aujourd'hui de revenir à la case départ et de repartir d'un bon pied.

— Je crois que nous devrions faire une chose importante ensemble.

— Quoi donc ? demanda-t-elle avec curiosité.

— Une sortie en tête à tête digne de ce nom, avec dîner et conversation, pour rattraper notre retard. Tu es partante ?

Ce n'était pas du tout ce qu'elle avait imaginé lorsqu'il avait parlé d'une sortie en tête à tête. Elle avait à l'esprit un joli restaurant, un dîner aux chandelles et peut-être une promenade à Central Park. Quelque chose de classique, quoi. Mais elle aurait dû se douter qu'avec Aidan il n'y aurait rien de classique. En fait, il était 15 heures et elle faisait partie du flot de cinquante mille personnes qui se rendaient au Yankee Stadium pour assister à un match de base-ball.

Elle n'avait rien contre le base-ball. Au contraire. La fondation louait même une loge dans ce stade, qu'elle utilisait de temps à autre, en particulier quand il fallait courtiser des donateurs. Mais elle s'attendait en général à autre chose lorsqu'on l'invitait à sortir. Elle aurait dû avoir la puce à l'oreille quand Aidan lui avait dit d'être prête pour 14 heures et de s'habiller confortablement.

En même temps, le regard excité d'Aidan valait le détour. Manifestement, le base-ball comptait beaucoup à ses yeux. Chez lui, il avait encore la coupe remportée à un championnat régional durant ses années de lycée. Le premier cadeau qu'il avait donné à son fils était une tenue et un gant de base-ball, pas plus grand qu'une orange. Elle ne savait même pas qu'il existait des gants de cette taille. Il était donc logique qu'il souhaite aussi partager sa passion avec elle.

Elle essaya de s'en souvenir lorsque, s'arrêtant à ses côtés, elle regarda les tickets qu'il tenait à la main. Elle comprit alors qu'elle pouvait lui offrir une toute nouvelle expérience.

— Que dirais-tu de monter à la loge de la fondation ? Si ça se trouve, elle est libre.

Il vérifia dans quelle section du stade étaient situées leurs places et haussa les épaules.

— J'avais oublié que tu avais une loge. À toi de voir.

Elle s'efforça de masquer sa déception. Elle avait cru qu'il serait ravi de pouvoir bénéficier d'une loge privée.

— Il fait vraiment très chaud, reprit-elle. Nous pourrions profiter de la climatisation. Je pensais que ça te ferait plaisir.

Il hocha la tête.

— Nos places sont en plein soleil. Si tu as chaud, on peut monter dans la loge. Nous pourrons peut-être nous rapprocher du terrain après le coucher du soleil. Sinon, j'aurais acheté ces deux billets pour rien, ajouta-t-il en souriant.

Elle lui rendit son sourire, espérant qu'il ne soit pas vexé par sa proposition. En réalité, elle n'avait jamais assisté à un match dans les gradins. Son père ne le lui avait jamais permis. C'était un grand amateur de base-ball qui avait, pour cette raison, insisté pour que la fondation loue une loge à l'année. Au moins, Aidan et son père auraient quelque chose en commun si elle devait les présenter un jour.

Hélas, cela ne suffirait sans doute pas à satisfaire ce dernier.

À ce jour, rien de ce qu'avait acquis son père n'avait jamais suffi à le satisfaire. Aidan n'avait donc que très peu de chances d'inverser la tendance, qu'il soit prince héritier de la famille royale d'Angleterre ou patron de bar dans un quartier populaire de New York.

Mais elle n'avait pas envie de penser à cela. Aujourd'hui, ses parents étaient à Istanbul et elle voulait simplement profiter de son après-midi avec Aidan. Elle le guida jusqu'aux escaliers qui menaient aux loges VIP.

— Bonjour, Eddie, lança-t-elle en reconnaissant le garde qui se tenait à l'entrée des loges. La loge de la Fondation Niarchos est libre aujourd'hui ? Je me disais que mon père l'avait peut-être prêtée à l'un de ses amis, mais j'ai oublié de vérifier avant de partir.

L'homme, un grand costaud au regard bienveillant, consulta sa tablette avant de secouer la tête.

— Non, elle est libre, aujourd'hui. Vous voulez monter avec votre invité ?

— Seulement pour le début du match, le temps que ça rafraîchisse un peu.

— Je préviens les serveurs.

— Il y a beaucoup de célébrités, aujourd'hui ? s'enquit Violette.

On croisait parfois des acteurs, des politiciens ou des stars du rock dans les loges.

— Plus célèbres que vous ? fit Eddie, avec un sourire. Bien sûr que non.

Elle donna une petite tape amicale sur le bras du garde.

— Ah, Eddie, vous savez vraiment y faire, répondit-elle avant de prendre la main d'Aidan. Viens.

Il ne leur fallut que quelques secondes pour atteindre la loge, depuis laquelle on avait une vue imprenable sur le stade. Ils passèrent devant le buffet et les salons, et se dirigèrent vers les immenses baies vitrées surplombant de stade, devant lesquelles une vingtaine de personnes pouvaient s'asseoir. Lorsque la fondation organisait de gros événements, la loge était remplie d'invités qui profitaient de l'occasion pour se restaurer. Mais aujourd'hui la vaste pièce était vide.

— C'est vraiment dommage que cette loge ne soit davantage utilisée. De temps à autre, nous la prêtons à des organisations caritatives ou invitons des donateurs. Mais la plupart du temps elle est vide. Nous devrions contacter d'autres associations pour que plus d'enfants puissent en bénéficier. Quel gâchis !

Elle jeta un œil sur le terrain, où les deux équipes s'échauffaient. Le stade était presque plein, à présent, et le match n'allait pas tarder à commencer.

— Alors, qu'en dis-tu ? demanda-t-elle. Ça te plaît ? On n'est pas obligés de rester, si ça ne te convient pas.

N'obtenant aucune réponse, elle se tourna vers lui. Aidan paraissait consterné.

Détachant le regard du terrain qui se déployait sous leurs pieds, il se tourna vers elle.

— C'est... euh... super.

Elle fronça les sourcils.

— Ça ne te plaît pas ?

— Si, si... C'est vraiment... très chic. Je devrais être ravi d'être là, sachant ce que ça coûte de louer une loge pour un match, sans parler d'une saison. Mais on a l'impression de voir le match à la télévision. C'est impersonnel.

Quelqu'un toqua à la porte, et un serveur en uniforme noir fit son entrée dans la loge.

— Bonjour. Je peux vous servir quelque chose avant le coup d'envoi ?

Elle se tourna vers Aidan, pleine d'espoir.

— Tu veux commander quelque chose ? Le bar est très bien fourni et tu peux manger à peu près ce que tu veux... Il y a même un chef japonais pour les sushis.

— Tu plaisantes ?

La casquette de base-ball que portait Aidan masquait en grande partie son regard. Mais elle n'avait pas besoin de voir ses yeux pour deviner ce qu'il pensait.

— Je pense que nous n'avons besoin de rien pour l'instant, déclara-t-elle, renvoyant le serveur.

Lorsqu'ils furent seuls, Aidan croisa les bras et se mit à rire.

— Tu regardes toujours les matchs depuis cette loge ?

— Oui, répondit-elle. Mais parfois nous allons au bar panoramique.

— Et tu regardes le match en buvant des martinis et en mangeant des sushis ?

Il se moquait. Elle n'était pas habituée à ce genre d'attitude. La plupart des gens la flattaient en raison de sa fortune. D'autres se contentaient de l'ignorer. Mais Aidan, lui, n'hésitait pas à la provoquer.

— Nous avons une loge. C'est normal que je l'utilise, non ?

Il secoua la tête. Jetant à la pièce un dernier regard, il désigna la porte.

— Allons, viens. Tu es venue avec moi, et je vais te faire vivre l'expérience des vrais amateurs de base-ball.

Sans bien savoir pourquoi, elle hésita.

— Allons, insista-t-il, c'est notre première sortie en amoureux, et je voulais qu'on soit dans les gradins à manger des chips et à boire du soda. Nous pourrons même hurler sur l'arbitre. Je n'ai aucune envie de m'enfermer dans un endroit où les riches passent leur temps à éviter le bas peuple.

— Ce n'est pas pour ça que..., commença-t-elle.

Mais il ne la laissa pas finir.

— Allons, Violette, insista-t-il en lui tendant la main. On va commencer par t'acheter un maillot des Yankees.

Sans plus attendre, elle lui prit la main et, en quelques secondes, se retrouva dans une partie du stade qu'elle n'avait jamais vue, portant un maillot de base-ball flambant neuf. Elle avait toutefois exigé la version en strass, pour ne faire aucune concession sur sa féminité. Elle était à présent assise entre Aidan et un couple accompagné de leurs jeunes enfants.

Il avait raison. C'était une sensation complètement différente de regarder le match depuis les gradins. On ressentait l'énergie de la foule, on baignait dans les effluves de cacahuètes grillées et de gazon fraîchement tondu, et on voyait les joueurs de beaucoup plus près que dans la loge. Aidan alla leur acheter des limonades, qu'ils burent à la paille tout en mangeant des hot-dogs et des chips.

Lorsqu'un joueur de l'équipe des Yankees réalisa un *home run*, elle bondit de son siège comme le reste du public et acclama les joueurs avant d'entonner l'hymne de l'équipe.

Peu avant la fin du match, le soleil se coucha et les projecteurs s'allumèrent sur le stade. Une partie des spectateurs se dirigeaient déjà vers les sorties, mais elle n'était pas encore prête à les suivre. Couverte de miettes de chips, elle ne cessait de sourire à Aidan.

— Alors, qu'en penses-tu ? demanda-t-il. On retourne à la loge VIP manger des sushis ?

Elle fit la grimace et secoua la tête.

— Non. Tu avais raison. C'était beaucoup plus amusant. Je n'en reviens pas de n'avoir jamais assisté à un match depuis les gradins. Je ne sais pas pourquoi mon père ne me laissait pas y aller.

Il la dévisagea, surpris.

— « Ne te laissait pas », répéta-t-il. Quand je pense que tu as failli m'arracher la tête quand je t'ai dit que tu te laissais dicter ta conduite !

Elle soupira.

— Mon père est différent. C'est un Grec de l'ancienne école. La seule chose qu'il attendait véritablement de moi, c'est que j'épouse un jeune Grec de bonne famille et que j'aie des quantités de bébés grecs.

— Tu es une rebelle, alors, remarqua Aidan en souriant. Avoir des bébés irlandais, manger des chips au stade... Que lui réserves-tu encore ?

Il avait raison. Elle se montrait rebelle depuis quelque temps, et il en était la cause. Elle aimait cela. Elle appréciait sa compagnie. Il la poussait à prendre son envol, à élargir sa vision du monde et à vivre, enfin. Il lui faisait partager des expériences qu'elle n'avait jamais connues jusqu'alors et dont elle ne pouvait déjà plus se passer. Sans parler des sensations qu'il faisait naître en elle lorsqu'ils couchaient ensemble. Soudain, elle jeta un œil vers les loges VIP et sourit lorsqu'une idée délirante lui traversa l'esprit.

— Finalement, je pense que nous devrions remonter à la loge avant de rentrer, fit-elle.

— Pourquoi ? Tu as oublié quelque chose ?

Elle secoua la tête, s'approchant pour lui mordiller le lobe de l'oreille. Un frisson traversa le corps d'Aidan et ce n'était certainement pas à cause du froid.

— Ça te dirait de faire l'amour au Yankee Stadium ? lui souffla-t-elle.

Il tressaillit et la dévisagea, stupéfait. Il sonda son visage quelques instants. Soudain son regard s'illumina d'excitation.

— Je n'y avais jamais pensé, mais maintenant que tu en parles..., murmura-t-il en l'attirant contre lui. Je ne vois pas pourquoi je ne testerais pas cette loge, finalement.

Il se redressa et la prit par la main, se laissant guider vers les loges. À chaque marche qu'elle gravissait, elle sentait le désir monter en elle. Lorsqu'ils furent enfin dans la loge, elle verrouilla la porte et s'y adossa.

— Alors, tu viens, champion ?

8

Un sac de voyage sur l'épaule et une valise à roulettes à la main, Aidan s'arrêta devant l'immeuble de Violette. Tara et Knox étaient déjà montés et, à l'arrière du van, Violet prenait un dernier sac des mains du chauffeur de taxi.

— Tout est bien remis en l'état, tu en es sûre ? demanda-t-il une fois de plus.

L'entrepreneur les avait appelés dans la matinée pour leur annoncer que l'appartement était prêt et qu'elle pouvait réemménager. Apparemment, les dommages n'étaient pas aussi graves qu'il y paraissait et il n'y avait eu que des réparations en surface. Il aurait probablement dû se réjouir pour Violette, mais ce n'était pas le cas.

— Oui, Aidan, répondit Violette avec un soupir qui lui indiqua qu'elle en avait assez de cette question.

Il faut dire qu'il la lui avait déjà posée plusieurs fois depuis qu'elle avait annoncé qu'ils pouvaient reprendre leurs quartiers.

Mais c'était bien normal, non ?

Il n'avait pas envie que les choses redeviennent comme avant l'inondation. Cet incident avait véritablement accéléré leur relation. Tout à coup, ils s'étaient retrouvés ensemble constamment, ce qui aurait pris des semaines ou des mois en temps normal. Il aimait être réveillé par les rires de Knox et s'endormir avec Violette dans les bras. Partager ses repas, aller faire les courses avec elle. C'étaient les choses les plus simples qu'il aimait le plus.

On aurait presque dit qu'ils formaient une famille. Une vraie famille. Rien à voir avec la convention de garde que leur avait fait signer l'avocat.

Violette posa le sac sur le trottoir et se tourna vers lui.

— Nous ne quittons pas le pays, Aidan. Nous revenons dans notre quartier, voilà tout. Tu sais où nous trouver.

Elle l'embrassa sur les lèvres et lui tapota la joue.

— Je sais.

Mais il avait beau le savoir, ça ne lui plaisait pas pour autant. Il voulait rester avec elle, en famille, sauf qu'il avait peur de le lui avouer. C'était trop tôt. Et, pourtant, il était sûr de lui. Plus sûr qu'il ne l'avait jamais été avec Iris.

À cet instant, il remarqua un homme qui se dirigeait vers eux. Il leur adressa un signe de la main, sans doute à Violette car Aidan ne l'avait jamais vu.

— Violette ? Je pense que ce type veut te parler.

Elle se retourna. Toute la tendresse qui illuminait son visage disparut lorsqu'elle reconnut l'homme.

— Zut, grommela-t-elle. Je suis là depuis à peine cinq minutes qu'il débarque.

— Violette ! appela l'homme avant même qu'Aidan ait eu le temps de demander de qui il s'agissait.

Mais ce n'était pas difficile à deviner. L'homme portait un luxueux costume et affichait un sourire qu'Aidan trouva particulièrement mielleux. Le rictus d'un vendeur de voiture. Son opinion se confirma lorsque l'homme contourna Aidan sans un regard et agrippa le bras de Violette.

— Te voilà, ma chère. Cela fait plusieurs jours que je te cherche, mais personne ne répondait quand je sonnais à la porte.

Violette se libéra de son emprise.

— Je n'étais pas là cette semaine. Mon appartement a été inondé et il était en travaux.

— Quoi ? Inondé ? Pourquoi ne m'as-tu pas appelé ? Je m'en serais occupé.

Les mains sur les hanches, Violette dévisagea son interlocuteur, manifestement excédée. Ce dernier ne semblait absolument rien remarquer, et Aidan se demanda comment il pouvait ignorer l'effet qu'il produisait sur la femme à laquelle il avait été si longtemps fiancé.

— Pourquoi t'aurais-je appelé ? Nous ne sommes plus ensemble depuis six mois. Aujourd'hui, je règle mes problèmes moi-même. Je n'ai pas besoin de toi.

— C'est bien normal, mon chat. Mais où étais-tu cette semaine ? insista Beau, feignant d'ignorer que ce n'étaient pas ses affaires et que Violette n'avait manifestement aucune envie de lui parler.

— Elle était chez moi, intervint Aidan.

Beau avait déjà touché Violette sans sa permission, l'avait appelée « mon chat », avait mis en doute sa capacité à être autonome et complètement ignoré la présence d'Aidan. Il était temps de réagir.

Beau se tourna vers lui comme s'il venait de remarquer sa présence.

— Oh ! je croyais que c'était ton chauffeur de taxi.

Aidan se crispa, prêt à se battre, mais Violette posa la main sur son bras pour le calmer.

— Ne sois pas si grossier, Beau. Tu savais parfaitement qu'il était avec moi. Et je n'ai aucune intention de t'écouter alors que tu débarques sans prévenir et que tu te comportes si mal avec mon ami. Pourquoi ne me dis-tu pas ce qui t'amène vraiment, qu'on en finisse ?

Beau lança un regard dégoûté à Aidan, comme s'il le jugeait responsable de la fermeté nouvelle de Violette.

— Je voulais simplement te dire bonjour et voir comment tu allais. Tu ne répondais pas à mes appels.

— Je vais bien, merci. Et je ne réponds pas à tes appels parce que nous ne sommes plus ensemble.

— Je sais, mais...

— Il n'y a pas de « mais », Beau. Je te l'ai dit clairement après le test de paternité. Mais ni toi ni mes parents ne semblez vouloir l'entendre. Alors, voilà ce que tu dois savoir : je sors avec quelqu'un d'autre. Fin de l'histoire.

— Avec lui ? lança Beau en tendant le pouce vers Aidan.

— Oui, répondit-elle d'un ton neutre.

— Et qui est-ce, au juste ?

— Le père de Knox, déclara-t-elle avec une fierté qui surprit Aidan.

Jusque-là, elle avait semblé assez réticente à informer les gens de leur relation, en particulier en ce qui concernait Knox. Elle avait besoin de s'habituer à la situation avant de laisser les autres fourrer le nez dans leurs affaires. Apparemment, elle s'y était habituée. Ou bien elle en voulait suffisamment à Beau pour mettre les pieds dans le plat.

— Je croyais que tu ne savais pas qui était son père.

— Je ne le savais pas. Si je l'avais su, les choses se seraient passées différemment entre nous. Mais quelques souvenirs de cette fameuse semaine me sont revenus en mémoire.

— Quelques souvenirs ? Pas tous ? s'enquit Beau avec inquiétude.

— Non, pas tous. Juste ma rencontre avec Aidan. Nous avons renoué depuis. Cela étant, ne compte pas sur moi pour t'en dire davantage.

L'inquiétude de Beau s'évapora, et il croisa les bras.

— Tes parents sont au courant pour… ce monsieur ? demanda-t-il, comme si le mot lui arrachait la bouche.

Était-il si peu présentable ? songea Aidan, baissant la tête pour vérifier sa tenue. Il portait un jean et un T-shirt portant le logo de son bar. Il n'avait pas l'habitude de se mettre sur son trente et un pour un déménagement. Et pourtant cet abruti semblait penser qu'il n'était pas digne de Violette.

Peut-être, mais son opinion à elle était tout ce qui comptait. Or en cet instant elle ne semblait douter de rien. Elle n'avait absolument pas paru gênée de révéler son identité et la nature de leurs relations. Il en était d'autant plus surpris, sachant que Beau n'hésiterait pas un instant à faire son rapport à ses parents ou à leurs amis.

— Ça ne te regarde pas, reprit Violette. Mais non, je n'en ai pas encore parlé à mes parents. Ils sont en voyage, de toute façon. Je le leur dirai, à leur retour. Et, si tu te précipites chez eux pour moucharder, je ferai de ta vie un enfer, tu entends ?

À cette menace, Beau perdit un peu de sa superbe, avant de se ressaisir rapidement.

— Comme si je n'avais que ça à faire ! Tu peux coucher avec qui tu veux, je m'en fiche complètement. Et rappelle-moi quand tu reprendras tes esprits, ajouta-t-il en tournant les talons, sans accorder un regard à Aidan.

Violette et lui regardèrent Beau s'éloigner d'un pas nonchalant, puis disparaître dans la foule.

— Ce type est vraiment un cas, remarqua Aidan. Si tu ne sortais pas avec moi, je m'interrogerais sur tes goûts en matière d'hommes.

— Moi aussi, si ce n'est que je n'ai jamais vraiment choisi Beau. Nous avons grandi ensemble, et il a toujours été plus ou moins entendu que nous nous marierions un jour. Si j'étais née un siècle plus tôt, nous serions déjà mariés. Aujourd'hui, mes parents se contentent d'exercer une pression pour nous réconcilier.

— Je ne comprends pas pourquoi ils te poussent dans les bras d'un abruti pareil.

Ramassant son sac, elle se dirigea vers la porte de l'immeuble.

— Parce que nos familles se connaissent depuis longtemps, je suppose. Parce que nous avons le même âge, qu'il est issu d'une bonne famille et, bien sûr, qu'il est grec. Ce ne sont pas de bonnes raisons, mais ce sont des raisons quand même. J'ai répété plusieurs fois que nous étions mieux assortis sur le papier que dans la vraie vie.

Il secoua la tête et la suivit à l'intérieur.

— En tout cas, si j'étais ton père, je regarderais d'abord comment il te traite. Et, vu l'état dans lequel tu étais quand tu as échoué dans mon bar ce soir-là, je dirais qu'il ne te traitait pas bien du tout.

Violette s'arrêta au milieu du vestibule orné de marbre et de cuivre, et se tourna vers lui.

— Je t'ai raconté quelque chose, à ce sujet ? Comme je viens de le dire à Beau, je ne me souviens pas encore de tout. Juste de toi. Je ne sais toujours pas pourquoi j'étais furieuse ce soir-là, ni ce qui m'a poussée dans ton bar.

Cela faisait un moment que son amnésie n'était pas revenue sur le tapis. Au départ, il n'y avait vu qu'un prétexte bien pratique, mais aujourd'hui il lui faisait confiance.

— Non, tu ne m'as rien confié. En fait, tu ne voulais pas en parler. Je me souviens que tu as évoqué ton fiancé en le qualifiant, je cite, de « salaud », et que tu voulais, ce soir-là, oublier ce qui s'était passé.

Violette leva les yeux au ciel et gagna l'ascenseur.

— Comme quoi il faut prendre garde à ses désirs, car parfois ils se concrétisent...

L'appartement était impeccable. Hormis la légère odeur de peinture, Violette aurait presque pu croire qu'il ne s'était rien passé dans sa cuisine. Knox fut envoyé à la sieste pendant que Aidan, Tara et elle défaisaient les valises. Elle lança quelques lessives puis proposa à Aidan un verre de thé glacé avant de le rejoindre sur le canapé.

— Ce gars est vraiment un abruti, reprit-il.

Elle était parfaitement consciente des défauts de son ex. Il n'avait peut-être pas mérité qu'elle le trompe et tombe enceinte d'un autre, mais une chose était sûre : il n'était pas fait pour elle.

— Je sais. Je revois parfois ce qui a pu me plaire chez lui, quand nous faisions nos études, mais tout ça s'est estompé au fil du temps. Ce qui m'effraie le plus, c'est que j'aie failli l'épouser. Quand j'ai découvert que j'étais enceinte, j'ai compris ce que ça impliquait pour moi : nous allions nous marier, point à la ligne. C'était en tout cas ce que pensaient nos familles et nos proches. J'ai repoussé le mariage en prétextant que je voulais attendre la naissance du bébé. Tout le monde a cru que c'était parce que je voulais être mince le jour de mon mariage, mais en réalité je ne cherchais qu'à le repousser. Puis Knox est arrivé avec sa merveilleuse chevelure rousse et m'a sauvé la vie. J'ai obligé Beau à se soumettre à un test de paternité, alors qu'il était prêt à le reconnaître. J'ai refusé. Je sentais qu'il y avait anguille sous roche et, quand les résultats du test sont arrivés, j'ai sauté sur l'occasion. Mais si Knox avait tenu de moi, s'il avait eu les cheveux et les yeux noirs, je n'aurais peut-être jamais douté de la paternité de Beau et je l'aurais épousé.

Elle secoua la tête, frémissant à l'idée qu'il s'en était fallu d'un cheveu qu'elle ne devienne Mme Beau Rosso. Sa grossesse avait été une longue période de doute et, pourtant, elle ne s'en était jamais ouverte à qui que ce soit. Elle avait mis ses hésitations sur le compte de l'accident, au départ, mais ça ne s'était pas arrangé. Étendue dans son lit la nuit, elle regardait son énorme bague de fiançailles et, chaque fois que Knox bougeait dans son ventre, elle ne pouvait s'empêcher de penser que quelque chose ne tournait pas rond. Depuis l'accident, quelque chose la gênait au sujet de Beau, mais elle n'arrivait pas à mettre le doigt dessus. Elle espérait que cela se réglerait lorsqu'elle retrouverait la mémoire, malheureusement rien de nouveau ne lui était revenu depuis qu'elle avait renoué avec Aidan. L'amnésie était une maladie très frustrante, comme d'avoir en permanence un mot sur le bout de la langue, sans jamais pouvoir l'identifier.

— Moi aussi, j'ai failli épouser la mauvaise personne. C'est plus fréquent qu'on ne le pense. Toi et moi avons eu de la chance de nous en rendre compte avant de faire le grand saut.

Elle le dévisagea, étonnée. C'était la première fois qu'il mentionnait une fiancée, mais il était vrai qu'ils ne savaient pas encore grand-chose de leurs passés respectifs.

— Puis-je te demander ce qui s'est passé ?

Aidan soupira et se prit la tête dans les mains.

— Tu veux la version courte ou la longue ?

— La longue.

Elle avait toujours ressenti chez lui une sorte de colère rentrée. Apparemment, il n'aimait pas les riches et se vexait souvent lorsqu'elle évoquait sa fortune. Or elle n'avait, en soi, rien fait pour provoquer cette attitude. D'où cela pouvait-il venir ?

— Quand je travaillais dans la publicité, j'ai entamé une liaison avec une femme nommée Iris. Elle était juriste et je l'avais rencontrée dans une soirée. Nous sommes sortis ensemble pendant environ trois mois, après quoi je me suis décidé à la demander en mariage. Je savais qu'elle avait des goûts particuliers — je veux dire par là des goûts de luxe —, mais à l'époque je n'y prêtais pas attention. Je m'efforçais d'améliorer ma situation et, dans mon esprit, cela allait de pair avec le fait de sortir avec ce genre de femme. J'avais les moyens de lui faire les cadeaux qu'elle attendait. Et je pensais que ça fonctionnait comme ça. J'ai eu le tort de penser que notre relation ne reposait pas que là-dessus.

Violette sentit un nœud se former dans son estomac. Elle savait déjà comment l'histoire se terminerait car elle avait rencontré Iris. Pas celle d'Aidan, mais des femmes comme elle, dont la loyauté était conditionnée par l'argent. S'il venait à se tarir, elles allaient le chercher ailleurs.

— Bref, quand, à la mort de mon père, j'ai décidé de quitter l'agence et de reprendre le bar, j'ai été assez bête pour croire qu'Iris me soutiendrait. Ça n'a pas été le cas. En fait, elle m'a traité d'idiot et m'a quitté presque immédiatement pour l'un des associés de l'agence. Ça s'est produit si vite que je me suis demandé si elle sortait déjà avec lui avant que je ne quitte l'agence.

— C'est terrible, commenta Violette, bien que sachant ce qui allait suivre.

Rompre avec Aidan était une chose, mais l'insulter comme elle l'avait fait était vraiment cruel. Une telle femme ne méritait pas un homme comme lui. Violette se demanda du coup si elle était assez bien pour lui. N'avait-elle pas trompé Beau lorsqu'elle avait rencontré Aidan ? Certes, ça ne cadrait pas avec son caractère, et elle aurait bien aimé comprendre pourquoi elle l'avait fait. Car elle l'avait fait. Knox en était la preuve vivante. Dans ce cas, valait-elle mieux qu'une femme comme Iris ?

— Comment peut-on se comporter ainsi avec quelqu'un qu'on est censé aimer ? préféra-t-elle demander.

Peut-être la tiédeur de ses sentiments pour Beau — et leurs incessantes disputes — avaient-elles été à l'origine de son infidélité.

Aidan haussa les épaules et prit une gorgée de thé glacé.

— Elle aimait l'argent plus qu'elle ne m'aimait, je suppose. Après notre rupture, elle n'a même pas voulu me rendre la bague de fiançailles, sachant pourtant que j'avais besoin de tout l'argent possible pour renflouer le bar. Je lui en ai voulu énormément à l'époque, mais depuis je me suis rendu compte que beaucoup de gens étaient exactement comme elle. Plus ils ont de l'argent, plus ils aiment ça et plus ils en veulent. Et ils sont prêts à tout pour en obtenir.

Elle n'aimait pas l'amertume qui se dégageait de son récit même si elle comprenait sa colère.

— Je ne sais pas si c'est vrai. Il y a des gens riches et avides partout. Ça ne veut pas dire que tout le monde est comme ça.

— C'est vrai que j'ai tendance à mettre tous les riches dans le même sac, mais j'ai de bonnes raisons de le faire. Des gens comme Beau par exemple sont prêts à tout pour réaliser des profits en Bourse. Les groupes pharmaceutiques n'hésitent pas à laisser mourir des gens comme ma mère parce qu'elle n'avait pas les moyens de s'offrir leurs médicaments hors de prix. Beau était même prêt à reconnaître un enfant qui n'était pas le sien uniquement pour...

Elle se redressa à ces mots.

— Uniquement pour quoi ?

Aidan haussa les épaules.

— Je ne sais pas. Je me trompe peut-être. Si ça se trouve, il vous aimait tous les deux. Mais, si j'en crois mon expérience, j'aurais tendance à penser qu'il était prêt à accepter n'importe quoi pour t'épouser et mettre la main sur ta fortune.

Elle s'était bien sûr posé la question. Comme elle se la posait depuis toujours, chaque fois qu'elle entamait une liaison. La plupart des hommes qu'elle fréquentait savaient combien elle pesait, à quelques centaines de millions près. Et quelque part elle avait cru que Beau échappait à la règle parce qu'ils avaient grandi ensemble. Elle avait voulu croire à sa sincérité. Et pourtant, lorsque Aidan évoquait ses soupçons, elle savait qu'il avait raison. Beau voulait mettre la main sur la milliardaire qu'elle était. Il ne cessait de revenir vers elle quoi qu'elle fasse, parce que au fond il s'en fichait. Il ne l'aimait sans doute même pas. Ce qu'il voulait, c'était le style de vie, le prestige d'être le mari d'une des femmes les plus riches du pays. Bien qu'issu d'une famille aisée, il était loin d'être aussi fortuné qu'elle. Grâce à elle, il bénéficierait de jets privés, de yachts et n'aurait nul besoin de travailler s'il n'en avait pas envie. L'amour et le respect mutuel n'entraient pas dans l'équation. Et elle n'avait aucune envie de se marier dans ces conditions.

— Tu as peut-être raison, pour Beau. Et pour Iris. Apparemment, nous ne sommes pas très doués, toi et moi, quand il s'agit de choisir nos partenaires. Mais je refuse de croire que le monde est exclusivement peuplé de cyniques dans leur genre. L'argent et le statut social ne sont pas tout.

Aidan se mit à rire.

— C'est vraiment une remarque de riche. Tu sais très bien que l'argent est la première cause de rupture.

— Je le pense vraiment, je t'assure, répliqua-t-elle. Beau n'était pas l'homme qu'il me fallait. Je le sais, à présent. Pourtant, mes parents ne voyaient en lui qu'un fils de bonne famille avec une bonne situation et ils fermaient les yeux sur tous ses défauts. La sécurité financière est peut-être agréable, tout comme la bénédiction de la communauté, mais ce ne sont pas les choses les plus importantes dans une relation. Si c'était le cas, les riches ne divorceraient pas, or ils divorcent constamment.

Aidan la dévisagea avec curiosité.

— Quelle est la chose la plus importante, alors ?

Elle s'était beaucoup posé la question lorsqu'elle avait rompu avec Beau. N'ayant pas envie de commettre invariablement les mêmes erreurs, elle s'était efforcée d'identifier ce qu'elle attendait d'un partenaire.

— Il doit y avoir une alchimie, une attirance au départ, bien sûr, mais une relation durable doit reposer sur des bases solides, commença-t-elle. Confiance mutuelle, respect, tendresse doivent faire partie de l'équation. Il faut pouvoir compter sur son partenaire dans les moments difficiles. Le soutenir s'il perd de l'argent ou sa situation, comme ça a été ton cas quand tu as repris le bar. Pour moi, ces aspects sont plus importants que le reste. C'est en tout cas ce que je rechercherai à l'avenir avant de m'engager.

Il se pencha vers elle et lui décocha un sourire qui l'électrisa de la tête aux pieds.

— Tu veux dire qu'un pauvre type comme moi a une chance de gagner le cœur et la main d'une belle femme riche comme toi ?

Il avait lancé sa réplique d'un ton léger, mais elle savait qu'au fond il était on ne peut plus sérieux. Elle ne supportait pas l'idée qu'il puisse se croire trop en-dessous d'elle. Pourquoi la mettait-il sur un piédestal ? Elle aurait voulu étrangler Iris pour l'avoir fait ainsi douter de lui.

— Bien sûr que tu as tes chances, répondit-elle en lui prenant la main. Je n'aurais pas succombé à tes charmes la première fois, et encore moins la deuxième, si tu n'avais aucune chance. Je ne suis pas le genre de femmes à prendre les relations physiques à la légère.

Il scruta son visage quelques instants, avant de hocher la tête et d'ôter sa main de la sienne.

— Je tâcherai de m'en souvenir, chuchota-t-il. Il faut que j'y aille. C'est ma dernière soirée de congé avant le gala de samedi. J'ai beaucoup à faire d'ici là.

Ils se levèrent, et elle le raccompagna à la porte. Elle comprenait qu'il ait des choses à faire, c'était aussi son cas. Pourtant, elle n'avait aucune envie de le voir partir. En général, elle aimait avoir du temps à elle, même dans le cadre d'une liaison. Mais, curieusement, elle avait envie de se jeter dans ses bras pour l'empêcher de franchir le seuil de son appartement.

Comment avait-elle pu s'attacher aussi vite à Aidan ? Elle était sortie longtemps avec Beau, sans pour autant avoir jamais rien éprouvé de tel.

— Reste, murmura-t-elle soudain.

Il lui jeta un regard étonné.

— Au bout d'une semaine à mes côtés, je croyais que tu en aurais marre de moi.

— Moi aussi, rétorqua-t-elle. Mais bizarrement, non.

La main d'Aidan lâcha la poignée de porte avant de se poser sur ses lèvres. Lorsqu'il combla l'espace qui les séparait, elle fut enveloppée dans le cocon de son odeur virile. Elle n'avait plus qu'une seule envie : se nicher au creux de ses bras et l'attirer dans son lit.

Jamais elle ne pourrait s'endormir s'il n'était pas là.

Elle enfouit la tête dans son cou, absorbant la chaleur de sa peau et vibrant au rythme du battement de son pouls contre ses lèvres.

— Je t'en prie, reste, lui souffla-t-elle à l'oreille.

— D'accord. Puisque tu insistes.

9

Le reste de l'après-midi passa avec une insupportable lenteur. Une fois qu'elle l'eut convaincu de rester pour la nuit, un compte à rebours interminable se déclencha dans son esprit. Elle s'était habituée à s'endormir auprès de lui et à humer son odeur dans l'oreiller le matin. Le lien qui les unissait n'était plus un secret pour Tara, mais ils ne s'exhibaient pas pour autant devant elle. Ce qui signifiait que Violette devait attendre l'heure du coucher pour l'embrasser ou le prendre dans ses bras.

La cuisine avait beau être réparée, le contenu des placards était encore dans les cartons. Aidan commanda donc le dîner chez un traiteur chinois tandis que Violette préparait une assiette de céréales et une compote de bananes pour Knox. Le peu qu'elle parvint à lui mettre dans la bouche remporta un franc succès.

À l'heure du coucher, Aidan profita de l'occasion pour mettre son fils au lit. Elle le regarda mener le rituel qu'elle lui avait appris lorsqu'ils logeaient chez lui : la couche, le pyjama et un câlin dans le rocking-chair. Parfois, elle lui racontait une histoire ou lui chantait une chanson. Lorsqu'il serait un peu plus grand, elle commencerait à lui lire des livres. Aidan raconta à son fils le triomphe de son équipe de base-ball préférée au championnat de 2009. Niché dans ses bras, Knox l'écouta du début à la fin, captivé.

Elle se sentait fondre littéralement lorsqu'elle les voyait tous les deux. Elle ne savait pas vraiment ce que c'était que d'avoir un père, du moins un père présent. Dans son enfance, c'était toujours la nourrice qui la mettait au lit et, si ses parents étaient là, il arrivait à sa mère de l'embrasser sur le front. Mais les histoires et les chansons n'étaient pas des choses qu'elle associait à ses parents. Son père l'aimait à sa façon, mais il n'était pas démonstratif. Son grand-père Stavros en revanche était devenu plus affectueux avec elle en vieillissant. Ce serait peut-être aussi le cas de son père avec Knox, mais, quand elle était enfant, il se montrait toujours ferme et distant.

Elle savait que Patrick Murphy avait déjà des problèmes avec l'alcool dans l'enfance d'Aidan. Pourtant, à la différence de son père à elle, celui-ci ne s'en servait pas comme excuse pour se montrer distant avec son fils. Au contraire, il se surpassait, mettant un point d'honneur à mieux se comporter avec Knox que son père ne l'avait fait avec lui.

Elle appréciait cette attitude beaucoup plus qu'elle ne l'avait réalisé au départ. Lorsqu'elle les voyait ensemble, elle remerciait sa bonne étoile d'avoir pu retrouver Aidan. Si elle avait épousé Beau, ce dernier n'aurait pas fait cet effort avec Knox, elle le savait. Il ne s'était d'ailleurs que très peu impliqué durant sa grossesse. Il avait manqué une échographie, boudé pendant la fête de naissance parce qu'il avait dû annuler un match de tennis pour y assister. L'idée d'avoir un fils avait beau lui plaire, vivre avec lui ne l'intéressait pas.

Aidan, en revanche, avait la passion du quotidien. Du jour au lendemain, il avait découvert qu'il avait un fils et il s'en sortait remarquablement bien. S'il avait été là durant sa grossesse, les choses auraient sans doute été bien différentes. Lui aurait-il massé les chevilles ou apporté de quoi satisfaire ses caprices alimentaires ? Probablement. Car il se souciait de ceux qui partageaient sa vie. Et pour Violette, c'était beaucoup plus important que tout ce que Beau avait à apporter par ailleurs.

Knox s'était endormi dans les bras de son père. Elle regarda Aidan le déposer doucement dans son berceau.

— Il a sombré comme une masse, chuchota-t-il en voyant

qu'elle les regardait par la porte entrebâillée. Alors, chef, je m'en suis bien sorti ? Je suis reçu à l'examen ?

Elle sourit. Elle ne l'avait pas observé pour l'évaluer, mais elle appréciait qu'il s'efforce de faire de son mieux.

— Haut la main.

— Et ça mérite une récompense, à ton avis ? ajouta-t-il en haussant un sourcil intéressé.

— Ça peut s'envisager, répondit-elle en le prenant par la main et en le guidant jusqu'à sa chambre.

Une fois à l'intérieur, elle ferma la porte et le fit reculer jusqu'au lit. Sans le quitter des yeux, elle s'agenouilla devant lui.

— Alors, prêt pour ta récompense ? demanda-t-elle avec un sourire faussement pudique.

— Tout à fait.

Elle prit son temps, commençant par lui caresser les jambes et les cuisses à travers son jean avant d'approcher de la braguette. Ôtant le bouton, elle ouvrit la fermeture Éclair et sentit Aidan se contracter. Elle l'aida à enlever son pantalon et son boxer. Ceux-ci formèrent bientôt un tas à ses pieds, avec ses autres vêtements.

Elle l'avait à peine touché et pourtant, quand il fut nu, elle s'aperçut qu'il était déjà prêt pour elle. Lorsqu'elle posa la main sur son sexe dressé, il inspira brusquement, comme sous l'effet d'une brûlure, et retint son souffle lorsqu'elle se mit à le caresser.

— Violette, murmura-t-il en fermant les yeux.

Enhardie par sa réaction, elle prit son sexe dans sa bouche et entama une lente caresse buccale. Aidan grognait à chaque fois que son sexe pénétrait dans la chaleur humide de sa bouche et qu'elle le titillait du bout de la langue. Il plongea les mains dans ses cheveux et se mordit la lèvre inférieure, faisant manifestement un gros effort pour ne pas crier.

Mais elle était déterminée à le pousser à bout. C'était une récompense, après tout. Alliant caresses buccales et manuelles, elle accéléra le rythme jusqu'à ce qu'il n'y tienne plus.

— Stop, lâcha-t-il en lui bloquant le poignet. Si tu continues comme ça, cette pauvre Tara va en savoir beaucoup trop sur notre intimité.

Elle releva la tête et mit à rire.

— Désolée, souffla-t-elle d'un ton espiègle.

— Tu parles.

D'un coup sec, il la releva et la fit tomber sur lui, bras et jambes écartés. Il la ceintura, l'empêchant de se redresser.

— Non, non, on ne bouge plus, reprit-il. Tu t'es bien amusée. À ton tour de crier, maintenant.

Roulant sur le lit, elle se retrouva sur le dos. À califourchon sur elle, il lui bloqua les poignets au-dessus de la tête, puis, de sa main libre, il lui retira alors son T-shirt et le lui enroula autour des poignets. Lorsqu'elle fut à sa merci, il dégrafa le soutien-gorge à ouverture frontale et ôta les bonnets en dentelle bleue pour dénuder ses mamelons dressés.

Elle retint son souffle lorsqu'il lui prit le sein gauche et l'aspira dans la chaleur de sa bouche. Il téta son mamelon jusqu'à ce qu'elle se tortille et se cambre au-dessous de lui. Elle était complètement à sa merci à présent et la façon dont il lui avait entravé les bras ne faisait que renforcer cette impression.

C'était terriblement excitant.

Il ne consentit à la lâcher que pour lui permettre d'ôter son pantalon et sa petite culotte. Lorsqu'elle en fut enfin débarrassée, elle en profita pour l'embrasser. Il lui rendit son baiser avec une fougue qui témoignait de leur excitation à tous les deux. Cela faisait moins de vingt-quatre heures qu'ils n'avaient pas partagé un lit et, pourtant, elle avait l'impression que cela faisait des semaines. Comme si le désir qu'elle éprouvait pour lui risquait de la consumer si elle devait attendre plus longtemps.

Mais ce soir il paraissait moins pressé qu'elle. Tout en l'embrassant, il prenait le temps de la caresser. Enfin il glissa la main entre ses jambes, insérant deux doigts en elle et frottant la paume contre sa vulve. Sa bouche contre la sienne, il étouffa ses gémissements lorsqu'il entama une caresse circulaire affolante, qui avait toutes les chances de la porter jusqu'à l'orgasme.

Ce qui devait arriver arriva, tout son corps fut soudain submergé par une onde de plaisir pur. C'était la première fois qu'elle jouissait si vite et si fort, comme si Aidan avait acquis la maîtrise de son corps. Arrachant sa bouche à la sienne, elle tourna la tête pour prendre une longue bouffée d'air.

Tandis qu'elle restait étendue, encore pantelante, Aidan alla chercher un préservatif puis revint à ses côtés. Lorsqu'il la pénétra, elle sentit que son corps réagissait une fois de plus au quart de tour. Leur façon de faire l'amour avait déjà évolué depuis leurs retrouvailles, une semaine plus tôt. Aujourd'hui, la nouveauté avait cédé le pas à une confortable familiarité, comme si chacun avait déjà acquis une expérience du corps de l'autre, qui s'exprimait dans chaque caresse et chaque étreinte. Il savait exactement comment bouger et la toucher pour la satisfaire.

C'était la première fois qu'elle avait un amant qui se concentrait autant sur son plaisir. Même ce soir, il avait accepté sa récompense, mais l'avait transformée en une expérience susceptible de les satisfaire tous les deux. Il ne faisait pas semblant de s'intéresser à ses désirs, il leur donnait la priorité, comme dans tous les aspects de sa vie.

Tandis qu'il murmurait son nom dans son cou et la serrait étroitement contre lui, elle ne pouvait s'empêcher de penser à quel point elle se sentait aimée. Knox et elle semblaient être devenus les priorités de sa vie, loin devant son bar, sa situation financière ou sa réputation. Jamais aucun homme ne l'avait aimée ainsi auparavant.

Était-ce cela, l'amour ?

Si c'était bien le cas, alors aucun homme ne l'avait jamais vraiment aimée par le passé. Du moins, pas corps et âme comme Aidan paraissait le faire. Ils n'avaient pas encore parlé de leurs sentiments, mais il lui donnait vraiment l'impression d'être chérie et appréciée pour ce qu'elle était, au point qu'elle avait envie de lui donner son cœur.

Car elle était bel et bien amoureuse de lui. Elle n'y avait pas encore vraiment songé avant ce soir, mais c'était clair comme de l'eau de roche. Ils n'avaient passé que peu de temps ensemble, cependant son cœur et sa raison savaient tous deux ce qu'ils voulaient. Lui.

Elle était follement, irrémédiablement amoureuse d'Aidan.

L'intensité de cette prise de conscience se répandit dans tout son corps. Comme si toutes les barrières avaient cédé sous le coup de l'émotion, une chaleur d'une force inouïe se mit à déferler en elle. Lorsque Aidan céda à son tour à son propre plaisir, elle ne put réprimer ses larmes. Elle avait envie de l'étreindre, de faire durer ce moment et de le chérir pour toujours.

Elle aurait voulu lui confier ses sentiments sans plus attendre, mais elle s'abstint. C'était une chose de tomber amoureuse, mais encore fallait-il trouver le bon moment pour l'avouer à Aidan. Or lui n'était peut-être pas aussi sûr de lui et avait encore besoin de temps pour comprendre à quel point leur relation était unique.

Lorsqu'il roula à ses côtés, elle sentit l'air frais balayer sa peau humide de sueur, et elle frissonna. Elle se blottit au creux de ses bras. Près de lui, elle se sentait en sécurité, comme si rien de ce qui se passait à l'extérieur de son appartement ne pouvait les atteindre. Le jugement de ses parents, par exemple.

Elle savait qu'elle allait devoir leur parler, et vite. Mais pas ce soir. Ils se trouvaient pour l'instant en Europe de l'Est, et elle avait envie de profiter pleinement de ce moment avec Aidan. Une soudaine appréhension la saisit, et elle resserra son étreinte.

Comme si ce moment n'allait pas durer beaucoup plus longtemps.

Le lendemain matin, Aidan regagna son appartement pour se changer avant d'aller au bar. Il ne faisait pas l'ouverture aujourd'hui, mais il devait aller chercher quelque chose chez sa mère avant de reprendre le travail.

La nuit qu'il avait passée avec Violette l'avait laissé songeur.

Cela ne faisait pas longtemps qu'ils étaient ensemble, mais rentrer chez lui ce matin lui rappelait douloureusement que leur cohabitation n'avait été que temporaire. Maintenant que sa cuisine était réparée, Violette était de retour chez elle, le privant de tout ce à quoi il s'était habitué si rapidement. Certes il avait rendez-vous le dimanche suivant pour voir son fils, mais ça ne voulait pas dire qu'il avait rendez-vous avec Violette.

Bien sûr, il était heureux d'être le père de Knox et de faire partie de sa vie, mais il voulait plus. Ce n'était peut-être pas réaliste, mais il avait envie de fonder une vraie famille. Une famille qui se réveillait ensemble et partageait le petit déjeuner avant de commencer la journée. Une famille qui passait le dimanche à la campagne ou au stade. Qui, plus tard, applaudirait les exploits sportifs de Knox, prendrait des photos de ces bons moments et les afficherait sur les murs du foyer.

Lorsque, arrivé chez sa mère, il gravit les marches du perron, il réalisa tristement qu'ils étaient encore loin de partager un foyer. Non, sa vie ne ressemblait en rien à celle de ses parents. Bon, certes, leur mariage n'avait pas été parfait, loin s'en faut, mais sa mère avait aimé son père et pris soin de lui jusqu'au bout. Et il voulait suivre leur exemple.

Mais Violette serait-elle partante pour une telle aventure ? Fonder une famille ? Se marier ? Cette possibilité n'avait pas été évoquée lorsqu'il avait découvert l'existence de son fils, et à juste titre. Si elle acceptait un jour de l'épouser, ce serait parce qu'elle en avait envie, et non parce qu'elle s'y sentait obligée à cause de Knox.

C'était à la fois encourageant et effrayant, car il ignorait dans quel sens se développerait leur histoire. Il voulait épouser Violette. Les sentiments qu'il éprouvait pour elle étaient encore nouveaux et incertains, mais ce qu'il ressentait pour eux trois était clair. Quelle que soit sa réponse, il devait essayer.

Une fois dans la maison, il s'arrêta au bas de l'escalier. Depuis la mort de sa mère, il avait évité de monter. Et en particulier, de ranger sa chambre. Après qu'elle avait succombé à son cancer du pancréas, il avait été trop affecté pour trier ses affaires et faire don de certaines d'entre elles. En réalité, il n'y avait aucune urgence. Mais il allait devoir affronter cette épreuve, à présent.

Avec la subvention de la fondation et l'approche du gala, les choses commençaient à bouger. Bientôt, un administrateur et les premiers patients emménageraient, et la Maison de Molly deviendrait une réalité. Il allait donc devoir se mettre au travail.

Il ferait don de la plupart des vêtements et accessoires divers à une association caritative. Probablement Saint-Vincent-de-Paul. Mais les meubles de cuisine pourraient être utilisés par les locataires durant leur séjour.

En revanche, tous les objets et documents relevant de la sphère intime seraient transférés chez lui. Il n'y en avait pas énormément, mais il savait que sa mère était attachée à certains d'entre eux. Knox hériterait surtout de sa mère, il le savait, mais il désirait aussi lui léguer un certain nombre de choses. Ça ne se compterait pas en millions de dollars, certes, mais il se voyait bien lui léguer la montre à gousset en argent de son grand-père, par exemple.

Se forçant à gravir les marches, il entra dans la chambre que ses parents avaient partagée toute leur vie durant. Rien n'avait changé, hormis la légère couche de poussière qui couvrait les meubles. Il flottait encore dans l'atmosphère des notes du parfum à la rose de sa mère. Il sentit aussitôt les larmes lui monter aux yeux.

Regardant autour de lui, il réalisa qu'il allait avoir beaucoup de travail, mais aujourd'hui il était venu chercher quelque chose, un objet précieux entre tous.

Il s'approcha de la vieille coiffeuse en chêne sur laquelle était posé un coffret à bijoux où il trouverait la montre de son grand-père, le collier de perles de sa mère, une médaille qu'il avait gagnée lorsqu'il était scout et plusieurs autres bijoux que sa mère avait toujours aimés. Parmi lesquels sa bague de fiançailles.

Sur son lit d'hôpital, sa mère avait insisté pour la lui léguer avant sa mort. La bague avait appartenu à sa grand-mère paternelle, qui l'avait donnée à son fils lorsqu'il avait fait sa demande en mariage. C'était un bijou de famille, et la mère d'Aidan tenait à ce qu'il l'offre à son tour à sa future épouse, le moment venu.

Il l'avait acceptée et s'était empressé de la mettre en sûreté dans le coffret. À l'époque, il s'accrochait encore à l'espoir que sa mère se rétablirait et renfilerait la bague, une fois de retour chez elle. Mais, bien sûr, les choses ne s'étaient pas déroulées ainsi. Et la bague n'avait pas bougé depuis l'année précédente.

Il trouva le petit coffre tapissé de satin exactement à l'endroit où il l'avait rangé. C'était l'écrin d'origine. Usé et délavé, il devait bien avoir quatre-vingts ans. Lorsqu'il l'ouvrit, son regard se posa sur la bague qu'il avait toujours vue au doigt de sa mère.

Il ne s'y connaissait pas particulièrement en bijoux, mais sa mère lui avait dit que c'était un solitaire « ballerine » de style Art déco. Il supposait que c'était une façon un peu chic de décrire la pierre centrale et les petits diamants qui l'entouraient. Tout ce qu'il savait, c'était que la bague était splendide et que sa mère y était très attachée.

Si elle n'avait pas été un bijou de famille, son père n'aurait probablement jamais eu les moyens d'acheter quelque chose d'équivalent. D'ailleurs, c'était aussi son cas. Il ne pouvait pas se rendre chez Tiffany pour acheter une bague de fiançailles dans les niveaux de prix auxquels Violette était sans doute habituée. Le genre de bague que Beau lui avait probablement offerte l'année précédente. Mais il pouvait lui offrir celle-ci.

L'accepterait-elle ? Il ne savait pas ce qu'elle ressentait pour lui. Et il ne savait pas non plus exactement ce qu'il ressentait pour elle. Tout ce qu'il savait, c'est qu'il désirait partager sa vie et celle de leur fils au quotidien. Il voulait se réveiller chaque matin à ses côtés et il avait le sentiment confus que, s'il ne se déclarait pas maintenant, il laisserait passer sa chance. Violette était l'une des héritières les plus convoitées de Manhattan.

Même si Beau n'était plus vraiment une menace, un autre homme pouvait toujours apparaître dans le tableau.

S'il désirait épouser Violette, il devait le lui dire avant qu'elle ne trouve un homme qui cadre mieux à son style de vie et aux attentes de sa famille.

Son sang ne fit qu'un tour à l'idée que quelqu'un d'autre puisse prétendre à la main de Violette. Il était peut-être incapable d'exprimer clairement ses sentiments, mais il savait qu'il ressentait quelque chose de fort et qu'il devait prendre le risque de la demander en mariage.

Exposant la bague à la lumière, il la fit tourner lentement entre ses doigts. Elle serait superbe au doigt de Violette.

Prenant une profonde inspiration, il rangea la bague dans son écrin et redescendit. *Bientôt*, se dit-il. *Bientôt.*

10

— C'est la première fois que je vois autant de monde à un gala.

Violette se tenait à l'entrée de la salle de bal en compagnie de Betsy, son assistante. La foule était en effet impressionnante. Betsy, qui travaillait à la Fondation Niarchos bien avant que Violette n'en prenne la direction, savait de quoi elle parlait. La fondation avait reçu un nombre de réponses impressionnant suite à l'envoi des invitations, et Violette s'en réjouissait pour le projet d'Aidan. L'orchestre était excellent, la piste de danse pleine à craquer. Et d'autres invités affluaient, masqués et vêtus de leurs plus beaux atours.

— Au fait, je voulais vous poser une question, reprit Betsy.

— Quoi donc ? demanda Violette, cherchant Aidan des yeux.

Elle ne l'avait pas encore repéré, mais elle était pressée de le voir en smoking. Il était déjà incroyablement sexy vêtu d'un simple jean et d'un T-shirt, et elle n'osait imaginer l'effet qu'il allait produire sur elle en James Bond.

— Vos parents… J'ai remarqué qu'ils n'étaient pas sur la liste des invités.

Violette se tourna vers son assistante, étonnée.

— Et donc ?

— Et donc, reprit Betsy, c'est leur fondation. En général, nous les invitons à tous les événements.

— Je crois qu'ils se trouvent en Roumanie, éluda-t-elle. À quoi bon leur envoyer une invitation alors qu'elle finira dans une pile, avec le reste de leur courrier ? Après tout, nous nous efforçons de lever des fonds, pas d'en dépenser inutilement.

Betsy était une quinquagénaire qui ne s'en laissait pas facilement conter. Elle jeta à Violette un regard appuyé au-dessus de ses lunettes en écaille, et celle-ci comprit qu'elle avait peut-être protesté un peu trop vigoureusement. C'était vrai, ses parents étaient invités en général. Mais ce soir son amant serait le point de mire du gala et, en le voyant avec elle, ses parents comprendraient forcément que c'était le père de Knox. Même avec un masque, ses cheveux le trahiraient.

Non, ce n'était pas le moment d'ouvrir la boîte de Pandore. Elle ne leur avait pas parlé d'Aidan et n'était pas encore prête pour les révélations. Par ailleurs, celui-ci avait suffisamment à faire pour l'instant sans avoir à subir les regards inquisiteurs des charmants M. et Mme Niarchos. Mieux valait éviter qu'un scandale familial n'explose sous les yeux avides de la bonne société new-yorkaise.

— Le problème, répliqua Betsy, c'est que vos parents sont rentrés de Roumanie hier soir.

Violette se raidit et se mit à jouer nerveusement avec son bracelet de diamant.

— Vraiment ? Je m'étonne qu'ils ne m'aient pas prévenue.

— En fait, votre père est passé hier à la fondation, après votre départ. Quand je lui ai parlé du gala, il est tombé des nues. Et là, je me suis rendu compte que vos parents n'étaient pas sur la liste des invités.

Violette se tourna vers Betsy, incapable de masquer son horreur.

— Betsy, est-ce que mon père a l'intention de venir ce soir ?

Betsy se mordilla la lèvre, manifestement ennuyée.

— Oui. Avec votre mère. Si j'avais su que vous ne teniez pas à leur présence, je n'en aurais pas parlé. J'ai cru que c'était un oubli sur la liste. On ne peut plus rien y changer, maintenant.

— Ce n'est pas que je ne veux pas qu'ils viennent, s'empressa de corriger Violette. Je voulais simplement éviter d'avoir une importante conversation avec eux ce soir.

— À propos de M. Rosso ?

Violette cligna des yeux, perplexe. Que venait faire son ex-fiancé dans l'histoire ?

— Qu'est-ce qui vous fait croire que Beau a quelque chose à voir là-dedans ?

À cette question, Betsy se décomposa littéralement.

— Parce que vos parents ont décidé de venir avec lui, répondit Betsy d'une voix si basse qu'elle l'entendit à peine.

— Quoi ? Vous êtes sérieuse ? Beau sera là, lui aussi ?

— J'en ai bien peur. Vous connaissez vos parents. À chaque fois qu'ils rentrent de voyage, ils me demandent si Beau est passé au bureau ou si vous vous êtes réconciliés. Ils ont peut-être pensé qu'avec le champagne et la musique douce, ce gala serait le lieu idéal pour ce rapprochement. Ils tiennent tellement à vous voir ensemble.

— Malheureusement.

Violette se remit à observer la foule, cherchant cette fois non plus seulement Aidan, mais ses parents et son ex-fiancé. Un nœud d'angoisse dans l'estomac, elle prit une gorgée de vin blanc dans l'espoir de se calmer. En vain.

— J'ai fait une gaffe, mademoiselle Niarchos ?

— Pas du tout, Betsy, répondit Violette d'un ton rassurant. Vous n'aviez aucune raison de croire que cela poserait un problème. J'aurais dû vous en parler. C'est ma faute. Et puis, ça devait arriver, de toute façon.

— En tout cas, si ça peut vous réconforter un peu, vous êtes absolument ravissante, reprit Betsy. La couleur cuivre de cette robe met parfaitement votre teint en valeur.

— Merci, Betsy.

Elle avait mis des heures à choisir la robe qu'elle allait porter pour la soirée, car elle voulait être sublime au bras d'Aidan. Elle avait finalement opté pour une robe dos nu couleur taupe, dont le haut était couvert de perles et de paillettes cuivre qui allaient en s'estompant vers le bas. Pour dégager les fleurs piquées sur les bretelles en tour de cou, elle s'était relevé les cheveux en un chignon souple, dévoilant de discrètes boucles d'oreilles en diamants assorties à son bracelet.

Toutefois, elle s'abstint de préciser à Betsy qu'elle avait choisi cette couleur pour être assortie à la couleur de cheveux d'Aidan.

— Oh ! regardez, reprit Betsy. Voilà M. Murphy.

Un morceau venait de s'achever et, sur la piste de danse, les couples se séparèrent, cédant le passage à Aidan. Lorsqu'il fixa son regard bleu sur le sien, elle oublia soudain tous ses soucis. Avec son corps musclé et sa folle chevelure rousse, Aidan était toujours séduisant, mais ce soir elle dut faire un effort surhumain pour ne pas rester bouche bée. Même son loup en satin noir ne parvenait pas à occulter combien il était sexy. En fait, le masque ne faisait que souligner l'intensité de son regard, son menton volontaire et ses lèvres charnues. Elle avait hâte de les sentir de nouveau sur son corps.

Il s'arrêta devant elle avec un sourire faussement timide qui la fit fondre.

— Bonsoir, mesdames.

— Bonsoir, monsieur Murphy, lança joyeusement Betsy. Vous êtes d'une rare élégance, ce soir.

Aidan se tourna vers elle et lui prit la main.

— Merci, Betsy. Vous êtes charmante, vous aussi. J'espère que vous me ferez l'honneur d'une danse, tout à l'heure, répondit-il avant de lui faire le baisemain.

Betsy rougit jusqu'à la racine des cheveux. Elle tenta de remettre vivement son loup, mais sans parvenir à masquer son embarras à temps. Violette n'avait jamais vu Betsy réagir ainsi en présence d'un homme. Apparemment, Aidan semblait produire cet effet sur les femmes de tous âges. Et c'était bien normal. Il était beau, charmant, attentionné, et sexy en diable dans un lit.

Rien d'étonnant à ce qu'elle soit amoureuse de lui.

— Quant à vous, mademoiselle Niarchos, vous êtes absolument sublime, poursuivit-il en lui faisant également le baisemain.

— Vous êtes trop aimable, monsieur Murphy.

— Dites-moi, mademoiselle, qu'avez-vous fait de votre loup ? C'est un bal masqué, que je sache ?

Ouvrant son minuscule sac à main, elle en sortit un masque métallisé couleur cuivre, assorti à sa robe. Occupée à régler les derniers détails au début de la soirée, elle avait tout simplement oublié de le mettre.

— C'est mieux comme ça ? lui demanda-t-elle lorsqu'elle eut fixé son loup.

— En fait, pas vraiment. Car il me prive de votre merveilleux visage. Mais je saurai me contenter de votre regard enchanteur.

Elle gloussa nerveusement, inquiète que Betsy ne voie clair dans leur petit jeu.

— Vous êtes bien flatteur ce soir, monsieur Murphy. Mais peut-être devriez-vous exercer votre charme sur de potentiels donateurs, et non sur moi. Je vous ai déjà accordé votre subvention.

— Excusez-moi, quelqu'un m'appelle, indiqua soudain Betsy avant de s'éclipser.

Lorsqu'ils furent seuls, Violette poussa un grand soupir de soulagement. Mais cela risquait d'être de courte durée.

— Tu veux vraiment que tout le monde sache que nous sommes ensemble ? demanda-t-elle.

— Je me montre charmant, voilà tout. C'est ce que tu m'as recommandé de faire. Je n'y peux rien si je suis plus sincère quand je m'adresse à toi. D'ailleurs, j'ai vraiment envie de danser avec toi.

Lorsque Aidan lui tendit la main, elle sut qu'elle ne pourrait pas résister.

— Très bien, concéda-t-elle. Alors, juste une.

— Je n'en demande pas plus.

Il l'entraîna au centre de la piste, où la foule des danseurs était plus compacte, et la prit dans ses bras.

Se lovant contre lui, Violette lui agrippa la main et posa les doigts sur son épaule. Bien que protégée des regards, elle évoluait avec raideur, et Aidan se demanda pourquoi elle était aussi anxieuse. Jusqu'ici, la soirée se déroulait à merveille. C'était parfait, comme tout ce qu'elle faisait.

Mais peut-être avait-elle d'autres raisons d'être stressée. Soudain, la bague qu'il avait glissée dans la poche de sa veste lui parut peser des tonnes. Elle lui rappelait à chaque instant ce qu'il avait prévu de faire ce soir, même si, en cet instant, il hésitait de plus en plus. Une telle proposition ne ferait peut-être qu'ajouter au stress de Violette.

— Que t'arrive-t-il ? Tu as peur que quelqu'un ne devine notre liaison ?

— Oui et non, répondit-elle. Tu dois rester sur tes gardes. Betsy vient de me dire que mes parents et Beau allaient assister à la soirée, alors que je ne les ai pas invités.

Il fronça les sourcils sous son masque. Alors qu'il avait impression que leur relation commençait à évoluer, un nouveau problème surgissait, qui risquait de lui faire perdre l'avantage.

— Pourquoi ne les as-tu pas invités ? Tu ne le fais pas, habituellement ?

— Bien sûr que si. Et ils assistent à nos soirées lorsqu'ils sont en ville. Mais, ce soir, c'était différent. Je ne les ai pas invités parce que je..., commença-t-elle sans finir sa phrase.

— Parce que tu ne voulais pas qu'ils nous voient ensemble, termina-t-il à sa place.

Ravalant son amertume, il comprit alors que la bague resterait bel et bien dans sa poche, pour le moment. Apparemment, elle ne souhaitait vraiment pas que ses merveilleux parents ne découvrent qu'elle s'envoyait en l'air avec un type comme lui. C'était sans doute la raison pour laquelle elle tenait tant à ne pas ébruiter leur liaison. Il reprit :

— Après tout ce que je t'ai dit sur ma rupture avec Iris, je n'en reviens que tu puisses ne pas me juger digne d'être montré à tes parents.

Elle écarquilla les yeux sous son masque.

— Ce n'est absolument pas pour ça que je ne les ai pas invités. Arrête de me prêter des pensées aussi horribles.

— Alors, vas-y, explique-moi, exigea-t-il.

Elle soupira et, l'espace d'un instant, regarda les couples qui dansaient autour d'eux.

— Ça n'a rien à voir avec toi, Aidan. Tu es un homme extraordinaire, un père formidable pour Knox. Et je chéris tous les instants que je passe à tes côtés. Non, ce sont mes parents qui posent problème. Je ne voulais pas te les imposer avant que ce ne soit absolument nécessaire. Je t'ai parlé de leurs exigences à mon égard... Quoi que je fasse, ce n'est jamais assez bien pour eux. Et je voulais te protéger de leur jugement. Mais sache que quoi qu'ils disent ou fassent, ils ne feront qu'exprimer leur opinion, pas la mienne.

— Très bien. Alors embrasse-moi, la défia-t-il.

Elle se raidit entre ses bras.

— Ça serait plutôt malvenu dans ce genre de soirée.

Il secoua la tête.

— Peut-être, mais fais-le quand même. Montre aux gens qui nous trouvent mal assortis que tu te fiches de ce qu'ils pensent et montre-leur que nous sommes ensemble.

Elle jeta un regard dans la salle, craignant sans doute de voir apparaître ses parents.

— Allez..., souffla-t-il en lui prenant le menton et en lui faisant doucement pivoter la tête. Embrasse-moi, Violette. Oublie les autres et montre-moi ce que tu ressens.

— Aidan...

— Si tu en es incapable, autant mettre fin tout de suite à cette liaison. Nous nous verrons pour Knox, et voilà tout. Je n'ai pas envie de devenir un secret honteux que tu dissimules à la terre entière.

Violette posa sur lui un regard attristé.

— Tu n'es pas mon secret honteux, Aidan.

— Alors, prouve-le. Embrasse-moi.

Violette soupira et posa la main sur sa joue.

— Si c'est le seul moyen pour que tu me croies, alors très bien. Exposons-nous aux yeux du monde.

Elle se hissa sur la pointe des pieds pour l'embrasser, mais il la rejoignit à mi-chemin. L'attirant contre lui, il inclina la tête vers la sienne. Lorsque leurs lèvres se rencontrèrent, tout ce qui les entourait s'estompa. Il n'y avait plus de foule ou de parents hostiles. Même la musique s'était évanouie. Ils étaient seuls, elle et lui, dans leur bulle. Il aurait voulu capturer ce sentiment pour toujours afin de pouvoir s'en souvenir quand la vie deviendrait trop compliquée.

Ou lorsqu'elle sortirait de sa vie pour toujours...

Soudain, un raclement de gorge sonore retentit à proximité, rompant la magie de l'instant. Lorsqu'ils tournèrent la tête, un couple élégant se tenait à leurs côtés. Il fallut à Aidan moins d'une demi-seconde pour comprendre que c'étaient les parents de Violette. La femme ressemblait à une version plus mûre de sa partenaire, avec des cheveux noirs striés de mèches blanches et de légères rides au coin des yeux et de la bouche. Vêtue d'une robe de soirée gris scintillant, elle arborait un collier en diamants qui devait valoir un demi-million de dollars au bas mot. L'homme pour sa part était plus petit, plus rond et presque chauve, mais il avait le même regard affûté que sa fille. Ni l'un ni l'autre ne semblait particulièrement ravi de trouver leur fille en train d'embrasser un inconnu au beau milieu de la piste de danse.

Violette recula de plusieurs pas lorsqu'elle eut reconnu les importuns.

— Maman, papa, vous êtes rentrés plus tôt que prévu, dit-elle avec un sourire forcé tout en ôtant son masque.

Aidan remarqua qu'il n'y avait pas la moindre chaleur entre eux. Pas la moindre effusion malgré leur longue séparation. Pas même une poignée de main. Simplement, un échange poli. Jamais il n'avait eu de relations aussi glaciales avec ses parents, même lorsque son père était ravagé par l'alcool. Ignorant complètement les paroles de sa fille, M. Niarchos se tourna vers lui et entreprit de l'examiner dans les moindres détails, après quoi il poussa un profond soupir. Manifestement, il avait identifié sa ressemblance avec Knox et ne semblait pas particulièrement ravi de découvrir le père biologique de son petit-fils.

— Notre invitation s'est perdue, apparemment, déclara-t-il d'un ton sceptique. Cela dit, je suis ravi que nous ayons pu venir. Je n'aurais voulu manquer ça pour rien au monde, ajouta-t-il en fusillant tour à tour Aidan et Violette du regard.

— Papa, maman, je vous présente Aidan Murphy, reprit nerveusement Violette. Il est à l'origine du projet de maison de transition dont je vous ai parlé.

Sa mère sourit poliment, mais son père continua à le toiser.

— Puis-je parler seul à seul avec M. Murphy ? demanda son père après un silence gêné.

— Je préférerais éviter cela, répondit Violette, mais son père lui lança un regard impérieux qui lui fit perdre tous ses moyens.

— Tout va bien, intervint Aidan en posant la main sur l'épaule de Violette pour la réconforter mais aussi pour s'éviter d'envoyer un bon coup de poing à son mufle de père. Je reviens tout de suite.

Il suivit le père de Violette dans un coin de la salle de bal, où ils seraient plus à l'aise pour parler.

— Je vous ai observés, tous les deux, fiston.

Aidan se redressa de toute sa hauteur pour être sûr de dominer M. Niarchos, qui faisait à peu près la même taille que Violette. C'était peut-être un milliardaire dont le costume et les accessoires valaient à eux seuls ce qu'il gagnait en un an, mais il n'avait pas l'intention de laisser intimider, contrairement à Violette. Cet homme n'avait aucun pouvoir sur lui.

— Je ne suis pas votre fils. Je m'appelle Aidan.

— Vous avez raison. Et vous ne serez jamais mon fils, vous comprenez ? Vous croyez peut-être que je ne sais pas qui vous êtes, avec cette tignasse rousse ? Je l'ai compris dès que je vous ai vu avec elle. Mais peu importe. Vous n'avez pas encore décroché le gros lot.

— Tous ceux qui la considèrent comme tel ne la méritent pas, répliqua Aidan, trouvant le courage de l'interrompre.

Violette était une femme forte et intelligente, doublée d'une mère remarquable. C'était choquant de la réduire au solde de son compte en banque.

M. Niarchos le foudroya du regard avant de pointer son index dans sa direction.

— Son destin est d'être la femme de Beau. Avec quelqu'un qui la comprend, qui vient du même milieu qu'elle, qui a reçu la même éducation. Je ne vous connais pas, monsieur Murphy. J'ignore si vous êtes plombier ou chauffeur de taxi, mais je sais une chose : vous ne faites que passer dans sa vie. Vous êtes peut-être le père de Knox, sauf que bientôt cela n'aura plus aucune importance. Violette retrouvera ses esprits et vous ne serez plus qu'une note en bas de page dans l'histoire de sa vie, je vous le garantis.

Aidan fit de son mieux pour rester imperturbable tandis que le sexagénaire lui jetait ses insultes au visage. Il aurait voulu répliquer, lui répondre point par point, mais ça aurait été difficile car il était, pour une bonne part, d'accord avec lui. Depuis le jour où il avait découvert que la femme qui avait hanté ses nuits n'était autre que l'héritière de la richissime famille Niarchos, il n'avait cessé de se dévaloriser.

Il ne recherchait pas la fortune. Et, franchement, l'argent était plus un inconvénient dans leur relation qu'un avantage. Il savait déjà qu'il n'était pas assez bien pour elle et il n'avait pas envie d'être confronté au snobisme qui caractérisait son milieu. Il serait toujours jugé, mal considéré, accusé d'utiliser Violette. Il n'avait pas besoin de ces soupçons permanents. Il n'avait déjà que trop subi ce genre de choses lorsqu'il travaillait dans l'agence de publicité, où il était l'un des rares à avoir réussi à la force du poignet.

— Vous avez peut-être raison, monsieur, mais c'est à Violette d'en décider, et non à vous.

Avec toute la dignité dont il était capable, il tourna les talons et s'éloigna. Ils n'avaient rien de plus à se dire et savaient tous deux ce qu'ils pensaient l'un de l'autre. À présent, mieux valait partir pour éviter de faire quelque chose qu'il regretterait. Que ça lui plaise ou non, cet homme était le grand-père de Knox.

La réception avait beau être en son honneur, Aidan décida qu'il en avait assez. Les riches continueraient à boire et à se mélanger sans lui, il en était sûr. Alors qu'il sortait de la salle de réception, il entendit un cri derrière lui. Ce n'était autre que Violette.

— Aidan, attends !

Il attendit qu'elle le rejoigne.

— Je rentre, Violette.

— Que t'a-t-il dit ? demanda-t-elle, visiblement rongée par l'inquiétude.

— Rien que je ne sache déjà.

— Ne le prends pas personnellement, Aidan, je t'en prie. Il se comporterait comme cela avec n'importe quel homme. Seul Beau compte à ses yeux. Et mon père s'est mis en tête que je ne peux épouser que lui. Évidemment, ce serait plus simple pour moi de sortir avec Beau, mais...

— Plus simple ? l'interrompit Aidan. Pourquoi ? C'est si difficile de sortir avec moi ? Si difficile de manger des hot-dogs avec moi dans un stade ? Tu préférerais peut-être boire du champagne et manger du caviar sur un yacht avec un abruti comme ton ex ?

— Non. Bien sûr que non. Tout ce que je veux dire c'est que ce serait plus simple si nous avions plus de choses en commun.

— Si j'étais riche, par exemple, ce qui t'éviterait d'être gênée de l'être et d'avoir honte d'un sans-le-sou comme moi ?

— Pas du tout, Aidan. Je parle de nos origines culturelles, religieuses, familiales... Beau et moi venons de milieux très proches, ce qui évite les tensions sur ce genre de questions.

Nous avons grandi ensemble, nos parents fréquentaient la même église orthodoxe. Nous avons simplement beaucoup de choses en commun.

— Donc, ce n'est pas que je sois pauvre qui te gêne, mais que je sois pauvre, irlandais et catholique ? Eh bien, tu vois, même Iris n'était pas tombée aussi bas. Ce n'était pas la femme la plus exemplaire que j'aie connue, loin de là, mais au moins elle disait clairement que seul l'argent comptait à ses yeux.

Violette enfouit le visage entre ses mains.

— Tu es manifestement très colère, reprit-elle, et tu vas sans doute mal interpréter tout ce que je vais te dire. Alors, rentre, si tu veux. Sache simplement que je n'ai aucune envie d'être avec Beau, Aidan. J'ai envie d'être avec toi. Parce que je t'aime.

À n'importe quel autre moment, il aurait bondi de joie en entendant ces mots. Mais, ce soir-là, ils ne lui firent ni chaud ni froid. Il avait eu tort de croire que quelque chose était possible avec une femme comme elle.

— Allons, sèche tes larmes. Ce n'est qu'un mauvais moment à passer. Dans quelque temps, tu ne te souviendras même plus de mon nom, lança-t-il avant de tourner les talons et de dévaler l'escalier.

11

Finalement, Aidan n'avait pas eu envie de rentrer chez lui et il errait dans les rues de New York depuis un bon moment déjà. Sentant qu'il commençait à avoir mal aux pieds, il leva les yeux et découvrit l'enseigne d'un bar dont il avait entendu parler, mais où il n'était jamais entré.

Traversant la rue, il poussa la porte. L'intérieur était assez sombre et silencieux. Ce n'était pas le genre de bar où une dizaine d'écrans retransmettait des matchs à plein tube. C'était plutôt un endroit où les gens venaient pour oublier leur tristesse et se mettre à l'abri du monde. C'était parfait.

Le barman, un quadragénaire dégarni avec un bouc et des sourcils grisonnants, le salua d'un hochement de tête, puis reprit ses activités. Aidan se hissa sur un tabouret au bout du bar, à l'écart des autres clients. Aussitôt, il ôta son nœud papillon et ouvrit le premier bouton de sa chemise. Il se sentit soudain un peu moins oppressé.

Bien que soulagé d'être assis, il se retrouvait maintenant seul avec ses pensées, sans la distraction que lui avait procurée sa longue marche dans les rues. Un petit verre de whisky ne lui aurait sans doute pas fait de mal. C'était ce que son père se serait dit. Il était facile de noyer ses problèmes dans l'alcool jusqu'au jour où c'était lui qui devenait la cause de tous les problèmes. Aidan n'avait aucune intention de se mettre à boire ce soir.

— Qu'est-ce je vous sers ? demanda le barman en posant un sous-verre devant lui.

— Un demi de cidre, répondit-il avant de changer d'avis et commander quelque chose de plus fort.

Le barman haussa un sourcil, mais ne fit aucun commentaire. S'approchant de la tireuse à cidre, il remplit un verre et le lui apporta.

— Appelez-moi si vous avez besoin d'autre chose, lui dit le barman avant de disparaître.

Aidan était soulagé d'être seul. Les barmen passaient souvent pour des psychologues amateurs. Aidan était bien placé pour le savoir, même si, en la matière, son père était bien meilleur que lui. La majorité des barmen appréciaient cet aspect du travail et recherchaient les clients qui semblaient avoir besoin de parler. Il en avait probablement besoin ce soir, mais il n'était pas prêt à se confier. Pas encore.

Il se contenta donc de siroter son cidre et de fixer le bar. Plus le temps passait, plus la bague qu'il avait dans la poche de sa veste semblait lourde. Finalement, il sortit l'écrin et le posa à côté de son verre. Ouvrant la petite boîte, il prit la bague et la fit tourner pensivement entre ses doigts. Même dans la pénombre ambiante, les diamants brillaient de tous leurs feux. Le bijou était magnifique, tout comme la femme à qui il avait eu l'intention de l'offrir.

Il avait été stupide de croire que c'était une bonne idée. Il s'était laissé piéger par la semaine qu'ils avaient passée sous le même toit, en croyant que cela pouvait déboucher sur une véritable relation. Mais de là à la demander en mariage ? Une milliardaire d'une beauté époustouflante qui pouvait avoir tous les hommes qu'elle voulait ? Ce n'était pas parce qu'elle avait couché avec lui un soir qu'elle le choisirait comme mari. Elle n'aurait même pas voulu de lui comme père de son enfant, si elle avait eu le choix.

En fait, c'était peut-être une chance que ses parents soient venus à la réception, que la dispute ait éclaté avant qu'il ne fasse sa demande en mariage. De toute façon, ça se serait terminé de la même manière. Il aurait échoué dans un bar, seul et malheureux. Au moins, il s'était épargné la honte d'un refus devant tous les invités du bal masqué.

Parce qu'elle aurait refusé, non ?

Bien sûr qu'elle aurait refusé. Qu'avait-il à lui offrir ? Lorsqu'ils avaient croisé Beau, elle avait affirmé qu'il y avait des choses bien plus importantes dans une relation que l'argent et la réussite. Mais le pensait-elle réellement ? Ce soir, elle avait dit l'aimer, mais il ignorait s'il devait la croire. Non, elle avait lancé cela pour le retenir, rien de plus. N'avait-elle pas défendu son père quelques minutes auparavant ? Elle n'aurait jamais fait une chose pareille si elle l'aimait vraiment.

Cela dit, s'il avait véritablement écouté ce qu'elle disait avec son cerveau et non pas simplement ses oreilles, peut-être aurait-il interprété les choses différemment. La dispute de ce soir ne cessait de tourner en boucle dans son esprit. Il réalisait à présent qu'elle n'avait jamais dit qu'il n'était pas assez bien pour elle ou qu'elle allait épouser Beau, comme son père le voulait. Elle lui avait juste expliqué ce que son père pensait, à savoir qu'ils avaient, elle et lui, peu de choses en commun et que cela pouvait compliquer leur relation.

C'était vrai. En réalité, tout les opposait, et pas seulement l'argent. Ce qui voulait dire qu'ils devraient relever des défis au quotidien si, un jour, ils étaient amenés à former un couple. Il leur faudrait se mettre d'accord sur la religion de Knox. Sur le fait de l'envoyer, ou pas, dans une école privée hors de prix. Mais il l'aimait. Et il aimait son fils. Il voulait qu'ils forment une vraie famille. Si elle l'aimait, comme elle l'avait affirmé, alors ils trouveraient les moyens de faire fonctionner leur relation.

Hélas, il lui avait jeté son amour à la figure avant de lui tourner le dos.

— En général, j'essaie de m'occuper de mes propres affaires, mais il est rare de voir dans ce bar un gars en smoking avec une bague en diamant devant lui. Et qui, de plus, essaie de noyer son chagrin dans le cidre.

Aidan contempla un instant les verres vides posés devant lui et sourit au barman.

— J'avoue qu'à votre place je me poserais des questions. Je suis barman, moi aussi.

— Alors, que faites-vous ici ?

C'était une bonne question. Il avait bien pensé aller chez Murphy's. Il était même passé devant, au cours de ses déambulations.

— Si j'allais dans mon bar, je ne pourrais pas m'empêcher de travailler, alors que je suis en congé. Et puis, ce soir, j'ai d'autres problèmes.

— Sentimentaux ?

— On peut dire ça comme ça, répondit Aidan en rangeant la bague dans son écrin. Vous êtes marié ?

— Je l'étais.

— Divorcé ?

Le barman secoua la tête.

— Je suis veuf.

Aidan se redressa, un peu honteux de s'épancher alors que d'autres avaient des problèmes bien plus graves que les siens.

— Je suis désolé.

— Pas de problème. Ça fait dix ans déjà. J'aimerais pouvoir vous dire que je m'en suis remis, mais ce serait un mensonge. Simplement, je suis capable d'en parler, maintenant.

— Elle était malade ? demanda Aidan.

Curieusement, il lui semblait plus facile, en cet instant, de parler des problèmes du barman que des siens.

— Non. C'était un accident. Nous venions de nous disputer pour quelque chose de complètement stupide. Quelques instants plus tard, elle disparaissait.

Le regret semblait comme imprimé sur le visage du barman. Même au bout de dix ans, la perte de sa femme continuait de le hanter.

— Nous nous disputions pour tout et n'importe quoi, reprit l'homme. Ses parents ne m'ont jamais apprécié et elle se retrouvait toujours dans une position délicate, à jouer l'arbitre entre eux et moi. Elle faisait de son mieux pour calmer le jeu, mais moi je ne voulais pas la paix. Je voulais qu'elle prenne mon parti, qu'elle me donne raison. Il y avait toujours de la tension dans l'air et nous nous disputions au moindre prétexte. Ça me paraît complètement absurde et ridicule, aujourd'hui.

Après la soirée qu'il venait de vivre, Aidan comprenait parfaitement le genre de problèmes auxquels le barman avait été confronté avec ses beaux-parents.

— Pourquoi ses parents ne vous aimaient-ils pas ?

L'homme haussa les épaules.

— Bah, rien de très original, vous savez. Je ne leur plaisais pas. Je n'avais pas fait d'études, j'exerçais un boulot minable, je n'avais pas d'avenir. Ma famille n'était pas assez chic pour eux. Et moi, je ne faisais aucun effort pour les ménager quand on se voyait. J'aimais leur fille et je la traitais bien, mais pour eux ça n'avait apparemment aucune importance. Pourtant, cette femme était tout pour moi. Aujourd'hui, au bout de toutes ces années, j'ai fini par comprendre que je n'aurais jamais trouvé grâce à leurs yeux, car personne n'aurait été assez bien pour leur fille unique.

— Je vois ce que vous voulez dire. Ma... Violette... est fille unique, elle aussi. Ses parents sont très exigeants.

Le barman hocha la tête.

— En réalité, ce n'étaient que des problèmes sans importance, sauf qu'à l'époque je ne m'en rendais pas compte. Elle m'aimait, c'était ça, le plus important, mais je ne le voyais pas. Pourtant, j'aurais dû me concentrer là-dessus. Pas sur le reste. Au lieu de me disputer avec elle, j'aurais dû la prendre dans mes bras. J'aurais dû apprécier chaque moment que nous passions ensemble, car il ne nous en restait que très peu.

Aidan ne savait pas très bien quoi répondre. Mais il était au moins conscient d'une chose : l'idée qu'il puisse, lui aussi, perdre Violette lui était insupportable. Peut-être était-ce l'effet des quatre verres de cidre qu'il avait bus depuis son arrivée.

Dans un cas comme dans l'autre, il avait mal au ventre rien qu'à l'idée de vivre sans Violette et d'élever Knox en son absence. Jamais il ne voulait vivre une tragédie pareille.

Et pourtant, ce soir, il l'avait plantée à la réception, après avoir rejeté son amour comme un idiot. Que lui était-il passé par la tête ?

— Écoutez, je ne connais pas vos problèmes avec cette femme. Mais je sais une chose : quand on trouve l'amour, et que cet amour est partagé, il faut saisir sa chance. Il est rare de trouver sa moitié dans cette vie. Et, quand cette chance se présente, il faut se concentrer sur ce qui compte vraiment, car tout le reste n'est que bruit. Ce que pensent ses parents, ce que pense la société, tout ça n'a aucune importance. Malheureusement, la plupart des gens ne s'en rendent compte qu'en perdant la personne qu'ils aiment. Ça a été mon cas. Et aujourd'hui il ne se passe pas un jour sans que je le regrette.

À ce stade, Aidan avait honte de son attitude avec Violette. Mais l'idée qu'il puisse passer le reste de sa vie à regretter ce qu'il avait fait ce soir lui était encore plus insupportable.

Prenant son portefeuille, il sortit de quoi payer les cidres et laisser un généreux pourboire. Ce barman le méritait largement.

— Merci pour le conseil. Ça m'a fait beaucoup de bien.

— Pas de problème. Ne devenez pas comme moi. Si vous pouvez encore vous réconcilier avec votre Violette, ne laissez pas passer cette chance.

Animé par un nouvel espoir, Aidan sortit du bar et décida de rentrer en taxi. Une fois chez lui, il trouverait un moyen d'arranger les choses.

Il aimait Violette. Ne restait plus qu'à espérer qu'elle partage toujours ses sentiments.

Violette regarda la pile de documents posés sur son bureau, mais elle était incapable de se concentrer. Cela faisait déjà une semaine qu'elle était dans cet état. Depuis qu'Aidan avait quitté la réception avec pertes et fracas. Elle ne parvenait pas à effacer de son esprit les paroles odieuses qu'il lui avait lancées avant de tourner les talons.

Elle l'avait peut-être un peu mérité, c'était un fait. Mais jamais elle n'aurait cru qu'il lui jetterait son amour au visage de cette façon. Elle n'avait pas voulu donner raison à son père ; elle avait simplement tenté d'expliquer pourquoi il pensait de la sorte.

Certes, les contraires avaient tendance à s'attirer, mais à long terme, les différences pouvaient compliquer les relations. Hormis leur fils, Aidan et elle avaient peu de choses en commun. Elle ne lui en tenait pas rigueur, c'était un fait, voilà tout.

Et elle ne l'en aimait pas moins pour autant. Mais peut-être cela ne suffisait-il pas. Et peut-être devraient-ils se contenter de collaborer pour élever leur fils au mieux, et rien d'autre.

Malheureusement, elle était incapable de s'en convaincre elle-même.

Quelqu'un toqua, interrompant le cours de ses pensées.

— Oui ?

Betsy ouvrit la porte, une expression navrée sur le visage.

— Je suis désolée de vous déranger, mademoiselle Niarchos, mais M. Rosso désirerait vous voir.

Une bouffée de déception la submergea. L'espace d'un instant, elle avait espéré que ce soit Aidan.

— Dites-lui que je suis occupée. Demandez-lui de rappeler et de prendre rendez-vous.

— C'est ce que j'ai fait, mais il insiste. Il prétend que c'est très important.

Violette soupira. Beau était têtu comme une mule. Il ne quitterait pas le bureau avant d'avoir obtenu ce qu'il voulait.

— Très bien. Mais interrompez-nous dans dix minutes en prétextant un appel urgent.

Betsy hocha la tête. Quelques secondes plus tard, Beau entra d'un pas tranquille dans le bureau. Tiré à quatre épingles, il portait un costume rayé et, comme d'habitude, avait les cheveux plaqués en arrière. Les mains dans les poches, il affichait un sourire arrogant.

En le voyant, elle se demanda comment elle avait pu envisager d'épouser cet homme. Son père avait peut-être raison de penser que les choses seraient plus faciles avec Beau. Du moins en apparence. Mais, en cet instant, la simple idée de renouer avec lui semblait tout bonnement impossible.

— Violette, je suis déçu, commença Beau.

Sans se lever, elle le regarda, haussant un sourcil.

— Ah, oui ? Comment donc ?

— Pas de baiser ? Pas même une poignée de main ?

Lorsque Violette lui tendit la main, il la porta à ses lèvres. La lui reprenant vivement, elle la fourra sous son bureau.

— Que puis-je faire pour toi, Beau ? Je suis très occupée, aujourd'hui.

Il déboutonna sa veste et s'assit, s'avachissant presque sur la chaise et manifestement beaucoup trop à son aise.

— J'ai regretté de ne pas te voir à la réception, l'autre soir. J'étais coincé dans les embouteillages et, à mon arrivée, tes parents m'ont dit que tu étais déjà partie.

— Je n'étais pas d'humeur à faire la fête.

Ce qui était vrai. Après le départ d'Aidan, elle n'avait eu aucune envie de continuer les festivités, surtout en présence de ses parents. Car elle aurait probablement fait ou dit quelque chose qu'elle aurait regretté. Et elle n'avait pas voulu nuire au projet d'Aidan en causant un scandale. Pour finir, elle avait confié les rênes de la soirée à Betsy, puis elle était rentrée chez elle.

— Oui, c'est ce que m'ont dit tes parents. Apparemment, tu t'es disputée avec le père de Knox et ils m'ont conseillé de venir te voir.

— Pourquoi ? Pour jouer le rôle du sauveur ?

Beau haussa les épaules.

— Peut-être. Je me suis dit que cet incident t'avait peut-être ouvert les yeux et que tu avais retrouvé la raison en ce qui nous concerne.

— « Retrouvé la raison » ?

— Mais oui. Nous nous entendons bien, Violette. Tout le monde semble en être conscient, sauf toi.

— Je ne suis pas sûre de partager ce sentiment.

Beau n'avait jamais été, tant s'en faut, le fiancé modèle. Mais ses parents ne l'avaient visiblement jamais remarqué. Peut-être leur propre relation était-elle si imparfaite qu'ils ne voyaient pas la différence.

Violette n'y avait pas prêté attention, elle non plus, jusqu'au jour où elle avait retrouvé Aidan et passé ces dernières semaines avec lui. Non seulement Aidan était un homme charmant et un amant merveilleux, mais c'était un père formidable. Ce que Beau ne serait jamais. Knox et elle passeraient à côté de beaucoup trop de choses, sans Aidan. Beau ne pouvait rivaliser en tant que père. Il ne ferait pas de sport avec lui et ne l'emmènerait jamais au stade. Chaque fois qu'il avait tenté de prendre Knox dans ses bras, le petit s'était mis à hurler.

— Je ne crois pas que tu sois en position de faire la difficile, Violette.

— La « difficile » ?

— Oui. Je me montre très magnanime à ton égard. Je suis prêt à passer l'éponge sur tes infidélités et même à adopter ton fils. Peu d'hommes seraient prêts à de tels sacrifices. Je suis d'accord pour t'épouser, Violette, et disposé à te pardonner ton petit badinage et à renouer avec toi.

Elle le dévisagea, interdite. Quelque chose dans ses paroles avait attiré son attention. « Petit badinage ». *Badinage.* Ce n'était pas un mot courant, et pourtant il lui rappelait quelque chose.

À cet instant précis, à l'instar de ce qui s'était produit lorsque Aidan était entré dans son bureau, elle fut submergée par une vague de souvenirs oubliés. Des mois durant, elle s'était demandé ce qui avait bien pu la pousser chez Murphy's, ce fameux soir. Ce n'était pas dans ses habitudes de sortir seule pour s'enivrer. Et pourtant, c'était ce qu'elle avait fait. Lorsque le week-end passé avec Aidan lui était revenu en mémoire, seul ce détail demeurait manquant.

Elle s'était dit que sa sortie devait être liée à une dispute avec Beau. Il est vrai qu'ils se querellaient fréquemment, en général parce que Beau passait son temps à sortir, au point qu'elle en était venue à croire qu'il n'était absolument pas prêt pour le mariage. Si elle n'était pas tombée enceinte, elle n'aurait jamais consenti à l'épouser.

Et si elle n'avait pas oublié ce souvenir clé, elle lui aurait même envoyé un bon coup de poing dans la figure.

— Espèce de salaud, reprit-elle d'un ton glacial.

— Pardon ? fit Beau, stupéfait.

— Comment as-tu pu, des mois durant, me mentir et me laisser planifier notre mariage, alors que tu savais la vérité ?

— Quelle vérité ? Que tu étais enceinte d'un autre ? Je l'ignorais. Je croyais que tu étais enceinte de moi. Comment aurais-je pu savoir que tu t'étais envoyée en l'air avec un barman ? Je te croyais fidèle.

Beau était malin, elle devait bien l'admettre. Et il s'en tenait à son mensonge parce qu'il ignorait encore qu'elle avait recouvré la mémoire.

— Je parle du problème que nous avons eu, toi et moi. Car j'étais réellement fidèle, Beau. Quand je me suis soi-disant « envoyée en l'air » avec ce barman, nous venions de rompre parce que je t'avais surpris au lit avec cette sournoise de Carmella Davis.

Le souvenir oublié lui revint soudain à la mémoire avec une clarté confondante. Ça s'était passé chez elle. Dans son propre lit. Une blonde plantureuse qui chevauchait son fiancé, nue comme un ver… Ils s'étaient disputés, il avait prétendu que ce n'était qu'un « petit badinage », rien de sérieux, et elle était partie en claquant la porte, errant dans les rues, désemparée, jusqu'au moment où elle avait échoué chez Murphy's.

— Je ne vois pas du tout de quoi tu parles, Violette.

Abattant les mains sur le bureau, elle se leva et le foudroya du regard, rouge de colère.

— Comme tu as dû te frotter les mains quand j'ai perdu la mémoire dans l'accident ! Tu venais de perdre ton ticket gagnant par pure stupidité et voilà que tu allais échapper aux conséquences de tes actes parce que j'avais opportunément perdu la mémoire. Notre relation allait pouvoir se poursuivre comme si de rien n'était !

Cette fois, Beau eut la décence de ne pas répondre.

— Tu t'es précipité à mon chevet à l'hôpital. Tu m'as tenu la main. Et pendant tout ce temps tu te félicitais que j'aie tout oublié de ton « petit badinage » avec Carmella. Sauf que les médecins ont dit que je finirais par recouvrer la mémoire. Ça ne t'a pas inquiété ?

— Pas vraiment, répondit-il en haussant les épaules. Quand tu es tombée enceinte, j'étais prêt à aller jusqu'au bout. Si tu n'avais pas insisté pour retrouver ta silhouette avant notre mariage, je t'aurais épousée avant que la mémoire te revienne. Et tu aurais été coincée. Sauf que tu as pondu ton rouquin de bébé et tous mes plans sont tombés à l'eau.

— Eh bien, c'est terminé, maintenant ! lança-t-elle, courroucée. Sors de mon bureau, tout de suite !

Elle était d'une nature patiente, mais elle risquait de lui tordre le cou s'il ne disparaissait pas rapidement de sa vue.

— Violette..., tenta-t-il.

— Non. Fin de la discussion. Je ne plaisante pas, Beau. Maintenant, tu sors de ce bureau et de ma vie. Pour toujours. Ne remets jamais les pieds ici, ni chez moi ni chez mes parents. Disparais, un point, c'est tout ! hurla-t-elle, le doigt pointé vers la porte.

Voyant qu'elle se montrait intraitable, il s'exécuta. Poussant un grognement irrité, il se leva de sa chaise et sortit sans ajouter un mot.

Lorsque la porte se referma, elle poussa un long soupir de soulagement. Beau était sorti de sa vie et il n'aurait probablement pas la stupidité de revenir après la claque qu'il venait de recevoir. Oui, c'était terminé. Et ses parents n'auraient qu'à apprendre à vivre avec cette déception.

L'une des nombreuses que leur avait infligées leur fille. Mais la différence, aujourd'hui, c'était qu'elle s'en fichait éperdument.

Car elle était amoureuse d'Aidan et désirait plus que tout partager sa vie avec lui. Il ne lui restait plus qu'à le convaincre de sa sincérité.

12

Le salon paraissait bien vide sans les bibelots et les napperons que sa mère affectionnait tant. La pièce, qui ne contenait plus qu'un grand bureau de récupération, une étagère et un meuble de rangement, abritait désormais l'administrateur qu'Aidan avait recruté pour gérer la Maison de Molly. Abstinent depuis cinq ans, Ted avait accepté de s'occuper de la maison et de ses occupants en échange d'un petit salaire et d'une chambre à l'étage.

Pour l'instant, Ted accomplissait un travail remarquable. Bientôt il jouerait un rôle de mentor auprès des patients, mais, en attendant, il aidait Aidan à retaper la maison car il avait travaillé dans le bâtiment. Il y avait une quantité de petites choses à réparer, et Ted s'en occupait dès qu'elles étaient ajoutées sur la liste.

De son côté, Aidan n'avait toujours pas présenté ses excuses à Violette, contrairement à ce qu'il avait prévu de faire en sortant du bar. Lorsqu'il était passé la voir à la fondation, le lundi suivant, Betsy l'avait reçu avec une grande gentillesse, comme si rien ne s'était passé d'anormal à la réception. Elle s'était fait un plaisir de lui remettre la base de données de tous les participants au gala ainsi qu'un gros chèque correspondant à sa part des bénéfices générés par la soirée. Par chance, la scène causée par les parents de Violette n'avait eu aucun impact sur le projet d'Aidan. Et il s'en félicitait. Betsy avait bien sûr promis d'informer Violette qu'il était passé la voir dès qu'elle l'aurait au téléphone.

Tout en attendant l'appel de Violette, il s'était concentré sur la Maison de Molly. Tout d'abord, il avait chargé l'un de ses anciens employés de tenir le bar et pris une semaine de congé, la première depuis la mort de son père. Depuis, il s'occupait de la Maison de Molly vingt-quatre heures sur vingt-quatre. Il avait déjà acheté du matériel, des meubles, du linge de maison, payé une équipe de nettoyage et recruté Ted. L'ouverture approchant, Ted commençait à recevoir les premières candidatures que lui envoyait un centre de désintoxication voisin.

Il avait consacré à la maison beaucoup plus de temps que prévu, mais, finalement, cela lui avait fait du bien de prendre un peu de recul. Ce soir, après sa journée de travail, il se rendrait chez Violette afin de voir leur fils, comme ils l'avaient prévu avant le gala. Puisqu'elle ne l'avait pas appelé, il se demandait comment elle réagirait à ses excuses, mais après tout il n'y avait pas de bon ou de mauvais moment pour ce genre de choses. Même s'ils ne se réconciliaient pas, ils devraient bien trouver un terrain d'entente pour s'occuper de leur fils. Tara avait pris l'habitude de sortir lorsqu'il venait, si bien qu'ils auraient toute la soirée devant eux.

Il aurait simplement voulu être un peu moins anxieux à la perspective de cette soirée.

— Aidan ?

Il déroula le tapis de sol plastifié qu'il avait acheté pour le bureau, puis jeta un œil à son administrateur.

— Oui, Ted ?

— Il y a quelqu'un pour toi.

C'était étonnant, mais pas tant que ça.

— Dis-lui de m'attendre dans la pièce du fond, répondit-il en replaçant le bureau et vérifiant les branchements de l'ordinateur.

— Aidan ? fit une voix féminine qu'il connaissait bien.

Il se redressa brutalement, étonné de découvrir Violette qui l'observait depuis le pas de la porte.

— Euh... Bonjour. Je... euh... ne m'attendais absolument pas à te voir ici. D'autant que je devais passer chez toi ce soir.

La maison était assez loin de chez elle et elle n'y était jamais venue auparavant. D'ailleurs, elle avait l'air plutôt soucieuse. Il ne lui en fallut pas davantage pour s'inquiéter.

— Que se passe-t-il ? Knox va bien ?

— Très bien, le rassura-t-elle. D'ailleurs, j'aurais probablement pu l'emmener cet après-midi, mais Tara était en train de lui donner son déjeuner quand je suis partie et je n'ai pas voulu bouleverser sa routine. Il est toujours grognon quand il a faim.

— Exactement comme son père, répondit-il avec un sourire qui, l'espérait-il, détendrait l'atmosphère.

Mais cela ne changea rien. Il ne comprenait toujours pas ce qu'elle faisait là, puisque leur fils était en pleine forme. Elle aurait pu lui envoyer un texto ou l'appeler si elle avait quelque chose à lui demander. Cela lui aurait épargné le déplacement. Qu'y avait-il donc de si important pour qu'elle prenne la peine de se déplacer en personne ?

— Tu veux reporter ma visite de ce soir ?

— Non. Pas du tout. Je voulais juste..., commença-t-elle avant de fixer le plancher. En fait, j'avais envie de te parler sans plus attendre. J'ai déjà trop attendu, mais j'ai été très prise à la fondation cette semaine.

Il fronça les sourcils. Cette entrée en matière ne lui disait rien qui vaille.

— Tu veux un café ou autre chose ? demanda-t-il pour faire diversion. J'ai installé un percolateur de la cuisine. On m'a dit que les gens qui sortaient de cure buvaient beaucoup de café.

— Avec plaisir, répondit-elle en le suivant jusqu'à la cuisine.

Elle attendit en silence tandis qu'il préparait les cafés, après quoi ils prirent place tous les deux à la vieille table.

— J'ai dévoré des milliers de bols de céréales sur cette table, commença-t-il, espérant que sa nervosité n'était pas trop visible.

— C'est un endroit chargé d'histoire familiale, et je pense que les patients se sentiront mieux dans une maison qui a une âme, répondit-elle. D'ailleurs, je me demande pourquoi je ne suis pas venue la voir plus tôt. J'ai hâte qu'elle ouvre.

— C'est pour ça que tu es venue ? Pour voir la maison ?

— Non. En fait, je suis d'abord passée à ton bar, mais ton employé m'a dit que tu avais pris ta semaine pour t'occuper de la maison. Du coup, j'ai décidé de venir ici. Je tenais à te voir aujourd'hui pour te présenter des excuses.

Il ne sut quoi répondre. Jamais il n'aurait imaginé qu'elle lui présenterait des excuses sans lui laisser le temps de le faire lui-même.

— De quoi t'excuses-tu ? Je ne comprends pas.

Elle soupira et secoua la tête, le regard toujours rivé sur sa tasse.

— Je regrette de ne pas avoir remis mon père à sa place. J'aurais dû lui annoncer bien plus tôt que je t'avais retrouvé et que Knox avait enfin un père. Mais je n'ai cessé de repousser l'échéance, et finalement c'est toi qui en as fait les frais.

— Tu ne pouvais pas prévoir la réaction de ton père.

— Il est pourtant terriblement prévisible. Pire qu'une vieille mule. L'autre soir, tu m'as accusée d'avoir honte de toi, mais ça ne m'a jamais traversé l'esprit. Simplement, j'étais stressée à l'idée que mon père nous voie ensemble et se mêle de ce qui ne le regarde pas. Et, bien sûr, c'est exactement ce qu'il a fait. Je n'aurais jamais dû le laisser te prendre à part et t'intimider comme il l'a fait, parce que c'était complètement déplacé. J'aurais dû te protéger de lui. Et faute de pouvoir l'en empêcher, j'aurais dû défendre notre relation et exiger de lui qu'il cesse, une fois pour toutes, de se mêler de ma vie sentimentale. Mais j'ai été lâche et tu en as souffert. J'ai réussi à te faire fuir alors que ce que je souhaitais le plus, c'était que tu restes.

Bien que ravi de cette explication, il essaya de garder la tête froide. Apparemment, elle avait encore beaucoup de choses à lui dire et il voulait qu'elle aille jusqu'au bout.

— Presque une semaine s'est écoulée depuis le gala. Comment t'est venue cette révélation ?

Violette leva enfin le regard de sa tasse de café.

— Beau est passé à la fondation, hier, et j'ai enfin retrouvé complètement la mémoire. Pendant longtemps, je me suis sentie coupable de l'avoir trompé. Mes parents ne cessaient de me dire qu'il devait vraiment m'aimer pour passer l'éponge et proposer d'adopter Knox. Pourtant, j'ai toujours senti qu'il y avait quelque chose d'anormal. Maintenant, je sais pourquoi. Si j'ai échoué dans ton bar ce soir-là, c'est parce que je l'avais trouvé au lit avec une autre femme. J'ai rompu avec lui et je me suis enfuie de la maison. Je ne l'ai jamais trompé. C'était lui qui était infidèle. Et quand j'ai perdu la mémoire à cause de l'accident, il a repris notre relation comme si de rien n'était.

— Incroyable, fit-il.

Toutefois, il n'était pas franchement surpris. La première fois qu'il avait rencontré Beau, il n'avait pu s'empêcher de le trouver hypocrite.

— Je suis vraiment navré qu'il t'ait fait autant de mal, reprit-il. Et c'est dommage que tu ne m'aies rien dit lors de notre rencontre, car j'aurais pu t'éclairer plus rapidement. Bien sûr, tu aurais quand même perdu un an, mais tu n'aurais pas dû attendre jusqu'à aujourd'hui.

Elle esquissa un sourire.

— Ce n'est pas grave. Le problème est résolu. Il essayait de me convaincre de nous accorder une autre chance, probablement à la demande de mon père et quand, tout à coup, j'ai retrouvé la mémoire, j'en ai profité pour me débarrasser définitivement de lui.

Tout cela était fort intéressant, et il en était heureux pour elle. Toutefois, il ne voyait pas très bien où elle voulait en venir. La disparition de Beau ne voulait pas forcément dire qu'ils étaient désormais ensemble. L'ex-fiancé n'était pas le seul obstacle.

— Je m'en réjouis pour toi, se contenta-t-il de lâcher.

— Toutefois, ce n'est pas le plus important, reprit-elle. Alors que je parlais avec Beau, avant même de retrouver la mémoire et de le confondre, j'ai compris que je n'avais strictement aucune envie de remettre ça avec lui. Nous avons certes beaucoup de points communs et, pourtant, il manque énormément de choses entre nous pour que ça marche. Des choses que tu es le seul à pouvoir nous offrir. Tu n'es pas seulement le père biologique de Knox, tu es son père tout court. Et il ne t'a pas fallu plus de quelques semaines pour assumer pleinement ton rôle. Si tu t'impliques déjà autant dans la vie de ton bébé, tu seras encore plus extraordinaire quand il sera grand. Beau n'aurait jamais fait cela pour Knox. Il a toujours considéré mon fils comme une complication.

Bien que ravi de savoir qu'il avait toute son estime en qualité de parent, ce n'était pas tout à fait ce qu'il avait envie d'entendre en cet instant. La seule chose qui l'intéressait, au fond, c'était de savoir quelle place elle lui réservait dans sa vie à elle.

— C'est tout ? demanda-t-il.

— Non. Je ne fais que commencer. Bien sûr, je ne cherche pas uniquement un père pour Knox. J'ai aussi compris que je te voulais, toi. Non, ce n'est même pas ça. Bien sûr que je te veux. Ce n'est pas exactement ce que je cherchais à dire. Je veux être avec toi et ce, quoi qu'en pensent mes proches et quelles que soient leurs attentes à mon égard.

À ces mots, elle posa une main sur la sienne, avant de reprendre :

— Je t'aime, Aidan. Et pas seulement parce que tu es le père de mon fils. Même si je n'étais pas tombée enceinte ce fameux week-end, j'aurais tout fait pour te garder dans ma vie.

Il en resta sans voix. Il ne savait absolument pas comment réagir face à une telle déclaration. Elle lui offrait ce qu'il avait espéré et pourtant il était terrifié. À l'évidence, il l'aimait et elle venait, elle aussi, de lui avouer ses sentiments, mais quelque part il avait du mal à y croire. Était-ce possible qu'une femme comme Violette puisse tomber amoureuse de quelqu'un dans son genre ? Il avait peur de la croire.

— Mais alors, qu'en est-il de ce que tu m'as dit à la soirée ? Sur nos différences ? Sur les avantages d'épouser un homme comme Beau ? Quelqu'un qui vient du même milieu et qui partage la même culture ? Nous en sommes toujours au même point, sur ce plan, toi et moi.

— Et nous le serons toujours. L'amour est un combat. Mais ce combat aurait été perdu d'avance avec Beau, malgré tout ce que nous avions en commun, car il y avait à la base trop de lacunes dans notre relation. Avec toi, en revanche, je sais que nous partirons gagnants. Bien sûr, nous aurons des débats, et peut-être des divergences, mais ce sera aussi très amusant de découvrir nos différences. Je n'ai pas envie qu'on se ressemble. Je veux juste qu'on forme un couple. Qu'on soit heureux ensemble. Crois-tu que tu pourrais être heureux avec moi, Aidan, et avec Knox, si nous fondions notre petite famille ?

À ces mots, il fut saisi d'une émotion indescriptible. Une famille avec Violette ! Une avalanche de souvenirs d'enfance le submergea tout à coup : Noël, Pâques, la rentrée des classes, la pizza du vendredi soir ! Offrir tout cela à Knox et le vivre avec Violette, c'était tout simplement la plus belle chose qui puisse lui arriver dans la vie. Il ne restait plus qu'une chose à faire.

Aidan était resté étrangement silencieux tout au long de leur discussion. Il avait certes posé quelques questions, mais pour l'essentiel il s'était contenté de siroter son café en l'écoutant calmement alors qu'elle lui ouvrait son cœur et déposait sa vie tout entière à ses pieds. Elle était venue le voir en sachant qu'il ne serait pas forcément réceptif à ce qu'elle avait à dire. Elle s'y était préparée et, pourtant, elle avait follement espéré qu'il bondisse de sa chaise, la prenne dans ses bras, lui déclare son amour et l'embrasse à perdre haleine.

Lorsque, enfin, il se décida à bouger, il se leva d'un air grave.

— Tu m'excuses deux minutes ?

Elle hocha la tête et le regarda disparaître dans le salon puis l'escalier. Pourquoi tenait-il tant à monter à l'étage dans un moment pareil ? Cela restait un mystère, mais elle fit de son mieux pour rester patiente et ne pas trop stresser.

Elle sentit pourtant des larmes de déception lui monter aux yeux. Elle lui avait demandé s'il voulait partager sa vie, lui avait déclaré son amour et il s'était levé de table en la plantant là. Jamais elle n'aurait imaginé que les choses se dérouleraient ainsi.

Lorsque Aidan revint à la cuisine, quelques minutes plus tard, il cachait un objet dans sa main.

— Désolé. Mais je devais absolument aller chercher quelque chose. Ça ne pouvait pas attendre.

Elle ravala ses larmes, espérant qu'elles aient été prématurées.

— Ce n'est rien. Prends tout ton temps. Je sais que ça fait beaucoup de choses à digérer en une seule fois.

Il hocha la tête.

— C'est vrai. Mais ce n'est pas grave. J'ai passé toute la semaine à me repasser le film de ce qui s'est passé à la réception et, en fait, de tous les moments que nous avons passés ensemble. J'essayais de trouver ce que je pourrais te dire pour te convaincre de nous accorder une chance. Une vraie chance. Si nous vivons comme une véritable famille, il ne doit plus y avoir de secrets. Si tu m'aimes vraiment, tu ne devras plus t'en cacher devant tes parents ou les autres gens de ton milieu. Et tu devras aussi leur dire que je tiens un bar.

— Je jure, déclara-t-elle en se levant de sa chaise, de t'aimer en tout temps et en tout lieu, face à tous ceux que nous verrons et quoi que nous fassions. C'est d'ailleurs ce que j'ai dit à mes parents hier soir quand je suis allée les voir.

— Comment ont-ils réagi ?

Pas très bien, mais elle préférait lui épargner les détails.

— Mon père a menacé de me déshériter.

Aidan la dévisagea, horrifié.

— Oh ! non...

Elle se contenta de hausser les épaules.

— Ça n'a aucune importance. Tout l'argent que je possède, je le tiens d'un compte que m'a ouvert mon grand-père à ma naissance. Je n'ai pas besoin de l'argent de mon père. Je pense qu'il bluffait pour me faire peur, de toute façon. Mais il doit s'habituer à ne plus régenter ma vie. J'ai presque trente ans. Il est grand temps qu'il me laisse tranquille.

Aidan lui adressa un immense sourire.

— Je suis sincèrement heureux que tu dises cela car je voudrais t'offrir quelque chose. Pour être honnête, je voulais le faire à la réception, mais ce n'était apparemment pas le bon moment. Et ensuite je me suis félicité de m'en être abstenu.

Elle posa le regard sur l'objet qu'il tenait à la main. Elle savait exactement de quoi il s'agissait, à présent. C'était un écrin à bijoux. Ça ne faisait aucun doute. Son cœur se mit à battre follement dans sa poitrine. Était-ce réellement ce qu'elle pensait ? Serait-elle capable de cacher sa déception si c'était un joli collier ou une paire de boucles d'oreilles ?

— Nous sommes très différents, mais je pense que c'est une bonne chose. Ce qui m'inquiète depuis le départ, c'est que nous ne serons jamais à égalité financièrement. Cela dit, cela risque de t'arriver avec la plupart des hommes sur cette terre. Et comme Mark Zuckerberg et Bill Gates sont déjà pris, il ne reste pas grand monde pour te conquérir. Ce n'est pas facile pour un homme de se retrouver dans cette situation. Mais, puisque je ne pourrai jamais rattraper mon retard sur ce plan, mieux vaut que je m'habitue à cette idée. C'est surtout quand j'ai compris que je t'aimais que cette situation a vraiment commencé à me gêner.

Elle retint son souffle. C'était la première fois qu'il le lui avouait. Elle-même lui avait fait cet aveu à la réception et plusieurs fois aujourd'hui, mais lui n'avait pas répondu. Un profond soulagement l'envahit. Il l'aimait.

Mais à peine cette inquiétude se fut-elle dissipée qu'elle en éprouva une autre, complètement différente. Était-ce vraiment le moment qu'elle avait tant attendu ? Bien qu'ayant été fiancée avec Beau, il ne l'avait pas demandée en mariage en y mettant les formes. Lorsqu'elle avait découvert sa grossesse, le mariage était apparu comme une sorte de fatalité, et il s'était contenté de l'emmener chez Tiffany choisir une bague. Si elle n'avait jamais rêvé de feux d'artifice ou d'une chorale d'enfants de chœur, elle n'avait pu s'empêcher de regretter que ce ne soit pas plus romantique.

— Tu ne me connais pas encore très bien, mais je suis quelqu'un de plutôt vieux jeu sur certains points. Je t'aurais demandée en mariage dès que j'ai découvert l'existence de Knox si j'avais pensé un seul instant que tu l'envisageais. Par la suite, quand nous sommes redevenus intimes et que j'ai compris que je t'aimais, un autre problème est apparu, hormis le fait que je craignais toujours ton refus…

Il lui montra l'écrin, qui était toujours désespérément fermé, avant de reprendre :

— Ça m'ennuyait de ne pas avoir les moyens de t'offrir une bague digne de ce nom. Parce que tu le mérites, Violette. Tu mérites la bague la plus grosse, la plus brillante et la plus chère qui existe sur le marché. Malheureusement, je ne pouvais pas te l'offrir.

Elle aurait voulu répliquer que peu importait la taille de bague et qu'elle aurait même pu s'en passer. Pour certaines femmes, une grosse bague était une façon d'afficher leur statut social, mais elle n'était pas comme cela. La bague que lui avait offerte Beau était superbe, bien sûr, mais elle était lourde et trop clinquante à son goût. Et elle aurait été soulagée qu'Aidan choisisse un modèle plus simple sans se reprocher de ne pouvoir mieux faire. Elle aurait voulu lui crier qu'elle voulait l'épouser avant même qu'il ne le lui demande, mais elle tint sa langue. Si elle brûlait de s'unir à lui, elle ne voulait surtout pas l'interrompre.

— J'ai finalement compris que le cadeau que j'allais t'offrir, hormis mon cœur, mon amour et ma dévotion, devait surtout être original. Autrement dit, avoir une valeur sentimentale.

Enfin, il ouvrit l'écrin. La bague qui se trouvait à l'intérieur était exactement comme elle l'avait espéré, et son cœur se mit à battre la chamade. Monté sur un anneau en platine, un diamant rond brillait de mille feux, tel un petit soleil. De style Art déco, la bague datait manifestement des années 1930 et elle se demanda où il avait pu trouver un bijou aussi ancien.

— Cette bague a appartenu à ma mère et, avant elle, à mon arrière-grand-mère paternelle. Lorsque ma mère est tombée malade, elle a tenu à me l'offrir en me disant que je trouverais un jour une femme assez exceptionnelle pour la porter. Par chance, elle ne s'est pas trompée. Eh bien, voilà, tu es cette femme exceptionnelle, Violette. Intelligente. Belle. Une mère remarquable. Et je ne peux pas m'empêcher de trembler à l'idée que je puisse me réveiller sans que tu sois chaque matin à mes côtés.

Le cœur de Violette battait si fort dans sa poitrine qu'elle n'entendait pratiquement plus ce qu'il disait. Elle ne savait plus qu'une seule chose : il ne lui avait pas encore posé la question magique à laquelle elle brûlait de répondre. Et pourtant, lorsqu'il se leva, il semblait encore douter de lui.

— Et donc ? fit-elle.

Il la dévisagea, perplexe.

— Et donc ? répéta-t-elle.

Il écarquilla les yeux, surpris.

— Oh ! je vois, j'ai oublié le plus important, c'est ça ?

À cet instant, il s'agenouilla à ses pieds, au beau milieu de la vieille cuisine de sa mère.

— Violette Niarchos, je t'aime tellement que j'ai du mal à respirer quand tu n'es pas là. Je sais que je ne suis pas parfait et que je ne le serai jamais, mais j'ai envie de passer le reste de ma vie à essayer d'être le genre d'homme que tu mérites. Veux-tu me faire l'honneur d'être ma femme ?

Enfin !

— Oui ! s'écria-t-elle.

Les mains tremblantes, Aidan sortit la bague de son écrin de velours rouge et la lui glissa au doigt. Elle lui allait à merveille et scintillait de tous ses feux dans la lumière déclinante de la fin d'après-midi. Elle n'était ni trop large ni trop lourde. Et le simple fait de savoir que c'était un bijou de famille lui donnait une valeur inestimable. Elle était parfaite.

Lui pressant doucement la main, il se releva et l'attira au creux de ses bras. Nouant les mains derrière son cou, elle se lova contre lui. Lorsqu'il trouva ses lèvres, elle s'imprégna de lui, heureuse d'avoir de nouveau la chance d'embrasser cet homme qu'elle croyait avoir définitivement perdu. Mais elle savait aujourd'hui qu'elle ne le perdrait plus jamais. Parce qu'ils étaient ensemble pour toujours.

REESE RYAN

Deux héritiers pour un milliardaire

Traduction française de
PATRICIA RADISSON

PASSIONS

HARLEQUIN

Titre original :
THE BILLIONAIRE'S LEGACY

Ce roman a déjà été publié en 2019.

Prologue

— Mais… C'est toi, Benji ?

L'attention de Benjamin Bennett se tourna vers la voix féminine qu'il connaissait si bien.

— Sloane ! s'exclama-t-il. Je ne savais pas si tu viendrais au mariage.

Sans l'avoir vue une seule fois en presque dix ans, il la reconnaissait sans l'ombre d'un doute. Les années écoulées l'avaient gâtée, elle lui parut encore plus belle que dans son souvenir.

Enchantée, Sloane le prit dans ses bras et le serra contre elle. Un frisson électrique parcourut l'échine de Benjamin si bien qu'il se détacha d'elle à regret.

— J'ai décidé de venir il y a deux jours, Délia n'est même pas au courant, expliqua-t-elle en lissant la longue jupe de sa robe bleu cobalt, qui moulait ses formes sensuelles et exaltait le hâle de sa peau.

Voilà pourquoi sa sœur ne lui en avait pas parlé, comprit Benjamin.

— Je suis heureux de te voir, Sloane. Tu es… incroyable, bégaya-t-il, le visage légèrement empourpré.

Le temps passé ne faisait rien à l'affaire, elle produisait sur lui le même effet qu'autrefois. En sa présence, il redevenait maladroit, presque aussi muet qu'à quinze ans.

Il était tombé amoureux d'elle à l'âge de cinq ans. À l'époque, elle en avait dix.

Sloane lui adressa un sourire rayonnant.

— Merci, répliqua-t-elle. Toi aussi, tu es magnifique.

— Blake doit être content de te revoir, dit Benjamin en desserrant le nœud de sa cravate, qui soudain le gênait.

— Ça fait plaisir de le voir si heureux de se marier, répliqua-t-elle, le regard tout à coup voilé de tristesse. Savannah semble vraiment charmante, et leur petit Davis est adorable.

Benjamin fourra ses mains dans ses poches et dansa d'un pied sur l'autre.

— C'est un petit gars très chouette, dit-il. Quant à Savannah, je suis certain qu'elle te plaira.

Se retrouver au pied de l'autel n'avait pas été chose aisée pour son cousin et Savannah. Quand ils s'étaient rencontrés, la jeune femme avait reçu pour mission de s'infiltrer dans l'entreprise fondée par le grand-père de Blake. Il s'agissait de démontrer que la moitié de la distillerie King's Finest revenait à sa propre famille. Il y avait eu des étincelles mais, au bout du compte, ils avaient surmonté les écueils, la peine et la méfiance, pour atteindre l'amour et le bonheur.

Le regard de Sloane croisa celui d'une personne à l'autre bout de la pièce, à qui elle adressa un signe de tête.

— Je dois y aller, déclara-t-elle. Mais nous nous retrouverons tout à l'heure.

— Tu peux y compter, assura-t-il en la suivant du regard.

Sloane Sutton.

Durant son enfance et son adolescence, il l'avait adorée. Elle et sa sœur Délia étaient de vraies complices d'une main. Il avait passé un nombre incalculable de nuits éveillé, à les écouter glousser, l'oreille collée à la mince cloison qui séparait sa chambre de celle de sa sœur. Sloane était tout pour lui, alors qu'à cause de la différence d'âge elle le considérait comme un petit frère d'adoption.

Lorsqu'elle était adolescente, il la trouvait belle. Entre-temps, elle était devenue éblouissante. Autrefois elle avait le corps hâlé et solide des filles qui travaillent au ranch. Aujourd'hui, son corps athlétique et souple avait laissé la place à des formes plus sensuelles, à des courbes plus pleines. Ses cheveux, tressés en une épaisse natte à l'époque, étaient plus courts et ondulés à présent.

Un petit diamant très discret ornait sa narine gauche. Au moment où elle s'était éloignée, il avait remarqué quelques étoiles tatouées sur sa nuque. Tatouage qui disparaissait presque sous l'étoffe de son vêtement.

Parker Abbott, le meilleur ami et cousin de Benji, s'approcha de lui et lui lança d'un ton anodin :

— Ferme la bouche et arrête de baver, sans quoi tout le monde verra que tu as toujours un penchant pour Sloane Sutton.

— Je n'ai jamais eu de penchant pour elle, protesta Benjamin.

Il espéra ne pas être puni pour le mensonge éhonté qu'il venait de prononcer. Bien entendu, il avait eu un sacré faible pour elle !

Lui était un adolescent bouillant et elle... Eh bien, elle était Sloane Sutton. Pleine d'assurance, belle, drôle, légèrement irrévérencieuse.

Jamais elle ne l'avait jugé étrange parce qu'il préférait *Star Trek* et les livres de science-fiction aux jeux de plein air. Elle n'avait jamais tourné en ridicule sa fascination pour les programmes informatiques, l'astronomie, Internet. Au contraire, elle l'encourageait, louait son intelligence créative, affirmait qu'un jour il changerait le monde. Elle le lui disait avec une telle conviction qu'il avait fini par y croire.

Comment n'aurait-il pas eu un penchant pour elle ?

— Je ne suis sans doute pas très psychologue mais, si ton regard n'exprimait pas un fort attrait pour Sloane, alors je m'avoue vaincu et j'épouse Kayleigh Jemison, ironisa Parker en désignant du menton la jeune femme qu'il avait escortée durant la cérémonie.

Parker et Kayleigh étaient à couteaux tirés depuis aussi longtemps que Benjamin les connaissait. Mais, protocole oblige, Kayleigh étant amie proche de la nouvelle belle-sœur de Parker, les organisateurs les avaient placés ensemble.

— À propos de penchant, blagua Benji.

— Moi, un penchant pour cette fille ? protesta son cousin en rougissant. Tu es tombé sur la tête ?

Le photographe du mariage leur fit un signe de la main, les conviant à se joindre aux autres convives pour les photos de groupe.

Benji se réjouit de cette diversion. Il ne put cependant pas s'empêcher de sonder la foule du regard, à la recherche de Sloane.

Observant Benji de l'autre bout de la pièce, Sloane se mordait la lèvre inférieure. Elle le vit boire une gorgée de bière et rire d'une remarque de Parker.

Comment croire que cet homme si sexy, dont la carrure dans son beau smoking sombre lui donnait des frissons, ne faisait qu'un avec le jeune garçon timide et doux d'autrefois ?

Leurs regards se croisèrent d'un bout à l'autre de la pièce, une chaleur inusitée apparut dans son bas-ventre, lui coupant le souffle.

— Ça va ? lui demanda sa meilleure amie, Délia. Si je ne te connaissais pas comme ma poche, je jurerais que tu contemplais quelqu'un au bar.

Délia voulut regarder par-dessus son épaule pour vérifier qui s'y trouvait. Elle en fut empêchée par son père qui arrivait vers elle, tenant sa fille dans les bras. La petite de deux ans était aussi jolie que sa mère et en général aussi douce. À cet instant cependant, elle pleurait toutes les larmes de son corps, exigeant sa maman.

— Evie, qu'est-ce qui ne va pas, ma chérie ? demanda-t-elle.

— Ta mère trouve qu'elle est chaude, dit Richard Bennett. Nous voulions la ramener à la maison, mais elle insiste pour voir sa maman.

— Merci papa, répondit Délia en embrassant le front de sa fille, qui se calma aussitôt.

Elle déposa un baiser sur la joue de Sloane et dit :

— Excuse-moi, nous reprendrons cette conversation à un autre moment. Combien de temps restes-tu en ville ?

— Je retourne sans doute à Nashville demain mais, ne t'inquiète pas, nous nous parlerons plus tard dans la soirée, occupe-toi bien de ta fille.

Sloane suivit Délia et M. Bennett qui se frayaient un passage dans la foule du regard. Puis elle soupira, les yeux fixés sur son verre de bourbon à moitié vide.

Délia partie, elle se sentait seule, même au milieu d'une foule de gens qu'elle connaissait depuis l'enfance. Sa famille et les Abbott ne fréquentaient pas les mêmes cercles. Elle était devenue amie avec Blake Abbott et sa cousine Délia à la fin des études secondaires. Mais là… Blake semblait occupé, et Délia rentrait chez elle avec Evie.

Elle n'avait aucune raison de s'attarder.

Après avoir avalé son reste de bourbon, elle rapporta son verre au buffet. En se retournant, elle heurta un solide bloc de muscles.

Benji.

Il la prit à la taille pour l'empêcher de vaciller.

— Excuse-moi, dit-elle, je ne t'avais pas vu.

Elle recula d'un pas, hors de portée de Benji, mais suffisamment proche pour apprécier son odeur entêtante.

— C'est ma faute, répliqua-t-il en se passant une main dans les cheveux.

Il arborait un sourire timide, réplique de celui qui le caractérisait enfant.

Sloane ne put s'empêcher de sourire elle aussi au souvenir du charmant adolescent qu'il avait été.

— Ça m'a fait plaisir de te revoir, Benji, confia-t-elle en se détournant pour partir.

Benjamin l'en empêcha en posant une main ferme sur son avant-bras.

— Tu pars déjà ? Ça fait un moment que j'attends patiemment de pouvoir te parler. Ma sœur t'a monopolisée toute la soirée.

— Tu sais comment nous sommes quand nous sommes ensemble, répliqua-t-elle avec un air malicieux. Nous continuons à nous comporter comme deux gamines !

— Au contraire, je dirais que beaucoup de choses ont changé, corrigea Benjamin.

Il laissa son regard intense caresser les formes voluptueuses de Sloane, avant de la regarder au fond des yeux.

— Tu as sans doute raison, admit-elle en se raclant la gorge.

Pour sûr, certaines choses avaient bel et bien changé.

Benji avait toujours été amoureux d'elle. Rien d'inhabituel à ce qu'un petit garçon s'amourache de la meilleure amie de sa sœur aînée. À l'époque, elle trouvait ça adorable. Mais Benji Bennett n'avait plus rien d'un petit garçon. Il était devenu un magnifique adulte.

Ce qu'elle lisait en cet instant dans ses yeux d'un noir intense n'avait rien à voir avec l'admiration mal contrôlée d'un enfant. Il s'agissait au contraire d'un désir incandescent. Du même ordre que la brûlure qu'elle sentait courir le long de sa propre colonne vertébrale et qui faisait battre son cœur.

Le demi-sourire assuré de Benji en disait long : il percevait parfaitement l'envie qu'elle avait de lui.

Il avait étudié à l'université de Seattle, ville où il demeurait toujours. En première année, il avait monté sa propre entreprise high-tech, qu'il venait de vendre pour deux milliards de dollars, aux dires de sa sœur Délia.

Même en dehors de son compte en banque pléthorique, Benjamin Bennett était un parti des plus enviables. Mais il demeurait le petit frère de sa meilleure amie. En plus, aussi adulte soit-il devenu, il n'en était pas moins plus jeune qu'elle de cinq ans.

Flirter avec Benji ferait jaser tout Magnolia Lake, les langues se délieraient. Elle se moquait pas mal de ce que les gens pensaient d'elle, mais sa mère et son grand-père vivaient encore ici. Délia aussi, une grande partie de l'année. Si la ville bruissait de mille rumeurs, les gens qu'elle aimait en souffriraient.

Elle détacha son regard de celui de Benjamin et lança un regard circulaire autour d'elle.

— Je ferais mieux de partir, affirma-t-elle.

— Accorde-moi une seule danse, demanda-t-il.

Joignant le geste à la parole, il leva l'index, son regard caressant la suppliait, son sourire était à la fois séduisant et doux. Il lui tendit la main, cette même main qu'elle avait tenue pour aider le petit garçon à traverser la rue pour se rendre à l'école, quand il avait cinq ans.

Le cœur battant, Sloane le regardait en se mordant de nouveau la lèvre inférieure. Personne ne leur accordait la moindre attention. Tous les autres invités étaient plongés dans des conversations animées, ils appréciaient de toute évidence les largesses de la famille Abbott, propriétaires de la distillerie King's Finest.

— Je suppose qu'une danse ne peut pas nous faire de mal, murmura-t-elle en plaçant sa main dans celle de Benji pour se laisser guider.

Il se planta au milieu de la piste, prit Sloane dans ses bras et se balança au rythme de *Love Ballad*.

— Tes parents adoraient cet air et l'écoutaient tout le temps, dit-elle, si bien que Délia et moi finissions par le détester ! À tort, d'ailleurs, c'est une très jolie chanson.

— Je suis de ton avis. Tu travailles toujours pour la maison de disques à Nashville ?

— Toujours. J'aime ce que je fais, mais j'ai un poste plus important en vue au sein de la boîte.

— Tu es la fille la plus déterminée que je connaisse ! remarqua-t-il en souriant. Si tu veux ce poste, c'est comme si tu l'avais déjà !

— Est-ce ta façon de me dire que je suis têtue comme le faisaient les gens en ville, autrefois ?

— Pas du tout, protesta-t-il. Je détestais que les gens disent ça de toi. Moi, ta détermination me plaisait beaucoup. Tu voulais aller à Nashville et travailler dans le monde de la musique, et tu l'as fait. Ta persévérance est récompensée !

Le cœur de Sloane se gonfla d'aise. Bien que devenu très riche et bel homme, Benji demeurait au fond de lui le garçon attentif et gentil qu'elle connaissait depuis toujours. Il possédait encore le don de la faire sourire.

— Merci, Benji, dit-elle, un peu troublée par l'intensité du regard de son cavalier.

Pour enrayer son trouble, elle détourna la conversation :

— Au fait, je ne t'ai pas encore félicité pour ta réussite spectaculaire. C'est la première fois que je parle avec un milliardaire ! Je devrais te demander un autographe !

Les muscles du dos de Benjamin se tendirent sous les doigts de Sloane, ses yeux s'assombrirent.

— Je suis le même qu'avant cette vente spectaculaire. Celui que j'ai toujours été.

Elle avait voulu le taquiner, mais elle venait en fait de toucher en lui une corde sensible.

— Pardon, s'excusa-t-elle, je ne voulais rien dire de spécial…

— Je le sais, soupira-t-il. J'en ai simplement assez que les gens se mettent à me traiter différemment. Tu n'imagines pas combien d'obscurs projets on m'a proposés ce soir.

Il existait donc un revers à la réussite ? s'étonna Sloane. De toute façon, à ses yeux, ne plus avoir à se préoccuper de rembourser les emprunts de son appartement et du ranch familial compenserait largement les inconvénients du succès.

— Désolée que tu subisses ce genre de préjudice.

— Ne t'excuse pas… Mais sache que tu es la seule femme célibataire de cette pièce à ne pas me considérer comme un ticket gagnant à la loterie.

Il souligna son propos d'un regard en biais à quelques jeunes femmes groupées dans un coin de la salle de réception, occupées à se murmurer des choses dans le creux de l'oreille tout en le regardant avec insistance.

— Aucune d'entre elles n'aurait parié sur moi il y a quelques années. À leurs yeux, je n'étais alors que le moyen d'entrer en contact avec l'un ou l'autre de mes fortunés cousins. Maintenant, tout est différent, elles m'ont collé toute la soirée. Alors que toi... J'ai dû te supplier pour t'extorquer une danse.

L'estomac de Sloane se noua. Elle avait un bon travail et un charmant petit appartement dans une résidence d'un beau quartier de Nashville, qu'elle aménageait peu à peu. Mais elle était couverte de dettes jusqu'au cou. Non qu'elle vive au-dessus de ses moyens, mais elle investissait chaque centime dans le sauvetage de la ferme de sa mère. Cerise sur le gâteau, son grand-père avait subi une chirurgie cardiaque dont les factures s'accumulaient à présent sur son bureau.

Son budget venait d'exploser avec l'achat de la belle robe longue qu'elle portait ce soir, pourtant sagement achetée en solde dans la boutique d'un styliste.

Son grand-père Atticus Ames lui avait au moins enseigné la fierté. En conséquence, elle mènerait trois emplois de front plutôt que de demander de l'aide à Benji ou à qui que ce soit.

— Je t'avais bien prédit qu'un jour ils regretteraient tous de t'avoir sous-estimé, rappela-t-elle avec un large sourire.

Le beau visage de Benji s'éclaira.

— C'est vrai... J'étais un gamin maladroit qui essayait de trouver sa place dans le monde. Toi, tu me convainquais toujours qu'il suffisait que je sois moi-même. Tu disais que les autres étaient beaucoup trop lents pour me comprendre. Qu'un jour, ils finiraient par découvrir qui j'étais. Grâce à toi, j'y ai cru !

Émue, elle sentit son cœur gonfler dans sa poitrine.

— Tu étais un gars très particulier, destiné à de grandes choses, je l'ai toujours su. Et tu as dépassé mes prédictions les plus folles !

Il sourit de nouveau, à la fois intimidé et incroyablement beau. Le cœur de Sloane battit un peu plus vite. Il fallait changer de sujet...

— Evie a beaucoup grandi, lança-t-elle hors de propos. Elle ressemble à Délia comme deux gouttes d'eau. Je suis surprise que tes parents ne te poussent pas à te marier et à leur donner d'autres petits-enfants.

— Tu les connais bien, répondit-il. Ma mère y fait allusion chaque fois que possible. Mais ne t'y trompe pas... Evie est certes adorable, mais les réveils à 3 heures du matin pour le biberon, et les couches à changer, ce n'est pas ma tasse de thé.

Elle le comprenait. Son ex-mari avait demandé le divorce essentiellement parce qu'il se sentait prêt pour la vie de famille et pas elle. Mais, pour être honnête, l'échec de leur mariage avait eu bien d'autres causes.

— Et toi ? la taquina-t-il. Davis et Evie te donnent envie de pouponner ?

— Moi ? répondit-elle avec un rire forcé. Entre l'aménagement de mon appartement et ma vie professionnelle, j'ai à peine le temps de me nourrir moi-même.

C'était vrai. Pourtant, tenir le petit Davis tout potelé dans ses bras lui avait donné une bouffée de désir maternel. Elle chassa de son esprit cette pensée importune.

La chanson arrivait à son terme.

Tout en le remerciant pour la danse, elle se dégagea aussitôt des bras de Benji, malgré l'envie malvenue de jouir encore un peu de la chaleur de ce corps si masculin.

Benjamin abaissa leurs deux mains jointes, mais ne la laissa pas partir. Au contraire, il pencha la tête, ses lèvres effleurèrent l'oreille de Sloane, la barbe naissante de ses joues érafla doucement le cou de la jeune femme.

— Sortons d'ici, murmura-t-il.

Très mauvaise idée, songea-t-elle.

Les joues empourprées, elle protesta :

— Mais c'est le mariage de ton cousin !

Il hocha la tête en direction de Blake, qui dansait avec Savannah, leur bébé endormi sur son épaule. Il semblait savourer le plus parfait des bonheurs.

— Je doute qu'il remarque notre départ, dit-il. En plus, si

tu acceptes, tu me sauves la vie, ça m'évitera d'entendre Jeb Dawson me parler pour la énième fois de sa dernière invention...

— Dans ce cas, d'accord, rétorqua Sloane avec un petit rire. Mais nous ne pouvons pas nous échapper ensemble, les journaux en parleraient demain matin !

— Je t'accorde le point ! dit-il en riant. Rendez-vous dans mon chalet, alors.

— Le chalet sur le lac ?

Elle y avait tant de merveilleux souvenirs de week-ends avec Délia et sa famille...

— Depuis qu'ils ont acheté leur maison secondaire en Floride, mes parents n'y allaient presque plus, expliqua Benjamin. Je la leur ai rachetée il y a quelques années, et Cole l'a métamorphosée. J'aimerais beaucoup que tu la voies.

Juste deux vieux amis qui se racontent leur vie après une longue absence. Aucun danger à cela.

Elle se répéta trois fois cet argument, comme un mantra. Pourtant, un moment auparavant, il n'y avait rien d'amical dans les frissons qui couraient le long de son épine dorsale tandis qu'ils dansaient serrés l'un contre l'autre.

— D'accord, dit-elle. On se racontera tout en buvant une tasse de thé ou autre.

— Ou autre, approuva-t-il, les lèvres retroussées en un sourire sensuel.

Quel goût avaient ses lèvres ? se demanda-t-elle avec un frisson vite réprimé.

— On se retrouve là-bas dans une demi-heure, annonça-t-il en plongeant dans la foule des convives.

Un sentiment de solitude s'empara aussitôt d'elle. La chaleur du corps de Benji lui manquait déjà.

Benji prépara deux nouvelles tasses de café et les installa devant Sloane.

Elle le remercia et tendit la main vers sa tasse. Ce faisant, elle remarqua l'heure à son poignet.

— Mais… Je n'ai pas vu le temps passer ! s'exclama-t-elle. Il est tard, tu dois être épuisé.

— N'imagine pas que je veuille que tu partes, répondit-il en posant une main sur les siennes. Les deux heures qui viennent de s'écouler sont de loin les meilleures que j'aie passées depuis mon retour en ville.

— Même chose pour moi, dit-elle avec un sourire.

Un vrai sourire venu du cœur. Mais, tout de suite après, elle fronça les sourcils, retira sa main et se leva d'un bond en lissant sa jupe sur ses hanches.

— C'est pourquoi je devrais partir, maintenant, ajouta-t-elle.

Benji se leva aussi. Ses yeux cherchèrent ceux de la jeune femme. Pour la première fois de sa vie, Sloane Sutton ne le traitait pas comme un petit garçon amoureux. Ce soir, elle voyait l'homme en lui. Un homme qu'elle désirait.

Il lisait l'intensité dans ses grands yeux marron, percevait la passion qui était montée en eux tout au long de la soirée.

À dix ans, il était amoureux d'elle, il la trouvait plus gentille, plus belle, plus intelligente que les autres.

Les dix années écoulées n'avaient pas altéré ce jugement. Au contraire, alors qu'il se tenait debout tout contre elle, noyé dans son parfum captivant, sa conviction se renforçait.

Il voulait être avec cette femme, la tenir entre ses bras, attiser chaque parcelle de son corps magnifique. Lui faire l'amour.

En dix ans, ils ne s'étaient pas vus une seule fois. Et, dans trois jours, il s'envolait pour le Japon pour six mois, afin d'honorer un engagement pris quand il avait vendu son entreprise. À la suite de ça, il retournerait à Seattle, et Sloane aurait rejoint Nashville. Dieu seul savait quand ils se reverraient…

Exprime-toi maintenant, Benji, ou alors tais-toi pour toujours.

Ses yeux rivés à ceux de Sloane, il se rapprocha encore d'elle. Elle inspira bruyamment, son corps se tendit tout entier quand, penché vers elle, il prit son visage entre ses mains. La respiration haletante de sa compagne, les battements précipités de son propre cœur, bourdonnaient à ses oreilles.

Le geste intime de Benji ne la rebuta pas. Ses pupilles se dilatèrent, sa poitrine se souleva. Quand il franchit le dernier pas qui les séparait, elle se blottit contre lui et ferma les yeux.

Il l'embrassa, doucement d'abord, se régalant de la soie de ses lèvres, de la façon dont elle nichait son corps contre sien. Elle entrouvrit les lèvres dans un soupir, il y glissa sa langue. Sa bouche avait un goût exquis.

Le baiser de Benji s'approfondit, Sloane y répondit avec une égale intensité.

Désir. Faim. Exigence.

Le cœur de Benji tempêtait sous son buste, son envie s'exacerbait. Sentant son sexe s'ériger entre eux, il gronda de convoitise.

Faisant glisser ses mains dans le dos de son partenaire, Sloane tira sa chemise hors de son pantalon. En chemin, ses ongles lui éraflèrent doucement la peau.

Benji grognait, son sexe durcissait, mi-souffrance, mi-plaisir. Un sentiment euphorique l'exaltait, sa peau vibrait, tout son être exigeait de lui faire l'amour. La soulevant, il la déposa contre la table, se cala entre ses cuisses.

Il étouffa presque Sloane d'un baiser encore plus profond, se perdit dans l'entremêlement de leurs lèvres, le ballet de leurs langues, la sensation exquise de leurs corps se mouvant l'un contre l'autre, le désir forcené de davantage de contact que ce que leur permettaient leurs vêtements.

Le parfum de la peau de Sloane l'enivrait, il adorait sentir la plénitude de ses seins contre son torse, ses mamelons durs comme de l'acier.

Elle fit courir ses mains le long du ventre de Benji, défit le ceinturon qui retenait son pantalon.

— Tu ne sais pas depuis combien de temps j'attends ce moment, lui souffla-t-il à l'oreille.

Les mains de Sloane se figèrent. Elle ouvrit les yeux, leur expression passant du désir le plus intense au regret.

— Ma belle, dit Benji en lui caressant la joue, j'ai dit quelque chose qui t'a déplu ?

— Je n'aurais pas dû venir ici, répondit-elle les yeux baissés. Nous ne devrions pas faire ça.

Benjamin se maudit. À quelques secondes de réaliser le rêve de sa vie, il avait trop parlé et tout gâché.

— Pourquoi pas ? demanda-t-il de son ton le plus calme, pour ne pas la braquer. Nous sommes deux adultes consentants.

— Considère un peu notre situation. Je te connais depuis que tu as cinq ans, tu es le petit frère de ma meilleure amie. D'ailleurs au mariage, je t'ai présenté comme mon frère.

Évitant toujours son regard, elle secoua la tête d'un air incrédule et poursuivit :

— Tout cela n'est pas convenable. Que dirait Délia ? Que penseraient tes parents ?

— Ma mère ne trouvera jamais aucune femme assez bien pour moi ! Quant à Délia, elle t'adore, assura-t-il en déposant un doux baiser sur ses lèvres.

— Parce que je suis son amie. Elle a confiance en moi et n'imagine pas une seconde qu'à peine arrivée en ville je m'envoie en l'air avec son petit frère.

Elle ponctua sa phrase d'un petit coup de poing dans le ventre de Benji. Mais en même temps, sans la moindre logique, elle entrouvrit ses lèvres sous son baiser.

— Tu es trop jeune pour moi, Benji, murmura-t-elle contre sa bouche tandis qu'il faisait glisser la soie de sa robe le long de ses épaules.

Lui picorant le lobe de l'oreille de baisers, il argumenta :

— À l'époque, cinq ans, ça comptait. Plus maintenant.

— Je ne suis pas à la recherche d'une relation amoureuse, dit-elle, les mains posées sur le buste de Benji, les yeux maintenant plantés dans les siens.

Nonobstant ces déclarations raisonnables, elle n'avait pas bougé d'un pouce, ses jambes encadraient toujours les siennes.

— Moi non plus, dit-il au bout d'un moment. Ça ne veut pas

dire que nous ne pouvons pas être ensemble. Je te veux, Sloane. Je sais que, toi aussi, tu me désires.

Joignant le geste à la parole, il fit lentement glisser la fermeture Éclair de sa robe. L'étoffe bleu cobalt glissa le long du corps de Sloane. Il éparpilla de petits baisers brûlants le long de son cou, vers ses seins enchâssés dans un soutien-gorge rose sans bretelles.

— Juste cette nuit, souffla-t-il.

Sentant sa robe glisser le long de sa taille, elle poussa un profond soupir. Puis de ses doigts fébriles elle fit glisser le pantalon de Benji. Le bruit résonna étrangement dans le silence de la nuit. Vaincue, elle s'abandonna contre lui et l'embrassa.

— Juste cette nuit, murmura-t-elle contre sa bouche.

D'ordinaire très matinal, Benji refusait de quitter la chaleur du corps de Sloane, dont le derrière nu se nichait contre son ventre. De nouveau, il mourait d'envie d'elle, de reprendre ce qu'ils avaient arrêté aux petites heures du jour, épuisés de volupté.

Il déposa de petits baisers sur sa nuque et ses étoiles tatouées. Le temps qu'il atteigne la peau entre ses omoplates, elle se réveilla à moitié.

— Mm, gazouilla-t-elle. Quelle agréable façon de réveiller une femme.

Benji la fit rouler sur le côté pour lui faire face. La pointe de ses seins trahissait son excitation.

— J'ai en tête une bien meilleure façon de te réveiller, assura-t-il.

— D'abord la salle de bains, bredouilla-t-elle.

— Tu trouveras tout ce dont tu as besoin… Mais dépêche-toi, je t'en prie.

Au retour de Sloane, il était adossé à la tête de lit en cuir capitonné. Le sourire un peu intimidé de la jeune femme fit soudain place à un air déterminé. Les yeux plantés dans ceux de son partenaire, elle le chevaucha, puis les mains appuyées à ses épaules, elle se pencha vers lui et l'embrassa.

Refrénant son désir de reprendre le dessus, il lui laissa l'initiative, imprimer son rythme, faire monter la tension érotique entre eux. Elle lui prit la tête entre ses mains, emmêla leurs langues, frotta le centre de son intimité contre son sexe dressé sous elle. Emportée par le désir, elle adopta un rythme plus soutenu. Elle balançait ses hanches, ondulait au-dessus de lui.

Abandonnant toute velléité de contrôle, Benji grognait de plaisir, les doigts plantés dans la tendre chair des hanches de Sloane. De ses mains solides il amplifia les mouvements du corps de la jeune femme, d'avant en arrière. Tous deux frôlaient l'apothéose. Lui n'y tenait plus, tout son être exigeait de plonger de nouveau en elle. Reprenant l'initiative, il fit basculer leurs deux corps, et se retrouva sur elle. Il tendit à l'aveugle une main vers la table de chevet pour y saisir un préservatif qu'il enfila avec fébrilité.

Il aspirait à jouir de la femme qui hantait ses rêves depuis la puberté. La seule femme qu'il ait vraiment désirée.

Sloane lui enserra la taille de ses cuisses et il la pénétra d'un long coup profond. Sous la force de l'assaut, elle enfonça ses ongles dans les épaules de Benji, comme si elle se noyait. Puis, le corps tendu comme un arc, elle murmura son nom, au moment où une vague de volupté les submergeait tous les deux.

Le souffle court, la peau moirée de sueur, Benji s'affala sur le matelas, attira Sloane contre lui et déposa un long baiser sur son front moite.

— Viens au Japon avec moi, dit-il.

Il fut le premier surpris des mots qu'il venait de murmurer impulsivement à l'oreille de sa compagne. Il avait conscience de rompre un accord. Ils s'étaient laissé une nuit ensemble, pas six mois.

Calme-toi, Benji.

Sa raison lui dicta de faire machine arrière sur-le-champ.

Mais son corps lui chantait une tout autre chanson, il espérait de toutes ses forces qu'elle accepte.

— Ce serait du tonnerre ! rétorqua Sloane sur le ton de la plaisanterie. On mangerait des sushis tous les jours, on chanterait tous les soirs dans les karaokés. En plus, je rêve de voir les cerisiers en fleurs. Laisse-moi juste quelques heures pour boucler ma valise.

— Tu viens avec moi ?

Terreur abjecte et plaisir extrême faisaient rage dans le cœur de Benji. Exactement comme dans les montagnes russes au moment de la plongée vers le sol.

Sloane releva la tête et cligna des yeux, la tête penchée sur le côté.

— Attends un peu, dit-elle. Tu n'es pas sérieux, quand même ?

Les épaules soudain crispées, il répondit :

— Tout ce qu'il y a de plus sérieux.

— Mais Benji... Je ne peux pas. Je croyais que tu comprenais que tout ceci n'était qu'un...

— Un jeu ?

— Quelque chose de... Une parenthèse. Deux personnes qui se conduisent mal l'espace d'un week-end.

Soudain consciente de sa nudité, Sloane s'entoura du drap et se redressa dans le lit.

— C'est impossible, poursuivit-elle. Je pensais que tu l'avais compris.

— J'ai très bien compris. Mais c'est tellement agréable de se réveiller avec quelqu'un qui vous donne envie de rester au lit toute la journée. Ça ne m'était encore jamais arrivé.

— Moi non plus, mais...

— Dans ce cas, pourquoi ne pas poursuivre au Japon ?

Elle enfonça ses doigts dans sa chevelure en bataille et soupira.

— Et pendant que tu travailleras toute la journée, que serai-je censée faire ? demanda-t-elle. Me prélasser en attendant le retour de mon amant ? Non merci, Benji. Je n'ai aucune envie de devenir la maîtresse désœuvrée d'un homme, fût-il milliardaire.

Le drap toujours serré autour d'elle, elle sortit du lit et récupéra son soutien-gorge et sa culotte tombés par terre.

— En plus, poursuivit-elle, j'ai un travail et des responsabilités, et pour couronner le tout je n'ai pas de passeport.

Remontant sa couverture jusqu'à sa taille, Benji répondit :

— Je ne pensais pas à cet arrangement en ces termes. Nous serions juste deux amis partis ensemble.

— Des amis qui font l'amour, rétorqua-t-elle du tac au tac en le regardant bien en face. Et vivent de ton argent. En plus, tu parles toi-même d'un « arrangement ». Donc excuse-moi mais, si quelque chose ressemble à un canard et si ça caquette comme un canard, ça s'appelle...

Elle n'acheva pas sa démonstration.

Elle avait raison. Benji se racla la gorge. Était-il vraiment devenu ce genre de gars qui croit qu'il peut tout acheter, même la femme qu'il révère ?

— Tu gagnes ce point, reconnut-il. Mais je n'avais pas de mauvaise intention.

— Je le sais, et je suis flattée que tu m'aies demandé de te suivre, dit-elle d'un ton radouci.

Sa robe bleue serrée contre sa poitrine, elle déposa un tendre baiser sur les lèvres de Benji.

— Si la situation était différente...

Sloane s'interdit d'achever sa pensée. Tout était bien comme ça. À quoi servirait de rêver d'un autre univers, dans lequel elle accepterait cette proposition ?

Benji fit la seule chose qu'il lui restait à faire. Il l'attira à lui. Sa robe tomba au sol, bientôt rejointe par ses sous-vêtements.

1

Six mois plus tard

Aux abords de l'immeuble de Sloane, Benjamin plongea son visage dans la brassée de roses, de lys et de gueules-de-loup qui encombrait ses bras.

Un fin sourire lui retroussait les lèvres. Sloane avait toujours adoré l'odeur des gueules-de-loup dont sa mère ornait leur jardin.

Immobile devant la porte d'entrée peinte en rouge, il inspira à pleins poumons.

Deux amis qui vont prendre un café ensemble. Rien d'extraordinaire à cela.

Tel était en tout cas la première étape de son vaste plan. Il l'inviterait à prendre un café dans un endroit neutre. Après quelques banalités, il lui proposerait de reprendre les choses là où elles s'étaient arrêtées au moment de son départ pour le Japon.

Pendant son séjour à Tokyo, il s'était renseigné auprès de Délia au sujet de Sloane. À sa surprise, sa sœur s'était montrée inhabituellement circonspecte à propos de son amie. Désireux de ne pas éveiller ses soupçons, il n'avait pas insisté.

Il s'était contenté de lui demander l'adresse de Sloane,

sous prétexte d'échanger des vœux de Noël. Pas vraiment un mensonge, mais pas non plus la stricte vérité.

Au Japon, il avait eu mille fois envie de prendre son téléphone pour l'appeler. Mais, avant son départ, elle semblait si convaincue que leur séparation s'imposait... Jamais un appel longue distance ne serait parvenu à ébranler sa détermination. C'était perdu d'avance.

En désespoir de cause, il avait plongé tête baissée dans le travail. Mais, au moment de retenir son billet de retour, il s'était rendu compte qu'il reviendrait aux États-Unis le jour de la Saint-Valentin.

Il avait pris cette coïncidence comme un signe du destin.

En un clin d'œil, il avait pris sa décision. Au lieu de retenir un vol direct pour Seattle, il avait acheté un billet pour Nashville. Il voulait parler à Sloane en tête à tête.

Était-il déraisonnable d'imaginer que quelque chose pouvait se développer entre eux ? Peut-être. En tout cas, il préférait de loin essuyer un refus, plutôt que de vivre avec le regret éternel de ne pas avoir tenté sa chance.

Son bouquet coincé au creux d'un bras, il appuya sur l'Interphone.

— Vous cherchez Sloane ? demanda une femme au balcon de son appartement. Elle est partie il y a deux heures mais, si vous avez quelque chose à lui remettre, je peux signer le reçu.

Dissimulant sa déception, Benji répondit :

— Merci beaucoup, mais je suis un vieil ami et j'aimerais lui remettre ces fleurs en personne.

— Vous avez de la chance, s'exclama la femme en désignant un pick-up qui s'engageait dans l'allée. La voici !

Soulagé, il contourna l'immeuble. Elle s'était garée sur le parking de la résidence et vidait le coffre de son véhicule.

Il s'approcha en silence, répétant dans sa tête les mots qu'il avait préparés. Son bouquet coincé au creux de son bras gauche, il fourra sa main droite dans sa poche.

— Salut, Sloane.

L'air tendu, elle regarda par-dessus son épaule.

— Benji ? Qu'est-ce que tu fais là ?

Pas exactement le genre d'accueil qu'il avait imaginé. Il se força quand même à sourire.

— Je voulais te faire une surprise pour la Saint-Valentin, expliqua-t-il. Si tu n'as pas d'autre projet, nous pourrions peut-être faire quelque chose ensemble.

Comme elle ne se retournait toujours pas vers lui, il se racla la gorge et poursuivit :

— J'ai pris un vol direct du Japon pour Nashville. J'avais vraiment besoin de te voir.

— Tu n'aurais pas dû venir, dit-elle en déchargeant ses courses. Ce n'est pas ce que nous avions décidé.

— Je sais, mais...

— Pars, maintenant, s'il te plaît, demanda-t-elle, le dos tourné.

— Tu ne veux même pas me parler un peu ?

Il détestait s'exprimer comme un enfant qui négocie l'heure de son coucher avec la baby-sitter. Il était adulte, que diable ! Un entrepreneur. Un *self-made man* milliardaire dont les conseils se payaient à prix d'or.

Alors pourquoi rétrogradait-il au stade de gamin transi chaque fois qu'il se trouvait en présence de cette femme ?

— Non ! dit-elle.

Se redressant d'un coup, elle heurta violemment le capot de sa voiture et chancela, le corps soudain languide.

— Sloane ! s'écria-t-il.

Lâchant les fleurs, il se précipita pour l'empêcher de s'écrouler.

— Ça va, je te tiens, dit-il en la soutenant dans ses bras.

Elle pesait beaucoup plus lourd que le soir où il l'avait portée jusqu'à sa chambre, six mois plus tôt.

Était-ce pour cette raison qu'elle ne voulait pas le voir ? Avait-elle honte de sa prise de poids ? Comme si un détail aussi trivial comptait pour lui.

Le cœur battant, il la questionna :

— Ma chérie, tu vas bien ?

Elle respirait mais ne réagissait pas.

Affolé, Benjamin l'installa sur le siège du passager de son pick-up pour la conduire à l'hôpital. Au moment d'attacher pour elle sa ceinture de sécurité, il remarqua son ventre gonflé.

— Sloane, tu es... Je veux dire... Es-tu...

— Enceinte ? gémit Sloane, les yeux entrouverts. Oui.

— Enceinte comment ?

— Très ! répondit-elle avec un petit rire nerveux.

Comme il ne réagissait pas, elle se racla la gorge, le visage de nouveau sérieux.

— Six mois, murmura-t-elle.

— C'est... Je veux dire... Je suis...

Benjamin suffoquait, aucun mot ne parvenait à sortir de sa bouche. Avalant sa salive avec difficulté, il essaya une nouvelle fois :

— Le bébé... est de moi ?

— Depuis mon divorce, à part toi, je n'ai approché aucun homme. Il est donc de toi. Je ne suis pas l'Immaculée Conception.

Il la scruta. Comment pouvait-elle plaisanter ? Il s'apprêtait à devenir père dans quelques mois, et elle n'avait même pas eu la décence de l'en avertir.

— Tu me l'aurais dit un jour ? s'enquit-il.

— Euh... Je ne sais pas.

Le ton sarcastique qu'elle utilisait jusque-là comme un bouclier lui fit soudain défaut, ses yeux s'humidifièrent. Elle poursuivit sans le regarder en face :

— Le week-end de notre... escapade, tu as été très clair au sujet des enfants. Devenir papa, ce n'était pas ta tasse de thé, ce sont les mots que tu as utilisés.

— Pardon ?

Aussitôt, leur conversation au sujet de sa nièce Evie lui revint d'un bloc.

« Evie est certes adorable, mais les réveils à 3 heures du matin pour le biberon, et les couches à changer, ce n'est pas ma tasse de thé. »

— Je parlais dans le vide, protesta-t-il. Je n'avais pas le projet immédiat d'avoir un enfant, c'est tout ! Mais loin de moi la pensée de refuser de reconnaître mon propre enfant ! Je ne suis pas un salaud !

— Tes propres enfants, rectifia Sloane en se frottant la tête à l'endroit où elle avait heurté le capot.

— Des jumeaux ? s'exclama Benjamin d'une voix soudain haut perchée. Nous allons avoir des jumeaux ?

Son regard se posa sur le ventre de la jeune femme. L'espace d'un instant, il se sentit faible, tout tournoyait autour d'eux.

— *Je* vais avoir des jumeaux, corrigea-t-elle en se tenant le ventre. Pas tout de suite, j'espère, ce serait beaucoup trop tôt. D'ailleurs je m'inquiète, à mon avis, quelque chose ne tourne pas rond.

Benjamin effleura la bosse sur la tête de Sloane. Il s'apprêtait aussi à lui toucher le ventre, mais il retira sa main in extremis. Six mois plus tôt, ils avaient été très intimes mais, aujourd'hui, le simple fait de lui toucher le ventre devenait indiscret, trop personnel.

— Allons voir un médecin, décida-t-il.

Bouclant la ceinture de sécurité, il tendit la main vers elle, exigeant sans un mot les clés du pick-up.

Elle le contempla d'abord comme si elle voulait l'envoyer au diable. Puis se ravisant, elle fouilla dans sa poche et lui tendit son trousseau sans un mot.

Benjamin ramassa les fleurs tombées à terre et s'installa au volant.

— Elles sont pour moi ? demanda-t-elle d'une voix radoucie.

— C'est ça, dit-il en lui tendant le bouquet malmené. Bonne Saint-Valentin, acheva-t-il avec une pointe d'amertume.

— Des gueules-de-loup, murmura-t-elle en inhalant le parfum des fleurs.

Soudain des larmes roulèrent sur ses joues.

— Tu souffres ? demanda Benji en lui saisissant le bras.

— Oui, répondit-elle en reniflant. Mais, si je pleure, c'est à cause de ces stupides hormones de grossesse qui me rendent sentimentale. Et en plus… tu t'es souvenu que j'adore les gueules-de-loup !

Malgré la colère qui l'étreignait encore, Benjamin soupira et lui adressa un regard peiné.

— Je me souviens de tout de toi, dit-il. Même si j'ai tout fait pour t'oublier.

Les paroles de Benji firent mal à Sloane, encore plus que le jumeau qui lui appuyait sur la vessie, encore plus que son ventre qui semblait pris dans un étau.

Il avait tout fait pour l'oublier, avait-il dit. Alors que, pendant ces six mois, elle n'avait pensé qu'à lui, même avant de se savoir enceinte, et enceinte de jumeaux.

Parce que, quand elle faisait l'amour, elle ne faisait pas les choses à moitié.

Pendant les deux mois qui avaient suivi leur unique nuit de plaisir, elle avait regretté de ne pas avoir accepté de le rejoindre au Japon. Elle avait passé beaucoup de temps à rêver de lui, à le désirer. Absorbée par son travail et par ses pensées amoureuses, elle avait occulté l'absence de ses règles. Jusqu'au moment où les nausées matinales avaient soudain remis les pendules à l'heure.

— Je suis désolée que tu aies appris la nouvelle de cette manière, dit-elle.

Elle ne regardait pas Benji, de peur de lire dans ses yeux la haine et la déception.

— Pourquoi ne m'as-tu rien dit ? demanda-t-il.

Sa voix vibrait de chagrin et de colère.

— J'aurais dû, mais…

Elle se tourna vers lui, la gorge et les lèvres sèches.

— Tu comprends... Nous étions d'accord pour une nuit de plaisir, pas pour dix-huit ans d'engagement en tant que parents. Tu avais dit si clairement que les enfants ne t'intéressaient pas...

— J'exprimais des généralités, répéta-t-il, les mains crispées sur le volant.

— Tu as dit textuellement...

— Je sais ce que j'ai dit, je me souviens de tout ce qui s'est passé entre nous cette nuit-là.

Suivant les directives de son GPS, il tourna à gauche.

— Mais comment as-tu pu croire que je négligerais ma chair et mon sang ? Que je ne souhaiterais pas savoir si j'avais un fils ou une fille quelque part dans le monde ?

— C'est une fille et un garçon...

Une main posée sur son ventre, elle grimaça, mais fit de son mieux pour rester calme malgré la douleur.

Benji lui lança un rapide coup d'œil.

— Tu as souvent mal comme ça ? demanda-t-il.

— Pas aussi fort, répondit-elle, les larmes aux yeux.

Il était trop tôt pour que les jumeaux naissent. Elle se força néanmoins à sourire.

— En général, c'est juste un peu d'inconfort à cause de ton fils qui me donne des coups de tête dans la vessie, ou de ta fille qui fait de la gymnastique rythmique. Celle-ci, ça va être une gymnaste, c'est certain.

Malgré la colère qui couvait encore dans sa voix, Benji lui prit la main et la rassura :

— Tout va bien se passer. D'abord, on s'assure que les enfants vont bien. Ensuite...

— Je te dirai tout ce que tu veux savoir, assura-t-elle quand ils parvinrent en vue de l'hôpital. C'est promis.

Depuis l'admission de Sloane à l'hôpital, Benjamin n'avait pas cessé de faire les cent pas.

Il s'apprêtait à devenir père de deux bébés ! Comment était-ce possible ? Il s'était pourtant montré responsable, avait utilisé un préservatif chaque fois qu'ils avaient fait l'amour.

Alors ? Que c'était-il passé ?

Son téléphone vibra dans sa poche. L'écran afficha le visage de sa mère. Elle désirait sans doute savoir si son voyage de retour s'était bien déroulé. Mais il avait en tête des choses bien plus urgentes. Il ne lui répondrait pas avant de savoir pourquoi Sloane ne l'avait pas prévenu de sa future paternité. La raison qu'elle lui avait servie ne tenait pas la route.

Il respectait l'ordre naturel des choses, Sloane portait les bébés dans son ventre, ils lui appartenaient, c'était une évidence. Mais ils étaient aussi à lui. À ce titre, n'avait-il pas le droit d'être informé ? N'était-il pas légitime qu'il partage la vie de ses enfants ? Le père de Sloane avait quitté le foyer familial quand elle avait dix ans. Elle se trouvait donc bien placée pour comprendre la souffrance de grandir sans père. Alors pourquoi infligerait-elle intentionnellement à ses enfants le même traumatisme ? C'était incompréhensible.

La porte s'ouvrit, faisant place à la doctoresse. Celle-ci l'invita à rejoindre la chambre où Sloane se trouvait perfusée. La jeune femme lui adressa un sourire d'excuse, avant de baisser les yeux vers son ventre, sur lequel reposaient ses deux mains.

— Sloane va bien ? demanda-t-il au Dr Carroll. Et les jumeaux ?

Le médecin posa une main douce sur son bras.

— Elle va aller très bien, affirma-t-elle. Elle a eu des contractions douloureuses, c'est l'utérus qui s'exerce à pratiquer le travail de l'accouchement. En général, ce n'est pas douloureux mais, Sloane étant déshydratée, ça a contribué à ces contractions intenses.

Les mains tremblantes, l'esprit vide, Benji secoua la tête. Rien de tout cela ne paraissait réel.

— Vous devriez vous asseoir, dit le Dr Carroll en désignant

un canapé. Inspirez profondément. Tout vous dépasse en cet instant, mais la situation ne présente aucun danger grave, je vous l'assure.

— Désolé, dit-il. Tout cela est tellement inattendu...

— Je sais, dit-elle d'un ton grave. Sloane m'a expliqué la situation. J'imagine le choc que vous avez éprouvé. Mais envisagez le bon côté des choses : vous serez présent à la naissance des bébés. En plus, elle et vous disposez encore de temps pour éclaircir votre situation. Les jumeaux comptent sur vous deux pour cela.

— Elle va sortir ce soir ? demanda-t-il.

Il ne se sentait pas encore prêt à faire la paix avec elle. Pas avant d'avoir obtenu des réponses claires.

— Je la garde encore une heure en observation, répondit la doctoresse. Ensuite, si tout va bien, elle pourra rentrer chez elle. Elle devra se ménager...

Elle adressa à Sloane un regard sévère, avant de poursuivre à l'adresse de Benjamin :

— Assurez-vous qu'elle observe mes recommandations, elle ne doit rien faire de physique, ne pas porter de poids etc. Si elle ne s'y conforme pas, je la mettrai au repos forcé, au lit.

— Je comprends, assura Sloane d'un air contrit. Je ne mettrais jamais sciemment la vie des petits en danger.

— Je le sais bien. Mais vous menez trop de choses de front, c'est un peu dangereux.

La doctoresse nota quelque chose sur sa tablette et vérifia le matériel de la perfusion.

— Y a-t-il quelque chose de spécifique qu'elle ne doive pas faire ? demanda Benjamin.

— Aucun effort physique. Ne rien soulever. En revanche, le yoga, la marche, la natation, sont conseillés, mais avec modération. Aucune douleur, aucun inconfort particulier.

Puis se tournant vers Benji, elle ajouta avec un sourire amical :

— Aucune restriction sexuelle, dans la limite du raisonnable, si c'est ce que vous vouliez savoir.

Les joues de Benji se colorèrent.

— Ce n'était pas le sens de ma question, bafouilla-t-il.

Sloane et le médecin éclatèrent de rire.

— Je n'ai pas la moindre intention de te sauter dessus en arrivant chez moi, dit Sloane.

Benji la regarda sans aménité et se tourna vers le Dr Carroll.

— Je parlais du coup qu'elle a pris sur la tête, dit-il. Elle s'est évanouie quelques instants, ça peut avoir un impact sur les jumeaux ?

— Détendez-vous... Elle a une petite bosse, que nous avons traitée avec de la glace. Continuez à le faire à la maison. S'il y a le moindre signe de désorientation ou de malaise, ramenez-la à l'hôpital sur-le-champ.

— Je vais encore avoir de ces contractions si intenses ? s'enquit Sloane d'une voix tendue.

Devant son inquiétude palpable, Benji se rapprocha d'elle et lui prit la main, ce qui eut pour effet de la rassurer.

Quand il leva la tête vers le médecin, elle souriait, apparemment satisfaite de son besoin instinctif de réconforter sa compagne.

— Si vous vous hydratez, vous abstenez d'effort physique et réduisez votre niveau de stress, elles ne devraient plus être aussi intenses. Peut-être même n'en ressentirez-vous plus.

Le Dr Carroll se tourna vers Benjamin.

— Si les contractions deviennent intenses, donnez-lui à boire et faites-la marcher un peu. Cela devrait la soulager.

Elle lui tendit un petit dépliant en indiquant :

— Ce mémo vous aidera à distinguer ces contractions de celles qui précèdent le travail de l'accouchement. Étudiez-les, mémorisez-les, nous voulons que ces bébés restent dans le ventre de leur mère au moins jusqu'à la trente-septième semaine, si possible.

— Benji ne vit pas ici, intervint Sloane, il va retourner à Seattle.

— Pas du tout. Je ne te quitte plus avant la naissance des jumeaux.

Comme elle ouvrait la bouche pour protester, Benji assena d'un ton ferme :

— Ça ne se discute pas.

Sloane se tut et se frotta lentement le ventre.

— Très bien, approuva la doctoresse. Jusqu'à maintenant, elle a tout fait toute seule, je me faisais du souci pour elle.

Benjamin ne put réprimer une bouffée de culpabilité, même s'il n'était au courant de rien quelques heures plus tôt. Cette culpabilité vira très vite au ressentiment.

Il aurait dû être là, et il l'aurait été, si seulement Sloane lui avait fait la courtoisie d'un coup de fil ou même d'un simple texto pour l'informer.

— Bien, Sloane, annonça le Dr Carroll, je ne veux pas vous voir avant la prochaine consultation programmée, entendu ?

Puis la doctoresse se tourna vers Benjamin.

— Vous pouvez me consacrer un instant ? s'enquit-elle.

Il la suivit dans le couloir.

— Je sais que vous êtes en colère et avez beaucoup de questions à poser à Sloane, dit-elle. Je ne vous donne pas tort, mais il faut lui éviter tout stress inutile. Tenez-en compte dans votre démarche pour obtenir des réponses et décider ce que vous voulez faire, tous les deux.

— Bien sûr, répondit-il en fourrant ses mains dans ses poches.

Le visage de la doctoresse se radoucit, elle posa sa main sur le bras de Benji et poursuivit :

— Donnez-lui une chance de s'expliquer. Écoutez tout ce qu'elle a peur de dire. Elle est solide mais, au fond d'elle, elle est terrifiée à l'idée de vivre tout ça toute seule. Ne la laissez pas vous convaincre qu'elle n'a pas besoin de vous. Prenez soin l'un de l'autre, et des deux petits qui grandissent en elle, acheva-t-elle en lui tendant la main.

Benjamin soupira et hocha la tête.

— On va y arriver, dit-il.

Quand il retourna dans la chambre de Sloane, elle se raidit sur-le-champ et détourna le regard.

Inspirant profondément, il approcha une chaise du lit et s'y installa.

— Allez... Parlons, dit-il.

2

Le cœur de Sloane sombra. Elle avait le sentiment d'avoir du sable dans la gorge, ses mains tremblaient. Elle fit un effort surhumain pour soutenir le regard de Benji.

Il était blessé, en colère. Déçu par elle.

Si différent de celui qui, six mois plus tôt, la couvait de ses yeux amoureux.

Quand elle avait décidé de ne pas lui parler de sa grossesse, ses raisons lui paraissaient honorables. Elle se sacrifiait. Maintenant, alors qu'elle se trouvait confrontée au ressentiment de Benji, ses arguments lui semblaient peu courageux, seulement destinés à éviter le moment qu'ils étaient précisément en train de vivre.

— Je ne voulais pas te blesser, Benji. Je pensais honnêtement te faire une faveur en te tenant à l'écart du problème que j'ai créé.

— Ce n'est pas comme si tu avais créé ce problème toute seule, rétorqua-t-il en croisant les bras. J'ai le distinct souvenir d'avoir été présent dans cette affaire, figure-toi.

Une onde de chaleur parcourut Sloane, ses mamelons se dressèrent au souvenir brûlant de ce qui s'était passé entre eux au cours de ce lointain week-end.

— Alors pourquoi diable...

Il s'interrompit, prit une profonde inspiration et ferma les yeux. Elle aurait juré qu'il comptait jusqu'à dix dans sa tête.

Au bout de quelques secondes, il rouvrit les yeux et reprit d'un ton calme :

— Pourquoi diable as-tu cru que tu devais gérer cette situation toute seule ?

— Parce que je n'ai plus vingt ans, je suis responsable de mes actes. Jamais je n'aurais dû me rendre dans le chalet avec toi. Jamais je n'aurais dû permettre que tu m'embrasses.

Sloane secoua la tête. Des larmes coulaient le long de ses joues, elle les balaya d'une main rageuse. *Satanées hormones*, grinça-t-elle en son for intérieur.

— Je n'ai pas neuf ans, rétorqua Benji d'une voix radoucie mais toujours tendue. Je n'ai plus besoin que tu me protèges comme quand j'ai cassé le vase préféré de ma mère. Tu n'as pas à me défendre des conséquences de mes actes. Quant à l'argent, ce n'est pas un problème, je suis très capable de te prendre en charge ainsi que les jumeaux.

— C'est justement ça...

La douleur qui lui étreignait soudain le ventre n'avait rien à voir avec les contractions. Et tout à voir avec les rumeurs qui couraient à Magnolia Lake depuis son enfance.

— Tout le monde croira que je suis tombée enceinte exprès, dit-elle. Que j'avais un plan pour sauver ma famille en harponnant un milliardaire.

— Magnolia Lake réagit encore en petite ville archaïque. Mais, même les gens d'ici savent comment on fait les enfants, à mon avis. Ils savent qu'il faut être deux.

— Je ne plaisante pas, Benji, rétorqua-t-elle en se frottant le ventre. Tu ne comprends pas parce que... N'en parlons plus, acheva-t-elle en se laissant retomber contre son oreiller.

— Explique-moi plutôt, insista-t-il en se rapprochant un peu. Si je ne comprends pas, explique-moi comment des adultes rationnels ignoreraient mon rôle dans cette affaire, et ne blâmeraient que toi.

— Ils diront « telle mère, telle fille ».

Les larmes brûlaient les yeux de Sloane. Sa vie à Magnolia

Lake appartenait au passé lointain et, pourtant, cette phrase prononcée à mi-voix par toutes sortes de gens la blessait encore.

Benji se tint coi, comme s'il se souvenait soudain de ce que disaient les gens en ville à propos de sa mère et d'elle. Il s'éclaircit la voix et dit :

— Tu n'es pas ta mère, Sloane. Quoi qu'ils disent…

— Ce qu'ils disent de ma mère est faux.

Sloane le regarda bien en face. Elle ne s'entendait pas toujours bien avec Abigail Sutton et n'avait toujours pas tout à fait surmonté la rancœur qu'elle éprouvait à son égard. Mais personne d'autre qu'elle n'avait le droit de la critiquer, surtout pour énoncer des mensonges.

Elle se redressa dans son lit.

— Ma mère n'a pas pris mon père au piège pour qu'il l'épouse. Elle était assez sotte pour croire qu'il l'aimait, voilà la vérité. Elle était bien trop naïve pour comprendre que jamais les Sutton n'approuveraient une fille d'un autre milieu que le leur.

— Écoute-moi. Je suis désolé si quelques imbéciles ont pu te donner le sentiment que tu étais inférieure. Mais, toi et moi, nous savons parfaitement que ce n'est pas le cas. Je ne l'ai jamais cru un instant et ma famille non plus.

Elle aurait voulu dire à Benji que sa mère ne l'avait jamais aimée. Cela se sentait à la froideur de sa voix et de ses yeux, en dépit du sourire faux qu'elle lui adressait en toute occasion. En fait, Constance Bennett ne faisait que la tolérer, préférant comme un moindre mal que Délia et elle passent leur temps chez elle, sous sa surveillance étroite.

Mais à quoi bon rouvrir de vieilles blessures, au moment où de fraîches occasions de souffrir éclataient ?

— Reconnais-le, ça va paraître bizarre que tu sois revenu à Magnolia Lake en milliardaire et que je me retrouve enceinte de toi. Et puis, il y a notre différence d'âge. Ta sœur va me tuer, acheva-t-elle en pressant ses mains sur ses tempes.

— Oublie les autres une minute ! Ce qui se passe, c'est entre toi et moi ! Et nos bébés, dit-il en posant son regard sur le ventre de Sloane.

Il avala sa salive avec difficulté et se pencha vers elle en bredouillant :

— Ça... Ça te dérange si...

Le cœur de Sloane se gonfla d'affection pour cet homme. L'air timide qu'il prenait pour demander s'il pouvait la toucher, après l'intimité qu'ils avaient partagée six mois plus tôt, lui sembla adorable.

— Donne-moi ta main, dit-elle en le guidant. Pose-la ici.

— Je ne sens aucune...

— Chut, dit-elle en fermant les yeux. Attends.

Les mains de Benji sur son ventre, ils attendirent. Le seul bruit dans la pièce provenait de la pompe de la perfusion.

Soudain un des bébés donna un coup de pied. Sloane ouvrit les yeux et sourit en découvrant l'air émerveillé de Benji.

— Je n'arrive pas à le croire, dit-il d'une voix qui se brisa. C'est mon... notre bébé.

La poitrine de Sloane se serra. Jusqu'à cet instant, elle avait pensé aux bébés comme les siens.

— Ça, c'était ton fils, annonça-t-elle. Je ne sais pas ce que mes côtes lui ont fait, mais il les attaque en règle.

Beaucoup moins intimidé à présent, Benji appuya sa main sur l'estomac de Sloane et sursauta. La peau de son ventre avait ondulé sous sa paume. Sa fille changeait de position !

— Tout va bien, le rassura-t-elle avec un grand sourire. La première fois que j'ai constaté ce mouvement, ça m'a fait peur aussi, on aurait dit de la science-fiction.

Benji se détendit un peu. Il étendit la main vers l'endroit où la peau de Sloane s'étirait et bougeait. Sous sa paume, il sentit furtivement une minuscule épaule.

Il se redressa, le visage empreint de respect et la regarda dans les yeux.

— Je n'étais pas près de ma sœur lors de sa grossesse, expliqua-t-il, et je n'ai rien vu de tout ça. C'est... magnifique.

— Si tu veux entendre les battements de cœur, appuie sur ce bouton du moniteur pour augmenter le son, dit-elle.

Benji s'exécuta, les yeux brillants.

— C'est un battement de cœur ? demanda-t-il en écoutant attentivement.

Puis après avoir encore augmenté le son :

— Non, ce sont deux battements de cœur, rectifia-t-il.

Il se passa une main dans les cheveux et s'assit au bord du lit. De nouveau son visage exprimait chagrin et déception.

— Comment as-tu pu ne pas me prévenir de tout ça ? demanda-t-il.

À cet instant le téléphone de Sloane retentit. Soulagée de la diversion, elle le prit sur la table de chevet et lut le nom inscrit sur l'écran.

Maman

Elle n'avait pas pensé à appeler sa mère. Mais pour rien au monde elle ne voulait lui fournir une bonne excuse pour venir la rejoindre à Nashville. Avec son gros ventre et toutes les affaires de bébé qu'elle achetait en double, son appartement semblait déjà trop petit.

Sans répondre, elle reposa le téléphone à l'envers. Elle rappellerait sa mère en rentrant chez elle. Inutile de l'inquiéter. Il n'y avait rien à dire.

Sauf que l'homme auquel sa mère se référait comme « le petit Benji Bennett » était le père de ses enfants. Cet aveu, elle ne se sentait pas de taille à y faire face.

— Tout va bien ? s'enquit Benji d'un ton inquiet.

— Très bien... À propos de ce que tu as dit devant le Dr Carroll...

— Sur le fait que je ne retourne pas à Seattle ? acheva-t-il, le regard étréci.

— C'est ça, répondit-elle, à la fois terrifiée et pleine d'espoir.

Ce n'est pas nécessaire, tu sais. Comme te l'a confirmé le médecin, je vais bien, et les bébés aussi.

— J'ai manqué les six premiers mois de ta grossesse, je ne veux pas rater une minute de plus.

Ce n'était ni une question ni une suggestion.

— Les deux premiers mois, je n'avais pas la moindre idée de mon état. Les quatre mois suivants, j'ai été nauséeuse tout le temps. Horrible. C'est juste en train de diminuer.

— Les nausées ont été si pénibles que ça ?

— Je n'ai rien pu garder de ce que j'avalais, et je n'ai pas pu travailler pendant quatre mois.

Le visage de Benjamin s'assombrit.

— Tu ne travailles plus ? Comment fais-tu pour faire face à tes dépenses ?

Les joues de Sloane s'empourprèrent. Elle ne souhaitait pas du tout s'entretenir de ses difficultés financières avec le *golden boy*. Elle s'était mise dans ce pétrin, c'était à elle de s'en sortir. En trente ans, elle avait au moins appris une chose : quand elle se trouvait en difficulté, personne ne se précipitait à son secours. Elle devait se tirer de là toute seule, comme elle l'avait toujours fait.

— Sloane ?

Sortant de la dérive de ses pensées, elle répondit en résistant à l'envie de se ronger les ongles :

— Je me débrouille.

Après un silence gêné, Benji reprit la parole :

— Quand tu remplissais les papiers d'admission à l'hôpital… je n'ai pas pu m'empêcher de voir les factures impayées dans ton sac.

Indignée, elle protesta :

— Tu as fouiné dans mes affaires ?

— Mon regard est simplement tombé sur les mots écrits en gros caractères rouges. Sloane, qu'es-tu en train d'essayer de prouver ? À quoi me sert mon argent si je ne peux pas aider les gens que j'aime ?

— Ce n'est pas ce que tu disais le soir du mariage, souligna-t-elle en croisant les bras. Ce jour-là tu m'as fait part de ton agacement devant tous les gens qui te traitaient différemment depuis que tu avais réussi. Tu en as assez d'être considéré comme un distributeur de billets de banque. Je ne supporterais pas que toi, Délia ou ta mère pensiez que je suis comme ces filles qui te couraient après au mariage. À l'affût de tes dollars, gourmande d'une part du gâteau de Benjamin Bennett.

— Mais... Personne ne pensera ça !

— Je me suis prise en charge dès l'âge de seize ans. En plus de mes tâches au ranch, j'avais un autre boulot. Je n'ai jamais eu à demander quoi que ce soit à quiconque.

Elle avait beau essuyer les larmes qui lui montaient aux yeux, il lui en venait de nouvelles.

— Je devrais être capable de pourvoir aux besoins des jumeaux, assura-t-elle. Sans aide extérieure. Mais ma vie tombe en miettes au moment où je voudrais jouir d'une maternité épanouie.

Se rapprochant de Sloane, Benji lui prit la main et y déposa un baiser.

— Tu n'as pas à supporter seule cette charge. Accepter de l'aide ne fait pas de toi un être faible. Il a fallu deux personnes pour créer ces jumeaux, il en faut deux pour s'en occuper.

Elle le regarda. L'argument de Benji se tenait. Il n'empêche, elle se sentait vulnérable et émotive.

— Ne te sens pas obligé de réagir ainsi, dit-elle. Si tu veux, tu peux franchir le seuil de cette porte et te retirer, personne n'en saura rien.

Il lui caressa la joue et répliqua d'une voix douce :

— Rien n'a autant d'importance pour moi que prendre soin de toi et des bébés. C'est clair ?

Elle acquiesça. Il déposa un tendre baiser sur sa joue. Puis il l'embrassa sur la bouche, les lèvres closes.

Quand leurs regards se croisèrent, Sloane lut dans celui

de Benji le même ardent désir que six mois plus tôt, la nuit où ils avaient conçu les jumeaux.

Sauf que, six mois plus tôt, elle était belle. Maintenant elle se sentait comme une baleine échouée sur la plage.

Il se pencha de nouveau vers elle pour l'embrasser.

— Dois-je revenir plus tard ? demanda un infirmier qui s'encadrait dans la porte.

— Non, gronda Benji, le regard planté dans les yeux de Sloane. J'ai hâte de la ramener à la maison.

S'installant sur le canapé, il laissa l'infirmier procéder aux vérifications usuelles. Il en profita pour sortir son portable de sa poche et annonça :

— C'est le moment de prévenir mes parents qu'ils vont être grands-parents.

— Tu vas leur dire au téléphone ?

Le pouls de Sloane avait fait un bond. Rick Bennett serait surpris sans excès, mais Connie cracherait des flammes et s'évanouirait probablement de rage. Quand elle reviendrait à elle, elle blâmerait Sloane d'avoir piégé son fils.

Et Délia. Son amie serait très en colère. Bien entendu, elle l'avait informée de sa grossesse, mais elle ne lui avait pas dit toute la vérité. Par exemple, elle lui avait dissimulé que son petit frère était le père des jumeaux.

— Pourquoi ne le leur dirais-je pas maintenant ? s'étonna Benji.

— C'est le genre d'annonce qui se fait en tête à tête.

— Il faudra bien finir par leur dire, objecta-t-il d'un ton calme.

Le tensiomètre bipa, le chiffre était anormalement élevé. Sloane s'adressa à l'infirmier :

— Pouvez-vous reprendre ma tension dans quelques minutes ? Je suis juste un peu tendue, ça va passer.

— Je reviens dans un quart d'heure.

Soulagée, elle se tourna vers Benji :

— Je sais que nous devons leur dire, mais ne crois-tu

pas que nous devrions d'abord débroussailler la situation entre nous ?

— Débroussailler quoi au juste ?

— Tu dis que tu ne retourneras pas à Seattle, d'accord. Mais, dans mon petit appartement, il n'y a déjà pas la place pour moi et toutes les affaires des petits.

— Dans ce cas, nous le vendrons pour en acheter un plus grand.

— Je ne peux pas le vendre comme ça, il faut des aménagements avant que je puisse le mettre sur le marché, expliqua-t-elle en se mordant la lèvre inférieure.

Elle n'aimait pas parler argent avec Benji. Cela lui donnait le sentiment de mendier.

— Et ? l'aiguillonna-t-il.

— Et je croule sous les dettes, avoua-t-elle à voix basse. J'ai pris une seconde hypothèque sur l'appartement. Ne me regarde pas comme ça, je n'ai pas dépensé l'argent bêtement. Mais ça ne te regarde pas !

— Sloane ! dit-il en se maîtrisant, dis-moi pourquoi avais-tu besoin de cet argent ?

— Pour sauver le ranch. Ces dernières années, les récoltes n'ont pas été très bonnes. En plus, mon grand-père a subi une opération à cœur ouvert, et son assurance n'a pas couvert tous les frais.

Benjamin se mit à arpenter la pièce. Son esprit fonctionnait à plein régime.

— Délia m'avait parlé de l'opération de ton grand-père, dit-il. Tu as des hypothèques à la fois sur ton appartement et sur la ferme ?

— Oui, chuchota-t-elle. J'avais un plan. J'arrivais à payer les factures. Et j'étais sur le point d'obtenir ce travail de directrice de la compagnie de disque quand...

Elle s'interrompit, les dents plantées dans sa lèvre inférieure. Elle ne voulait pas avoir l'air de rendre Benji responsable des jumeaux.

— Quand tu n'as plus pu travailler à cause de ta grossesse, acheva-t-il en se rasseyant près d'elle. Je commence à voir le tableau.

Tous les deux demeurèrent silencieux un moment. Puis il se pencha vers elle et lui prit la main.

— Écoute… Tu penses beaucoup de mal des gens de Magnolia Lake, mais je vais te prouver que tu as tort.

— De quoi parles-tu ?

— Laisse-moi mettre l'appartement en vente.

— Même en le vendant très bien, je ne pourrais me débarrasser de la seconde hypothèque.

Son grand-père l'avait suppliée de ne pas le faire, mais par orgueil elle avait tenu à lui prouver qu'elle avait réussi dans la vie, contrairement à ce qu'il lui avait prédit.

— En plus, si je vends mon appartement, où vais-je habiter ?

— Tu déménageras à Magnolia Lake avec moi.

Son visage conservait un air neutre, mais ses yeux brillaient.

— Je n'ai pas la moindre intention de vivre avec ma mère et mon grand-père, assura-t-elle en frémissant à cette idée. Je préférerais vivre sous une tente dans les bois.

— Parfait. Dans ce cas, tu viendras vivre dans le chalet avec moi.

Une lueur d'espoir se fraya dans le cœur de Sloane.

Benji lui demandait de déménager dans son chalet avec lui. Cela signifiait-il qu'il éprouvait des sentiments pour elle, aussi ?

Après leur week-end ensemble, elle n'était plus parvenue à s'ôter Benji de l'esprit. Une question l'avait taraudée : quelque chose était-il possible entre eux ? Il était le premier homme avec lequel elle avait accepté de sortir depuis son divorce. Mais elle lui était beaucoup trop attachée pour se servir de lui afin de rebondir. Quand elle avait découvert sa grossesse, elle s'était méfiée de ses sentiments pour lui, les attribuant aux fluctuations et dérèglements de ses hormones.

Les mêmes hormones qui lui enflammaient le corps en ce

moment précis où elle contemplait le physique sensuel de Benji. Pour tout dire, elle rêvait de sentir sur elle ses mains fortes et douces à la fois.

Elle se pinça le haut du nez en fermant les yeux, et chassa de son esprit l'attirante vision des muscles de Benji saillant sous sa peau hâlée. Mieux valait se concentrer sur les implications de ce qu'il venait de dire.

— Tu me proposes de venir vivre chez toi ? demanda-t-elle.

— Il faudrait d'abord que nous nous épousions, bien entendu. Pour le bien des jumeaux. Ce ne serait que temporaire, ajouta-t-il en sortant son portable de sa poche pour envoyer un message.

Temporaire ? Le cœur de Sloane se serra. Non qu'elle ait envie de se remarier. Mais il lui restait tout de même un peu de fierté. Il venait de le dire sans ambages : il se sentait obligé de l'épouser et, pour couronner le tout, il ne s'agissait que d'un arrangement temporaire !

— Le mariage serait temporaire ? s'enquit-elle.

Benji eut l'air dérouté, avant de comprendre.

— Mais non, pas le mariage ! Nous habiterions le chalet quelque temps seulement ! J'envoie à l'instant un message à mon cousin Cole. Nous vivrions dans le chalet jusqu'à ce que son entreprise nous construise une maison permanente, à notre goût.

— Attends ! Je ne suis pas du tout d'accord pour un mariage forcé.

— Tu ne veux pas te marier ?

Benji prit l'air stupéfait, celui de quelqu'un qui ne comprenait pas comment une fille célibataire et enceinte pouvait refuser la main tendue d'un homme beau et très riche qui acceptait de reconnaître ses enfants.

— Se marier pour de strictes raisons de grossesse inattendue a tellement bien réussi à mes parents et à ta sœur, ironisa-t-elle.

Dans son ventre, le petit garçon donna un furieux coup de tête dans la vessie de Sloane.

C'est ça ! Prends le parti de ton père, espèce de petit traître !

Pour calmer le fœtus, elle se caressa le ventre.

La mâchoire crispée, Benji rétorqua :

— Nous ne sommes ni tes parents ni ma sœur.

— En effet, répondit-elle. Leur relation durait depuis longtemps, et ils n'ont quand même pas réussi à faire fonctionner leur mariage arrangé. Alors nous ! Nous n'avons passé qu'une nuit ensemble, Benji. Une nuit extraordinaire, certes, mais...

— Dans ce cas, pourquoi ne pas continuer ? suggéra-t-il en se passant une main nerveuse dans les cheveux. Je ne parlais pas nécessairement de... sexe. Je voulais dire, pourquoi ne pas continuer à deux ? Notre nuit ensemble, ce n'était pas qu'une affaire de sexe... Pas pour moi, en tout cas.

— Pour moi non plus.

Elle souligna son propos d'un sourire aussi doux que le lui permettait le petit garçon qui cognait dans son ventre.

— Mais, poursuivit-elle, une nuit d'amour inoubliable et de précieux souvenirs du passé ne font pas forcément un bon mariage. Je t'aime beaucoup, Benji, trop pour gâcher notre belle amitié en la transformant en une relation contrainte et amère, qui nous rendra malheureux, ainsi que les jumeaux.

Elle soupira, le cœur serré à la vue du chagrin inscrit sur le visage de Benjamin.

Renonçant à envoyer son message à Cole, il glissa son téléphone dans sa poche et se passa une main sur le visage.

— Tu es sûre ? demanda-t-il.

— Certaine. Merci de ta proposition, Benji. Si je dois me remarier un jour, ce sera à une seule condition : que nous soyons deux à être fous amoureux l'un de l'autre.

3

Benji conduisait la voiture de Sloane dans un silence pesant. À l'hôpital, elle avait fait comme si tout allait au mieux, jusqu'à la réception de l'établissement.

Quand la personne derrière le guichet lui avait demandé comment elle comptait régler la note, elle avait soudain paru gênée. Après une hésitation, elle avait murmuré « envoyez-moi la facture ».

Profitant d'un arrêt aux toilettes, Benji était retourné à la réception et avait réglé le montant des frais. À son retour, il lui avait tendu le reçu. Elle l'avait remercié, le visage décomposé. Depuis, elle observait le silence, la tête tournée vers la fenêtre de la voiture.

— Tu es en colère parce que j'ai payé la note ? demanda-t-il au bout d'un moment, les mains crispées sur le volant tout en se faufilant dans la circulation.

La tension de Sloane était contagieuse.

— J'apprécie ton geste, répondit-elle. C'est contre moi que je suis en colère. Je me suis mise dans une position où tu te sens obligé de payer pour moi.

— J'aimerais que tu reconsidères l'offre que je t'ai faite.

— C'est gentil Benji, mais pas de mariage sous la contrainte. Je sais que vous, les milliardaires, n'êtes pas habitués à ce qu'on vous dise non. Mais m'épouser pour la simple raison que tu es père, non merci.

— Décidément, tu es têtue comme une mule ! dit-il en se garant sur le parking de l'appartement de Sloane.

Elle éclata de rire. La tension entre eux se dissipa un peu.

Benjamin rit aussi. Pourtant, elle se trompait à son sujet, songea-t-il. Il n'appartenait pas à cette race de milliardaires qui exigeaient une stricte obédience de la part de leur entourage. Quand il s'agissait d'affaires, il savait ce qu'il voulait et usait des moyens pour y parvenir. Développer une nouvelle application, acquérir une nouvelle compagnie, exiger le meilleur prix au moment de la vendre, tout ça, il maîtrisait parfaitement.

En affaires, il appuyait toujours sur les points fragiles de ses interlocuteurs, utilisait tous les leviers honnêtes possibles pour négocier les meilleurs accords, et ça marchait toujours. Même dans les cas difficiles comme avec les Japonais, qui avaient fini par lui acheter sa start-up. Ou dans le cas du groupe d'entreprises prometteuses qu'il venait d'acquérir.

Pourquoi ne réussirait-il pas de la même manière avec Sloane ?

Si elle lui en avait laissé l'occasion, il n'aurait pas employé cette tactique avec la mère de ses futurs enfants. Mais sous aucun prétexte il ne lui permettrait de lutter seule pour élever son fils et sa fille, dans un petit appartement à des centaines de kilomètres de chez lui. Il n'avait donc pas d'autre choix que de faire ce qu'il savait faire. Appuyer sur les points faibles de Sloane pour obtenir le résultat escompté.

Dans la boîte aux lettres s'entassaient plusieurs lettres estampillées « dernier avis ». Benji la conduisit jusqu'à l'appartement, l'installa sur le canapé, et rangea les courses.

— Ne te sens pas obligé de faire tout ça, dit-elle. Tu es l'invité ici, et mes contractions se sont calmées. Je vais très bien.

Un regard impérieux de Benji la retint de bouger. Pour une fois, elle n'émit pas d'objection. Elle se laissa aller, presque soulagée qu'il ne l'ait pas prise au mot.

Se détendrait-elle aussi concernant sa proposition de mariage ? se demanda Benjamin. Étant donné les circonstances, cette suggestion semblait parfaitement sensée. Sloane avait sa fierté et sa volonté propre. Elle ne voulait pas qu'il débarque comme le chevalier blanc pour la sauver. Ça, il le comprenait très bien. Entre autres choses, il avait toujours admiré sa détermination. Pour réussir, il convenait donc seulement de faire passer la pilule. Donner à Sloane le sentiment qu'elle gagnait la partie. Lui faire une offre impossible à refuser.

Pour s'assurer de sa bonne hydratation, il lui apporta un verre d'eau fraîche et s'assit en face d'elle. Pendant quelques instants, il laissa ses doigts pianoter sur ses genoux, à la recherche des mots justes à utiliser.

— Si tu as quelque chose à annoncer, fais-le, dit Sloane en s'asseyant en tailleur tout en se caressant le ventre.

Chaque fois qu'elle posait sa main là, Benji se souvenait des sensations ressenties quand les bébés avaient bougé sous la sienne. Dans quelques mois, il serait père ! Incroyable !

Il se pencha en avant dans son fauteuil et s'aventura :

— J'aimerais te faire une proposition.

— Je t'en prie, ne mets pas un genou en terre, protesta-t-elle. Ça nous gênera tous les deux. Ma réponse n'a pas changé. Pas de mariage sous la contrainte.

L'ego de Benjamin en prenait un coup. À un moment, il avait un peu craint que l'argent et les femmes qui lui couraient après ne lui montent à la tête. Mais avec Sloane, pas de danger, elle constituait l'antidote parfait !

— Je vais finir de restaurer ton appartement et te le vendrai au meilleur prix, dit-il.

Il se racla la gorge et étudia le visage de la jeune femme. Il vit ses yeux s'agrandir de surprise, puis s'étrécir, comme si elle n'aimait pas le tour que prenait la conversation.

— Le résultat de la vente te reviendra en totalité, ajouta-t-il. Et je te rédigerai un chèque à sept chiffres pour compenser le...

— Le fait que j'attende mes propres enfants ? interrompit-elle d'un ton indigné. Je ne suis pas ta mère porteuse ! Ces jumeaux sont à moi.

Elle prit une longue inspiration et corrigea :

— À nous.

— Ce n'est pas ce que je voulais dire, Sloane. Je me rends simplement compte de la difficulté que tu as eue à prendre tout ça en charge toute seule. Je veux te venir en aide, c'est tout.

— Le prix de cette aide est de devenir Mme Benjamin Bennett ? La richesse t'a décidément métamorphosé !

Elle ponctua sa phrase d'un regard chargé de déception puis se leva.

À cet instant, son portable sonna. Sur l'écran, Benjamin vit s'afficher le même numéro qu'à l'hôpital. Encore une fois, elle s'agita et ne répondit pas.

Il la suivit dans la cuisine, où elle se mit à préparer des boules de glaces.

— L'argent ne m'a pas changé, Sloane. Je suis un homme d'affaires. C'est mon travail d'établir des accords et d'avoir des résultats, de façon équitable pour les deux parties concernées. C'est ce que j'essaie de faire avec toi. Arriver à quelque chose de positif pour tout le monde.

— Ne prétends pas débarquer dans ma vie après dix ans d'absence en sachant ce qui est bon pour moi, lui asséna-t-elle en ouvrant un petit paquet de chips au vinaigre.

L'estomac de Benjamin se serra. Une glace, des chips... Elle ne se nourrissait pas correctement. Elle avait besoin d'aide dans tous les domaines.

— Tu as peut-être raison, dit-il d'un ton calme. Mais en cet instant même, tu as besoin d'aide, c'est indéniable. Et je veux être là pour toi, non à cause des bébés, mais parce que je suis ton ami et que je tiens à toi.

Tout en avalant une cuillère de glace surmontée de quelques chips, elle le regarda, les yeux embués de larmes.

— Il y a un an, j'avais ma vie en main, rappela-t-elle en pointant dans sa direction un doigt accusateur. Ensuite, j'ai dû faire ces emprunts, j'étais juste financièrement, mais je me débrouillais. J'avais un projet, une belle promotion me tendait les bras.

D'une main rageuse elle essuya les larmes qui coulaient le long de ses joues et lança d'une voix pleine de colère :

— Je ne t'épouserai pas, Benji. Surtout pas pour de l'argent.

Les points faibles.

Il tenait à Sloane. Ce qu'il entreprenait, c'était pour son bien et celui des petits.

Il la regarda dans les yeux et suggéra :

— D'accord, tu refuses que nous nous mariions. Dans ce cas, reviens à Magnolia Lake avec moi, tu habiteras dans le chalet jusqu'à ce que les jumeaux aient un an. À la fin de cette année, si nous sommes toujours ensemble, nous ferons construire une maison à Magnolia Lake, ou à Nashville, ou ailleurs, comme il te plaira. En revanche, si après un an tu persistes à vouloir t'éloigner de moi, ce sera sans rancune de ma part. Dans les deux cas, je vais t'aider à vendre ton appartement, et je paierai toutes les dépenses tant que nous vivrons ensemble.

Sloane parut considérer la proposition sous toutes les coutures. Elle se mordait la lèvre inférieure et finit par hocher la tête.

Benji se rapprocha encore d'elle et ajouta :

— Je paierai pour le ranch aussi. Tu seras dégagée de tout.

— Pourquoi ferais-tu ça ? lui demanda-t-elle.

— Parce que je veux être avec toi et avec nos enfants. Et ça me laissera une année pour te prouver que ça peut fonctionner entre nous.

Sloane passa sa langue sur sa lèvre inférieure, les yeux fixés sur les enveloppes estampillées « dernier avis ».

— Et si dans un an je ne veux toujours pas me marier ? dit-elle.

Cette éventualité angoissait Benji. Il se força à sourire et répliqua :

— Dans ce cas, tu partiras avec le chèque à sept zéros et sans dette. Le ranch de ta famille sera désendetté, et tu pourras t'acheter une maison avec un jardin pour les petits. Bien entendu, je continuerai à prendre soin d'eux.

Sloane se rongeait les ongles.

— Et... Tu n'essayeras pas de me retirer les enfants ? demanda-t-elle.

— Jamais je ne ferais une chose pareille !

Elle prit un air contrit.

Très bien ! songea-t-il. S'il fallait jouer sur le remords qu'elle éprouvait de lui avoir caché sa grossesse, eh bien, il le ferait ! Tout, pourvu qu'elle accepte sa proposition.

— Tu paierais tout à la fin de l'année ? demanda-t-elle.

La tension se relâcha dans la poitrine de Benji. Elle y était presque !

— Non, dit-il.

Elle fronça les sourcils.

— Combien de temps faudrait-il que j'attende encore ?

— Tu n'as pas à attendre du tout, expliqua-t-il. Tu n'as qu'un mot à dire, et je passe un coup de fil sur-le-champ.

— Pourquoi n'attendrais-tu pas la fin de notre année commune pour finir de payer ?

— Parce que j'ai confiance en toi, Sloane, dit-il en lui adressant un sourire. Et parce que je ne veux pas que tu passes le reste de ta grossesse à te tourmenter à propos de ton appartement et du ranch.

Elle recula d'un pas, comme si elle avait besoin d'air et d'espace. La main sur l'estomac, elle le contempla un long moment. Puis ajouta :

— Si je fais ça, ce sera pour ma mère et pour mon grand-père. Et pour les jumeaux, bien entendu. Pour moi, je ne veux rien.

Benjamin avala sa salive avec difficulté et hocha la tête. Au fond de lui, il espérait que tout serait différent. À la fin de leur année commune, il lui aurait prouvé qu'ils étaient une vraie famille.

— Encore une chose, dit-elle en se passant une main dans les cheveux. Si nous concluons cet arrangement, je tiens à ce que tu comprennes que nous ne formons pas un couple pour autant. Nous élevons simplement les jumeaux à deux. Ne compliquons pas les choses au-delà.

— D'accord, opina-t-il en dissimulant sa déception. Mais moi aussi je veux stipuler quelque chose.

— Quoi donc ?

— Ne dis rien de notre accord à quiconque.

— Ma mère et mon grand-père comprendront tout dès que les factures et les mises en demeure vont cesser d'arriver dans leur boîte aux lettres. Ils ne sont pas idiots.

— C'est vrai, concéda-t-il. Mais ils n'ont pas besoin de savoir que ça fait partie de notre accord. Et exige qu'ils ne disent à personne d'où provient l'argent.

— Et Délia ? soupira Sloane. Je déteste avoir des secrets pour elle. Ces derniers mois, sans pouvoir lui dire la vérité ont été une épreuve. Je ne sais pas si elle me le pardonnera. Cette cachotterie supplémentaire ne va rien arranger entre elle et moi.

— Pourtant ça ne t'a pas posé problème de me cacher des choses importantes à moi, remarqua-t-il.

Un sillon profond se creusa entre les sourcils de Sloane et elle hocha la tête.

— Je suis d'accord, dit-elle enfin. J'habiterai dans ton chalet avec toi jusqu'à ce que les jumeaux aient un an.

— Finis vite ta glace, répliqua Benji avec un clin d'œil. Nous avons du pain sur la planche.

— Tu es sûr qu'elle est enceinte ? Tu sais, je connais...

— Certain, interrompit Benjamin.

Pas question de laisser son cousin Parker faire étalage de son scepticisme à propos des femmes.

Il ajusta le son du Bluetooth de sa voiture de location tout en pénétrant dans le quartier de ses parents à Vero Beach, Floride. Avoir laissé Sloane toute seule lui déplaisait profondément, mais elle avait raison. Il devait avoir cette conversation de vive voix avec ses parents.

— Tu es sûr que les gosses sont de toi ? demanda Parker sur un ton carré mâtiné d'excuse.

— Oui, répondit-il sans conviction.

Il ne doutait pas d'être le père des jumeaux, mais il n'en possédait aucune preuve.

— Tu penses que Sloane est tombée enceinte volontairement ?

— Ce n'est pas son genre, tu le sais bien ! J'ai dû insister pour qu'elle m'autorise à m'occuper d'elle et des petits. Je lui ai proposé de m'épouser et elle m'a éconduit.

Parker s'étouffa presque.

— Quoi ? Tu l'as demandée en mariage ? Tu es cinglé ?

La réponse ne coulait pas de source non plus. La maison de ses parents approchait et il se défila :

— Écoute, je dois interrompre cette conversation. On s'appelle la semaine prochaine.

— Benji, tu n'as pas l'air d'avoir bien réfléchi à tout ça. Tu ne sembles pas prendre en compte tous les paramètres et...

— Au revoir, Parker.

Benji raccrocha et se gara dans l'allée de ses parents.

Délia et la petite Evie passaient l'hiver à Vero Beach. Le moment s'avérait donc parfait pour informer toute la famille en même temps. Sloane aurait voulu assister à la réunion, mais le simple fait de parler de la situation la stressait énormément. En conséquence, il avait décidé de venir voir sa famille tout seul. Mais, au moment de frapper à la porte de la maison, il se sentit lourd et incertain.

— Benji ? Que fais-tu ici ? Je ne te savais pas en Floride ! s'exclama son père, Rickie Bennett, en le serrant dans ses bras. Rentre ! Ta présence va enchanter ta mère et ta sœur.

En le voyant, le visage de Connie Bennett s'illumina en effet.

— C'est pour ça que tu ne répondais pas à mes coups de fil, dit-elle en l'embrassant. Tu voulais nous faire une surprise !

Fourrant ses mains dans ses poches, Benjamin répondit :

— J'ai bel et bien une surprise pour vous. Ça a été un choc pour moi aussi.

— Qu'est-ce que tu racontes, vieux frère ? demanda Délia en

dévalant l'escalier pour l'accueillir. Et ne réveille pas ta nièce ! Je viens juste de la coucher pour sa sieste.

— C'est très bien comme ça, parce que je dois vous parler de quelque chose d'important.

— De quoi s'agit-il ? demanda sa mère. Tu me fais peur.

— Allons nous asseoir, suggéra Benji en guidant sa mère vers son fauteuil préféré sous la verrière.

— C'est une mauvaise nouvelle, n'est-ce pas ? s'enquit-elle.

— Détends-toi, Connie, conseilla son mari en s'asseyant près d'elle. Tout ira bien.

Délia regardait son frère de près et soudain elle laissa échapper un petit cri de compréhension.

— Quoi ? demanda sa mère sur un ton empreint de panique.

— Tu as mis une femme enceinte ? demanda Délia d'un ton triomphal.

— Comment tu le sais ? s'enquit Benjamin, rouge de confusion.

— Tu as le même air que moi quand j'ai dû annoncer à papa et maman que j'étais enceinte d'Evie ! Entre nausée et terreur !

Cela résumait assez bien ce que ressentait Benji. C'était ridicule pour une personne adulte qui bénéficiait d'un poids social et professionnel hors du commun. Il adressa un regard en biais à ses parents.

— C'est vrai ? demanda sa mère. Nous allons être grands-parents pour la seconde fois ?

— Pour la deuxième et troisième fois, répondit Benjamin.

— Toi aussi, tu vas avoir des jumeaux ? s'exclama Délia.

— Que veux-tu dire ? demanda son père. Tu n'es pas de nouveau enceinte, si ?

— Pas moi, non ! Mais une de mes amies.

— Benji, je ne savais pas que tu avais une petite amie, dit sa mère. Tu as rencontré une jeune femme au Japon ?

Puis elle tourna brusquement la tête vers Délia.

— Une de tes amies attend des jumeaux ? dit-elle. Comment se fait-il que je ne sois pas au courant ?

— J'avais bien trop à faire au Japon pour rencontrer quelqu'un, commenta Benjamin. Et, non, je n'ai pas à proprement parler de petite amie.

Au même moment, la réponse de Délia à sa mère fusa :

— Elle n'avait pas envie de l'annoncer parce qu'elle ne vit pas avec le père.

— Tu n'es donc pas vraiment engagé dans une relation avec cette femme, constata la mère. Que se passera-t-il si elle ne nous permet pas de voir les enfants ? Es-tu sûr qu'elle ne t'a pas piégé pour te soutirer de l'argent ?

— Pourquoi dans cette famille croit-on toujours que, si une femme est enceinte, ça fait partie d'un plan machiavélique ? s'agaça Benji en arpentant la pièce. Certaines choses arrivent, tout simplement.

Délia croisa les bras et regarda son frère bien en face.

— Quelle est la personne que tu as mise enceinte avant de partir au Japon ?

Elle avait compris avant que Benjamin ne prononce le nom :

— Sloane Sutton.

À ces mots, sa mère, son père, sa sœur se mirent à parler en même temps. Sa mère donnait le sentiment de se trouver au bord de l'évanouissement. Son père exprimait un intérêt dénué de passion. Quant à sa sœur, elle semblait prête à exploser.

Connie Bennett s'exclama :

— Benji ! Comment as-tu pu coucher avec la fille Sutton ? Et au mariage de ton cousin, en plus !

Il préféra ne pas répondre.

— N'est-elle pas sensiblement plus âgée que toi ? demanda son père, une pointe d'admiration dans la voix.

— Ce soir-là, la moitié des filles de la ville te couraient après, s'indigna Délia. Et, toi, tu as préféré coucher avec ma meilleure amie ? Ensuite, vous avez tous les deux choisi de me mentir effrontément !

— Nous ne t'avons pas menti, rectifia Benjamin. Nous ne t'avons rien dit parce que ça ne te regardait pas.

— Quand j'ai demandé à Sloane qui était le père, elle m'a

répondu que c'était le fruit d'un coup d'une nuit, une terrible erreur. Ça, c'était un mensonge ?

Sa sœur lui avait lancé ces mots au visage, sachant très bien le mal qu'ils lui feraient. Il grinça des dents, puis :

— Tout cela n'a plus aucune importance. Seul compte le fait que je vais être papa.

— Je n'ai jamais eu confiance en cette fille, lâcha sa mère d'une voix tremblante.

Tournée vers son mari, elle ajouta :

— Je t'avais bien dit que nous ne devions pas la recevoir chez nous ! Nous aurions dû interdire à Délia de la fréquenter.

— Tu vas vraiment me rendre responsable de tout ça ? demanda son mari en passant la main sur son crâne chauve. D'ailleurs tu as essayé de l'en empêcher, mais sans succès.

— Pourquoi dis-tu ça, maman ? demanda Benji. Sloane ne nous a jamais donné de raison de nous méfier d'elle !

— Telle mère, telle fille. Pendant que son grand-père était malade, on ne l'a jamais vu revenir en ville. Puis elle vient au mariage de Blake et tout à coup elle s'accroche à toi ? Elle avait un plan depuis le début, c'est certain ! Elle tombe enceinte et ne travaille plus jamais de sa vie. Facile !

— Je n'arrive pas à croire que tu dises de pareilles choses sur Sloane, ni même que tu les penses. Elle avait raison, tu ne l'as jamais aimée.

— Elle est plus perspicace que je ne le croyais, dans ce cas !

Richard intervint :

— Connie, Délia, je sais que vous êtes bouleversées, mais vous êtes beaucoup trop dures envers Sloane. Quoi que vous pensiez de sa mère, c'est une jeune femme intelligente et indépendante. Elle a toujours travaillé dur. Ce n'est pas le genre à mettre le grappin sur un homme non averti. Encore moins sur Benji.

— Leur ranch est complètement dans le rouge. Et tout à coup, notre fils revient en ville riche, et elle tombe enceinte de lui ? C'est cousu de fil blanc ! Nous devons engager un détective pour connaître les agissements de cette femme depuis votre nuit ensemble. Et dès la naissance des enfants nous ferons faire un test de paternité.

— Maman, tout cela n'est pas de ton ressort, rétorqua Benji en essayant de rester correct envers sa mère. Je ne te demande pas ta permission, je te mets au courant de la situation, par pure courtoisie et par respect.

— Nous apprécions, fiston, intervint son père.

Connie l'interrompit :

— Quand il s'agit de cette Sloane Sutton, tu perds tout ton bon sens !

Benjamin laissa échapper un rire amer.

— Sloane avait prévu vos réactions, dit-il. Je ne l'ai pas crue mais, en fait, elle vous connaît mieux que moi !

Les yeux pleins de larmes, Délia lâcha :

— C'est peut-être nous qui la connaissons mieux que toi.

— Qu'est-ce que tu veux dire ?

— Demande à Sloane ce qu'elle pensait être la solution à ses problèmes financiers !

La peau hérissée de colère, Benji rétorqua :

— Pourquoi ne me le dis-tu pas toi-même, puisque tu en meurs d'envie ?

— Il y a un an, elle et moi disions en manière de plaisanterie que la solution à tous nos problèmes serait de trouver deux maris riches. Il faut croire qu'elle ne plaisantait pas, acheva-t-elle en essuyant une larme.

— Maman et Délia, arrêtez ! Que ça vous plaise ou non, Sloane Sutton sera la mère de ma fille et de mon fils. Et je l'ai conviée à venir vivre avec moi au chalet.

Comme la mère et la fille recommençaient à parler en même temps, Benjamin les fit taire d'un geste :

— Assez de vos fadaises ! Je ne prendrai pas un détective pour fouiller dans sa vie, je n'ai aucun besoin d'un test de paternité. Sloane va bel et bien venir vivre avec moi. Donc, si vous avez envie de connaître vos petits-enfants, neveu et nièce, je vous suggère de montrer du respect envers leur mère, et de commencer par lui demander pardon.

Puis il se tourna vers sa sœur et lui asséna :

— Peut-être que Sloane n'a pas géré la situation comme elle aurait dû, mais elle l'a fait pour des raisons qu'elle jugeait bonnes. Elle est ta meilleure amie, Délia, tu as toujours pu compter sur elle, dommage qu'elle ne puisse en dire autant de toi.

Sur ces mots, il se dirigea vers la porte d'entrée, qu'il claqua derrière lui.

4

— Encore merci, Benji, dit Sloane.

Elle ajusta la ceinture de sécurité de la voiture qui les conduisait de Nashville à Magnolia Lake. Comment ne serait-elle pas reconnaissante envers Benji de tout ce qu'il faisait pour elle et sa famille ?

Comme promis, il avait passé un simple coup de fil à son comptable et établi les arrangements nécessaires pour payer les deux propriétés. Ensuite il avait contacté son cousin Cole Abbott, pour qu'il envoie une petite équipe à Nashville afin de restaurer l'appartement.

Cette nuit, il l'avait aidée à faire ses bagages et avait employé des déménageurs pour stocker ses quelques possessions dans un garde-meuble.

En quarante-huit heures, une équipe avait commencé les travaux dans l'appartement. Pendant ce temps-là, Benji l'avait installée à l'hôtel, le temps de s'envoler vers Vero Beach pour rendre visite à ses parents.

Bien sûr, Sloane se sentait reconnaissante de ce qui advenait dans sa vie. Comment ne pas l'être ? En même temps, elle se détestait de permettre à Benji de faire ce qu'elle avait été incapable d'accomplir elle-même.

Les femmes de Magnolia Lake la qualifiaient d'indépendante, comme si c'était un défaut. Pour sa part, elle en tirait de l'orgueil, et se sentait aux antipodes de sa mère.

Toute sa vie, Abigail Sutton avait dépendu d'un homme ou

d'un autre. Du père de Sloane, pour commencer. De différents petits amis, ensuite. De son grand-père, tout le temps.

Écœurée de cette vie sans boussole, Sloane s'était juré de ne jamais ressembler à sa mère. Elle l'aimait, bien sûr, mais avait du mal à la respecter depuis qu'en sortant de l'enfance elle avait compris la relation ambiguë qu'elle entretenait avec ses amants : du moment qu'ils réglaient les factures, elle acceptait sans rien dire leurs mauvais traitements.

Sloane ne marcherait jamais dans ses traces, cependant... À ses yeux, l'arrangement qu'elle avait conclu avec Benji l'en rapprochait dangereusement.

— Je suis heureux d'avoir pu t'aider, répondit-il.

La réponse la tira de la dérive de ses pensées. Il avait parlé avec gentillesse, pourtant, depuis son retour de Floride, il se montrait d'humeur sombre. Il refusait de parler de l'entretien avec ses parents, sauf pour dire qu'il s'était mal passé.

Il lui avait conseillé de ne pas téléphoner à sa sœur. Mais, Délia étant sa meilleure amie depuis l'âge de dix ans, elle avait quand même essayé de l'appeler. En vain, elle tombait toujours directement sur son répondeur.

De toute évidence, son amie lui en voulait. Par ailleurs, Benji était dorénavant en froid avec sa famille. Tout cela à cause d'elle.

Tenaillée par la culpabilité, elle tenta d'établir le dialogue :

— Je sais que tu ne souhaites pas parler de la façon dont les choses se sont passées avec tes parents, mais...

— Je ne veux pas, en effet, l'interrompit-il, les mâchoires serrées, les mains crispées sur le volant.

Devant son air buté, elle éprouva le désir irrépressible de le prendre dans ses bras, de lui murmurer à l'oreille que tout s'arrangerait. Un éclair de lucidité la retint : ils ne vivaient pas une relation amoureuse et ne pouvaient donc pas partager cette sorte d'intimité émotionnelle.

C'était aussi bien ainsi.

Cette sorte d'intimité rendait vulnérable. Et, depuis le début de sa grossesse, elle avait sa dose de vulnérabilité.

— Parlons plutôt des prénoms d'enfants, suggéra-t-il avec un petit sourire, le premier depuis son retour de Floride. Tu as des idées ?

— Pas vraiment, répondit-elle en haussant les épaules.

— Je croyais que les futures mamans passaient des heures à choisir des prénoms.

— Personne ne m'a jamais dit que j'étais une femme standard, répliqua-t-elle avec un rire amer. J'y pense un peu, mais dans l'abstrait.

— Quels prénoms as-tu envisagés ? insista-t-il.

— Pour la petite ? Scarlett, peut-être ? À cause de Scarlett Johansson.

— Pas mal... Quoi d'autre ?

— Vivian... En l'honneur du personnage de Julia Roberts dans *Pretty Woman*. Ou alors Bailey...

— Ah, j'aime beaucoup ce prénom-là, dit Benjamin. Retenons-le. Et pour le petit ?

— Philippe, Beau... Ou alors Benjamin.

Benji lui lança un regard en coin, et elle se sentit rougir.

— Ça me flatte, dit-il, mais je déteste qu'on mette la pression sur un garçon pour qu'il soit comme son père. Je voudrais que nos enfants se sentent libres de faire et de penser ce qu'ils veulent. Et je suis reconnaissant qu'ils aient les moyens de le faire.

— Moi aussi, répondit-elle.

Pour la première fois, elle se réjouit pleinement de sa nouvelle situation : ses enfants n'auraient pas à lutter dans la vie comme sa mère et elle-même avaient eu à le faire.

Il lui prit la main et la serra tendrement quelques secondes.

— J'aime bien Beau, dit-il. Ça s'accorde bien avec Bailey, tu ne trouves pas ?

Sloane posa sa main sur son ventre et s'adressa aux deux petits êtres qu'il abritait :

— Ça vous plaît, Beau et Bailey ? Réfléchissez bien, vous aurez ces prénoms pour la vie entière ! À moins que vous ne deveniez acteur ou strip-teaseuse.

Devant l'air offusqué de Benjamin, elle éclata de rire.

— Je plaisante ! assura-t-elle.

— Drôle d'humour ! Si tu ne portais pas mes enfants, je t'abandonnerais au bord du chemin !

Les deux bébés bougèrent dans le ventre de leur mère.

Ses deux mains posées de chaque côté de son ventre, elle demanda :

— Voulez-vous dire que vous aimez ces prénoms ? leur demanda-t-elle.

Beau sembla s'étirer, et Bailey l'imita une seconde plus tard.

— C'est décidé, dit-elle, les yeux embués de larmes. Beau et Bailey. Disons plutôt Beaumont, Beau n'est qu'un diminutif.

Benjamin sourit de toutes ses dents.

— Ça me convient, assura-t-il.

— Pourvu que la copaternité soit toujours aussi aisée…

À ces mots, un malaise s'empara de Benji, et il changea le cours de la conversation :

— Au chalet, les petits pourraient partager la même chambre. Ça rendrait plus faciles les biberons et les changements de couches. Ça nous laisserait deux chambres, une pour les amis, et une pour la nounou.

— Une nounou ? s'exclama Sloane en riant. Ce n'est pas vraiment mon genre ! En plus, ne travaillant pas pour le moment, je peux gérer.

— J'installe mes bureaux en ville, mais j'essaierai d'être présent le plus possible, au début. À mon avis, tu sous-estimes le travail que donnent des jumeaux.

— Délia s'est bien débrouillée avec Evie.

À l'évocation de sa sœur, le visage de Benjamin se rembrunit.

— Elle n'avait à s'occuper que d'un seul bébé, fit-il remarquer. Et ma mère a vécu avec sa fille, son gendre et Evie pendant les deux premiers mois, pour les aider. D'ailleurs, si tu veux mon avis, elle a contribué à l'échec de leur mariage.

Sloane s'abstint d'abonder dans son sens.

— Leur mariage n'a pas tenu parce qu'ils se sont mariés pour de mauvaises raisons, observa-t-elle.

Le mariage de Délia avait été contraint. Quand elle s'était retrouvée enceinte, Frank en avait toujours voulu à ses beaux-parents de faire pression sur lui pour qu'il l'épouse. De son côté, elle avait mal supporté le fossé qui séparait sa vie quotidienne terne du mariage uni dont elle avait rêvé.

— Exact, lâcha Benji.

D'un coup, il retombait dans l'humeur sombre et le monosyllabisme.

— Si tu ne veux pas me parler de ce qui s'est passé à Vero Beach, fais-le au moins pour les enfants, dit-elle. Ton silence à ce sujet me stresse, et c'est mauvais pour les jumeaux.

Benji poussa un long soupir et avoua :

— Puisque tu es décidée à en parler... Tu avais raison, ma mère a mal pris la nouvelle. En fait, elle met en doute que les jumeaux soient de moi.

Le cœur de Sloane se serra. Elle savait que Connie ne l'appréciait pas, mais de là à...

— Elle pense que je mens ? Comment peut-elle croire que je ferais une chose pareille ?

Benji haussa les épaules.

— Elle doute de tes motivations, ajouta-t-il. Et l'intervention de ma sœur n'a fait que renforcer ses soupçons.

Le cœur de Sloane battait à tout rompre.

— Qu'a-t-elle dit ? demanda-t-elle d'une voix tremblante.

— As-tu dit un jour que trouver un riche mari résoudrait tes problèmes financiers ?

Elle s'apprêtait à nier quand lui revint une conversation au cours d'une soirée un peu arrosée.

— Mais... Je plaisantais ! Nous plaisantions toutes les deux, Délia le sait très bien.

Le visage de Benji demeurait impassible.

— Maintenant, elle pense que tu ne plaisantais peut-être pas tant que ça, répondit-il.

Sloane encaissa le coup. Difficile de penser que sa meilleure amie la soupçonnait d'utiliser son frère et ses propres bébés à des fins financières.

— Et toi, Benji ? Qu'en penses-tu ? demanda-t-elle d'une voix douce en étudiant son profil.

— Je leur ai répondu que leurs soupçons ne correspondaient en rien à la femme indépendante que je connais depuis toujours. Et que, s'ils espéraient un jour faire la connaissance des jumeaux, il faudrait d'abord s'excuser de la manière dont ils t'ont traitée.

Le cœur de Sloane se gonfla d'abord de reconnaissance. Il avait pris sa défense, contre sa mère et sa sœur. Puis elle se rendit compte qu'à cause d'elle une barrière s'élevait désormais entre Benji et sa famille.

Depuis toujours, elle admirait la façon d'être unis et proches des Bennett. Rien ne les avait jamais divisés. Sauf elle.

Une sourde culpabilité lui pesa sur les épaules.

— Merci de me croire, Benji. J'apprécie que tu prennes mon parti, mais je ne veux pas devenir une source de contentieux entre ta famille et toi.

— Ce sont eux qui ont choisi, rétorqua-t-il sèchement. Et ils peuvent aussi décider de demander pardon quand ils seront prêts à le faire. Allez ! Cessons de parler de ça, soupira-t-il. Parlons plutôt des bébés. Qu'est-ce que ça fait de savoir que deux petits êtres humains poussent en toi ?

Un sourire radieux s'étala sur le visage de Sloane.

— C'est incroyable, répondit-elle en se massant le ventre. Pourtant, je n'ai jamais vraiment aspiré à devenir mère, c'est d'ailleurs ce qui a fait échouer mon mariage.

— Pourquoi ne désirais-tu pas avoir d'enfant ? s'enquit-il.

Il avait posé la question d'un ton hésitant, comme s'il ne voulait pas vraiment entendre la réponse.

— Être enceinte, ça ne colle pas bien avec une carrière professionnelle réussie, en tout cas dans le monde de la musique, répondit-elle. En plus, je n'ai pas le sens du sacrifice…

— Qu'est-ce qui t'a fait changer d'avis ?

— Depuis que je sais que je les porte en moi, ces bébés m'accaparent tout entière. Ils peuplent même mes rêves. Je ne serai sans doute pas une mère parfaite, mais j'y mettrai tout mon cœur. Ils le méritent.

Elle essuya d'un revers de main les larmes qui perlaient au coin de ses yeux.

— Tu seras une très bonne mère, répliqua Benji d'une voix apaisante.

— J'espère seulement qu'ils apprécieront à sa juste valeur le sacrifice que je fais de mes cinq tasses de café par jour, et de mes longs séjours dans ma baignoire, plaisanta-t-elle.

— Pour le café, je comprends. Mais pourquoi te priver de longs bains ?

— D'abord, il ne faut pas qu'ils soient trop chauds, ni trop longs. Mais surtout, une fois que je suis dans la baignoire, je n'arrive plus à en sortir. C'est un des inconvénients de vivre seule, ajouta-t-elle avec un rire un peu forcé.

Benji lui pressa la main.

— Vivre seule n'est plus une option, dit-il en souriant.

Les larmes de Sloane redoublèrent.

Benjamin installa Sloane dans le chalet et sortit faire des courses. Il lui avait proposé de venir avec lui, mais elle avait refusé. Elle ne se sentait pas encore prête à faire son entrée à Magnolia Lake avec son ventre proéminent. Il comprit, et profita de cet espace de liberté pour faire le point sur le tour que prenait sa vie depuis quelques jours.

Lui, l'homme d'action, voyait au quart de tour ce qui devait être fait, et agissait. C'est dans ces moments-là qu'il se sentait maître des situations, même avant de signer l'accord faramineux de la vente de sa compagnie. Il appartenait au type d'hommes qui savent débrouiller les situations, quel que soit l'obstacle. Il adorait qu'un concurrent ou un investisseur lui mette des bâtons dans les roues, juge ses projets irréalisables. Il employait alors tout son art à lui faire ravaler ses doutes.

Mais, ça, c'était le monde des affaires. En revanche, ce qui se passait entre Sloane et lui tenait du domaine profondément personnel, beaucoup plus délicat à appréhender.

Ses émotions, son instinct, tout était magnifié, uniquement parce qu'il s'agissait de Sloane Sutton, son amour de toujours. La revoir après dix longues années, danser avec elle, l'embrasser, faire l'amour… Tout cela avait provoqué des sentiments puissants, inconnus de lui jusqu'alors.

Il avait souffert quand elle avait refusé de le suivre au Japon.

Aussi quand Parker, sa mère et sa sœur avaient attaqué la jeune femme, son sang n'avait fait qu'un tour, il l'avait plus mal pris que si l'attaque avait été dirigée contre lui.

Il l'avait défendue avec fougue, utilisant des mots choisis avec précision. Il croyait en elle, la savait incapable de ce dont sa famille l'accusait.

Néanmoins, une fois au calme au volant de sa voiture, quelques doutes s'insinuèrent en lui. Avait-il été naïf ? Son charme n'avait-il pas opéré comme il l'avait cru ? Les soucis matériels de Sloane avaient-ils joué un rôle dans sa décision de passer la nuit avec lui ? Dans ce cas-là, leur défaut de précaution au moment de faire l'amour n'était pas du tout un accident.

Il se passa une main sur le visage et chassa ses pensées désagréables.

Au magasin général, Nanette Henderson, propriétaire du Magnolia General Store depuis des années, s'approcha de lui et lança :

— Benji ! Je ne savais pas que tu étais de retour en ville ! Tu es là pour combien de temps ?

Benjamin se pencha vers la vieille dame pour la serrer contre lui.

— Je reviens vivre ici, annonça-t-il. Pas dans la vieille maison, mais dans mon petit chalet, jusqu'à ce que je fasse construire en ville.

— Formidable ! s'exclama-t-elle. Viens déjeuner avec Ralph et moi un de ces jours, je te montrerai l'album que j'ai fait avec tous les articles et les photos de toi que j'ai vus dans les magazines.

C'est ce qui lui manquait à Seattle, des gens qui se réjouissaient vraiment de sa réussite, qui ne le considéraient pas comme une menace. Pourvu que Sloane se sente aussi à l'aise que lui en retrouvant ses racines, pour offrir à Beau et à Bailey une belle vie ici.

— C'est d'accord, dit-il en s'emparant d'un chariot.

— Dis-moi si tu as besoin d'un renseignement, dit-elle en s'éloignant pour accueillir un autre client.

Benji chargeait son chariot entre autres d'articles qu'il avait repérés dans la salle de bains de Sloane à Nashville, shampooing, adoucisseur, gel douche, crème pour le corps.

Ensuite il s'attarda au rayon bébés, un peu perdu au milieu des petits pots, des couches, des biberons et des sucettes.

Bien entendu, ils n'auraient pas besoin de tout ça dans l'immédiat, mais mieux valait préparer un petit minimum, décida-t-il en attrapant au passage deux paquets de couches et quelques biberons. Puis son regard fut attiré par un autre article, qui le fit sourire. Il l'ajouta à son Caddie.

En l'absence de Benji, Sloane trouva étrange de se retrouver seule dans le chalet. Il fallait s'y faire, ce serait sa demeure pendant un an et trois mois. Benji avait eu beau l'inciter à faire comme chez elle, elle se sentait intruse.

Comme il l'avait invitée à choisir sa chambre, elle avait élu une des plus grandes chambres d'amis, très ensoleillée, avec une vue dégagée sur le lac. En plus, elle était contiguë à celle qui allait accueillir les jumeaux.

— Beau et Bailey, dit-elle à mi-voix en contemplant le lac.

Le crissement des pneus sur le gravier, une portière qui claqua, lui indiquèrent le retour de Benjamin. Elle enfila son manteau pour sortir l'aider.

— Tu vas attraper froid, la gronda-t-il. Et souviens-toi de ce qu'a dit le Dr Carroll, tu ne dois plus porter de paquets.

— Je porterai les plus légers.

Elle rêvait d'un paquet de chips au vinaigre.

— Non, répliqua fermement Benjamin. Si tu veux aider, reste à l'intérieur et range les choses dans le frigo.

— D'accord, marmonna-t-elle en rentrant. Mais j'ai bien le droit de participer, quand même.

— Tu veux finir ta grossesse allongée ? demanda-t-il d'un ton un peu impatient.

— Bien sûr que non !

— Alors, coopère ! Sans ça j'appelle le Dr Carroll.

— J'ai décidé de prendre un médecin plus près de chez moi, annonça-t-elle.

— Dans ce cas, je te dénoncerai au nouveau, riposta-t-il, les mains chargées de victuailles. Et ne lève pas les bras trop haut non plus.

Comme elle levait les yeux au ciel, il la menaça :

— Ne m'oblige pas à te donner une fessée.

— Très drôle, commenta-t-elle en vidant le contenu d'un sac sur la table de la cuisine.

Le visage de Benji s'assombrit, il se mordit la lèvre inférieure.

— Tu cherches à me mettre en colère, c'est ça ? fulmina-t-il.

— Peut-être, murmura-t-elle dans sa barbe.

— Je t'ai entendue, tu sais, dit-il en retournant à la voiture.

Sloane se mit à rire. Cohabiter avec Benji ne s'annonçait pas si mal après tout.

Sloane nettoya le comptoir de la cuisine et mit en route le lave-vaisselle. Elle s'était coupé le pouce en épluchant les oignons, mais Benji et elle avaient survécu à sa première tentative culinaire. Elle considérait donc ce dîner comme un succès.

Non qu'elle fût inapte à cuisiner. Après tout, elle était aussi capable qu'une autre de lire un livre de recettes. Mais, côté pratique, cela laissait à désirer, faute de temps. Avant d'être éjectée de son précédent poste, elle ne disposait pas d'une minute à consacrer à la confection d'un repas. La plupart du temps, elle s'arrêtait le soir chez un traiteur, trop exténuée pour envisager une autre façon de se nourrir.

Une fois enceinte, elle avait passé la plupart de son temps chez elle, à cause de ses nausées matinales sévères, qui se prolongeaient dans la journée, et souvent la nuit. Rares étaient les aliments que tolérait son estomac.

Mais, ce soir, c'était la première nuit que Benji et elle passaient dans ce qui serait leur foyer pendant quinze mois. Dans ces conditions, faire un effort s'imposait.

À présent, gagnée par l'épuisement, elle rêvait d'une bonne douche chaude et d'un lit douillet. Elle éteignit la lumière de la cuisine et se dirigea vers sa chambre. En passant, elle frappa à la porte ouverte de la chambre de Benji.

Comme elle ne le voyait pas, elle lança :

— Je voulais juste te dire bonsoir…

Une douce odeur de lavande et de bergamote emplissait la chambre.

Il sortit de la salle de bains en se séchant les mains à une serviette, les manches de sa chemise retroussées sur ses avant-bras.

— Viens, j'ai une surprise pour toi, dit-il en la prenant par la main.

Un parfum divin s'élevait de la baignoire remplie d'eau.

— L'autre jour, tu as dit que tu prendrais volontiers un bain, si tu pouvais… Eh bien, à l'épicerie, j'ai repéré des sels de bain spéciaux pour femme enceinte. Ils sont censés relaxer. Ma salle de bains est la seule équipée d'une baignoire, toutes les autres n'ont que des douches.

— Merci Benji, c'est très attentionné de ta part.

— J'ai pris soin de la température de l'eau, dit-il avec une sorte de timidité. Je vais t'aider à rentrer dans la baignoire et à en sortir, mais ne t'inquiète pas, je fermerai les yeux.

— Tu m'as déjà vue dans une situation très... intime, répliqua-t-elle avec un sourire. En plus, tu me verras sous toutes les coutures, le jour de l'accouchement. Si tu as envie d'y assister, évidemment.

— Je ne le manquerais pour rien au monde.

Jusqu'à cet instant, Sloane n'avait pas réalisé à quel point elle espérait sa présence, le moment venu.

— Parfait, dit-elle. Je vais chercher quelques effets dans ma chambre et je reviens.

Benji lui indiqua les produits qu'il avait achetés pour elle.

— Tu as pensé à tout, dit-elle.

— Quand ça concerne les gens et les choses qui sont importants pour moi, je m'y efforce, répondit-il en soutenant son regard.

Le cœur de Sloane fit une embardée, son corps entier réagit à ses mots tendres, à ses gestes attentifs. Le souvenir de la nuit où elle s'était trouvée dans cette salle de bains, sous le regard ardent de Benji, la fit frissonner.

Elle le désirait. Encore davantage maintenant que six mois plus tôt.

Mais comment faire confiance à son jugement lorsqu'on est placée, corps et esprit, sous l'influence des hormones déstabilisatrices de la grossesse ? Il aurait été injuste de jouer avec les sentiments de Benji, sachant qu'une fois la situation normale rétablie elle et lui ressentiraient peut-être les choses de manière différente.

Pour échapper au pouvoir magnétique de son regard, elle sortit chercher sa chemise de nuit et sa robe de chambre.

Pendant ce temps-là, Benji entreprit de lire ses mails. Même après le tri dans sa boîte qu'opérait son assistante, il recevait d'innombrables demandes de consultation, des propositions, des messages d'investisseurs potentiels qui voulaient s'immiscer dans tous les projets qu'il entreprenait.

Au début, ses parents avaient cru qu'il se retirerait à l'âge de vingt-cinq ans, passerait son temps à voyager et améliorer son jeu au golf. Mais lui envisageait les choses autrement. Sans son travail, il se serait senti perdu. Non parce que le travail définissait son existence, mais parce qu'il adorait jouer avec les banques de données, créer des programmes, résoudre des problèmes. Pas un instant il n'avait envisagé de ralentir son activité, encore moins de se retirer. Pourtant, retrouver Sloane avait bouleversé son existence.

Depuis leur rencontre six mois plus tôt, il n'avait pu éradiquer de ses pensées leur nuit passée ensemble. Il n'avait pas non plus renoncé à reprendre les choses là où elles avaient pris fin cette nuit-là, à la cabane. À présent, il se sentait encore plus amoureux d'elle.

Il n'avait que vingt-cinq ans et se trouvait au sommet de sa carrière. Jusqu'à maintenant, se ranger et élever une famille ne faisait pas partie de ses préoccupations. Et pourtant, en voyant le ventre rond de Sloane, sa peau saine et brillante, un sentiment inconnu lui avait étreint la poitrine. Un désir de la protéger, de prendre soin d'elle et des bébés l'avait empoigné. Même s'il était contraint de faire les choses selon ses termes à elle.

Sans doute s'était-il montré impétueux en lui proposant le mariage. Cependant il ne regrettait rien. Au contraire, un espoir tenace l'habitait : à la fin de cette période de quinze mois sur laquelle ils s'étaient accordés, il aurait convaincu Sloane de son amour pour elle et de sa volonté d'élever leurs enfants ensemble.

— Benji, tu veux bien me rendre un service ? demanda-t-elle depuis la salle de bains.

— De quoi s'agit-il ? demanda-t-il en s'approchant de la porte, respectueux de l'intimité de la jeune femme.

Dans la baignoire, Sloane était assise, les bras croisés sur sa poitrine, les genoux relevés. Lui tendant son éponge savonneuse, elle demanda :

— Tu veux bien me laver le dos ? Je n'arrive pas à atteindre la partie du milieu et, depuis ce matin, ça me démange.

Il se retroussa les manches puis, penché vers elle, il lui frotta le dos. Ne s'en tenant pas là, il lui frotta aussi les bras, ainsi que les jambes et les pieds.

— Merci, dit-elle. Il est temps que je sorte de l'eau, maintenant.

S'emparant d'une serviette, il la lui tendit en détournant le regard pendant qu'elle s'en enveloppait. Puis il l'aida à enjamber le rebord de la baignoire.

— Merci, dit-elle de nouveau. Tu n'imagines pas comme il est difficile de s'essuyer les jambes et les pieds quand on ne les voit plus !

— Laisse-moi le faire pour toi, proposa-t-il.

Il prit une autre serviette et commença à lui sécher les jambes, pleinement conscient de la proximité sensuelle de son entrecuisse. Le souvenir de sa chaleur, de son goût, le submergea, rendant ses mouvements désordonnés et maladroits.

Malgré sa réussite professionnelle, en présence de Sloane Sutton il réagissait encore comme un adolescent empoté démuni et inexpérimenté.

— Voilà ! dit-il en se redressant.

Le regard de Sloane exprimait la même fièvre qu'au cours de leur nuit d'amour. Quand elle se lécha lentement la lèvre inférieure, il se sentit durcir.

S'il lui avait fait couler un bain, ce n'était nullement dans le but de la conduire dans son lit. C'était parce que prendre des bains manquait à Sloane. Après le long trajet depuis Nashville et le repas qu'elle lui avait concocté, c'était sa manière à lui de lui exprimer sa reconnaissance.

Mais, à présent, il ne parvenait pas à détourner son regard des lèvres de la jeune femme, ne pouvait s'empêcher de la désirer comme un diable.

Ce fut elle qui prit l'initiative. D'une main, elle maintenait sa serviette autour d'elle. De l'autre, elle l'agrippa par sa chemise et, se dressant sur la pointe des pieds, elle l'attira contre elle.

La dominant d'une tête, il se pencha vers elle, s'empara de sa bouche et y planta un long baiser sauvage.

Attentif à ne pas trop lui serrer le ventre, il l'enlaça.

Elle laissa alors glisser la serviette, offrant à ses mains sa peau lisse et soyeuse. Emporté par le désir, il lui caressa le creux des reins, empauma ses fesses avec ferveur.

Six mois plus tôt, il avait adoré les courbes ondoyantes de son corps souple. Maintenant, ses courbes étaient plus pleines, son ventre ferme et rond, ses hanches plus larges. Ses seins voluptueux, avec leurs pointes et leurs aréoles sombres, lui paraissaient les choses les plus sensuelles qui soient.

Les changements qui affectaient son corps la rendaient encore plus attrayante à ses yeux. Chacun de ces changements, ainsi que les bébés qui grandissaient en elle, provenait de ce qu'il avait planté en elle six mois plus tôt.

Aucun des actes de sa vie passée ne lui procurait une telle sensation de puissance. Cette merveilleuse conscience d'avoir créé la vie en elle.

De son côté, elle souleva la chemise de Benji, balaya son torse de ses mains fébriles, le faisant grogner contre sa bouche.

— Je te veux, murmura-t-elle, son souffle chaud contre la peau de son amant.

— Je te désire plus que tout, répondit-il. Mais, en ce moment, tu es fragilisée psychologiquement par ta grossesse… Je ne veux rien faire que tu puisses regretter.

Les yeux de Sloane scintillèrent, elle lui adressa un sourire coquin qui l'émoustilla au plus haut point.

— Je te promets que je ne regretterai rien, assura-t-elle en retournant dans la salle de bains. Et toi non plus.

Le reste de retenue de Benjamin vacilla en la regardant ressortir de la salle de bains, juste vêtue du petit tatouage sur sa peau brune. Elle s'assit sur le lit, les jambes croisées.

— Je suis seule à être nue, dit-elle, le regard enfiévré. Quelque chose ne va pas.

Il ne se le fit pas dire deux fois. Il se dévêtit sous les yeux admiratifs de Sloane, et s'allongea près d'elle sur le lit, l'embrassa sur la bouche, parcourut son cou, sa poitrine, de petits baisers passionnés. Il s'attarda amoureusement sur chacun de ses seins, en titillant les bouts dressés de sa langue, de ses dents, jusqu'à ce qu'elle gémisse de plaisir.

Puis sa bouche s'égara plus bas, le long de son ventre. Rien ne lui paraissait plus sensuel que le corps de Sloane dans l'éclat de sa grossesse.

Il câlina de sa bouche son sexe, abrité derrière son buisson bouclé. Il la goûta, l'attisa de sa langue, se repaissant de son odeur, de ses gémissements de plus en plus rapprochés.

Les deux mains enserrant le visage de Benji, elle se tordait sous sa bouche. Poursuivant son exploration érotique, il lui écarta les cuisses, l'exposant tout entière à son regard, variant sans relâche la position, la pression, le rythme de sa langue. N'y tenant plus, vibrante, submergée de plaisir, elle se tendit comme un arc et cria son nom.

Bouleversé, il remonta vers le visage de Sloane, plongea ses doigts dans sa chevelure humide, perdu dans le parfum de sa peau de soie. Lavande, bergamote, encens.

— Tu n'as jamais été aussi belle, Sloane, souffla-t-il, une main posée sur son ventre rond.

— Pourtant, je me sens lourde comme un camion, répliqua-t-elle en riant doucement. Mais merci de faire semblant.

— Je ne t'ai jamais menti, crois-moi quand je te dis que ton corps est étonnant.

— Vraiment ? demanda-t-elle, la tête tournée vers lui.

— Vraiment, répéta-t-il en l'embrassant.

— Tant mieux, dit-elle en le chevauchant, les mains posées sur son buste puissant. Parce que j'ai besoin de te sentir en moi, Benji.

Il posa ses mains sur les hanches de Sloane. Les yeux mi-clos, le souffle court, elle le guida.

La sensation de s'enfouir en elle envoya une décharge électrique le long de la colonne vertébrale de Benjamin. Ils se mirent à bouger ensemble, au rythme de leur désir dévorant, jusqu'à ce qu'une vague d'intense volupté les emporte sur son passage.

Longtemps il la tint serrée contre lui, animé d'un espoir fou : cette nouvelle nuit serait-elle le premier pas qui convaincrait Sloane de rester avec lui pour toujours ?

5

S'abritant d'un bras du soleil qui filtrait par la fenêtre, Benji roula sur lui-même dans son lit. Voilà un mois que Sloane avait emménagé dans son chalet. Il aimait partager sa maison et son lit avec elle. Pourtant chaque soir, en dépit de ses invitations répétées à demeurer près de lui, elle rejoignait sa propre chambre après qu'il s'était endormi.

On frappa à sa porte.

— Benji, je peux rentrer ?

Drôle de question à poser à quelqu'un qui aurait voulu qu'elle ne quitte jamais son lit.

— Entre, grogna-t-il en se retournant.

Combien de minutes de sommeil pouvait-il encore grappiller avant son coup de fil professionnel de 9 heures du matin ?

Elle entra sur la pointe des pieds, son ventre rond précédent son joli visage préoccupé.

Alerté, il se redressa, effaça d'un revers de main les traces du sommeil de la nuit et demanda :

— Tout va bien ?

— Oui, dit-elle en portant sa main à son front. Mais il y a un homme dans la cuisine qui prétend être embauché à l'essai pour devenir notre chef de cuisine.

— J'avais complètement oublié de te prévenir ! Il s'appelle Marcellus. Peux-tu lui montrer la cuisine et l'inviter à commencer ?

De la cuisine leur parvint un bruit de casseroles.

— On dirait qu'il a déjà pris les choses en main, remarqua-t-elle avec un mouvement d'impatience.

— Quelque chose ne va pas ?

— Non, rien, répondit-elle.

L'expression de son visage contredisait ses mots.

— Tu te souviens de notre accord ? Nous nous sommes promis de nous parler ouvertement, dit-il en la faisant asseoir près de lui. Alors dis-moi ? Tu n'aimes pas Marcellus ?

— Je ne le connais même pas ! Justement, ça fait bizarre d'avoir dans ma... notre cuisine un inconnu qui prépare mon petit déjeuner.

— Ah bon ? demanda Benji, amusé. Tu n'as pas le même ressenti quand Caitlin vient deux fois par semaine s'occuper du ménage !

— C'est vrai, concéda-t-elle. Mais quelqu'un qui nettoie les salles de bains ne me donne pas l'impression d'empiéter sur mes qualités domestiques.

— Tu es vexée que j'aie embauché Marcellus ? Moi qui pensais que tu serais enchantée !

— Dis-moi la vérité, je suis si mauvaise cuisinière que ça ? Je suis consciente de faire trop souvent du sauté de poulet aux champignons, mais il est bon, non ?

— Ton poulet est délicieux, mon chou. Par contre... ce n'est plus vraiment une surprise, dit-il en riant. Je pensais juste apporter un peu de variété à notre régime alimentaire. M'assurer que toi et les jumeaux ayez une alimentation équilibrée.

— Tu as raison, j'ai une douzaine de livres de cuisine, je peux trouver d'autres recettes.

— Je t'ai observée quand tu cuisines, ça te fatigue et te fait mal au dos, dit-il en le lui frottant doucement.

Elle roucoula de plaisir et se blottit contre lui. Lui embrassant le lobe de l'oreille, il ajouta :

— Laisse-moi faire ça pour toi. Pour nous.

— Bon, approuva Sloane de bonne grâce, je veux bien manger la nourriture de Marcellus, mais je ne suis pas obligée de l'aimer !

— Marché conclu, on lui laisse quinze jours pour faire ses preuves, d'accord ?

— Entendu, répliqua-t-elle en se dirigeant vers la porte.

— Où vas-tu ? demanda-t-il en essayant de la retenir d'une main.

— Puisqu'on a de la compagnie au petit déjeuner, je voudrais m'arranger un peu avant de me présenter.

— En parlant de compagnie, Blake et Savannah essayent de nous inviter à dîner depuis quinze jours. Savannah va finir par croire que tu ne l'aimes pas.

— C'est juste que je ne me sens pas prête à parader en ville comme la putain locale.

— Sloane, tu es injuste. Donne-leur une chance. Les gens ici ne sont pas aussi durs que tu l'imagines.

— Je vais y réfléchir. Tu as décidé du moment où nous commencerons les travaux de la chambre des jumeaux ?

Le bricolage n'était pas la tasse de thé de Benjamin. À quoi servait d'être milliardaire si on s'obligeait à faire soi-même les choses qu'on déteste ? Mais le point de vue de Sloane différait sur ce point. Elle souhaitait marquer la chambre des petits de leur touche personnelle.

— Au fait, dit-il en sortant son portefeuille du tiroir de sa table de chevet. J'ai l'adresse d'une décoratrice qui sera parfaite. Elle a de très bonnes idées.

Sloane étudia la carte de visite d'un air sombre.

— Je sais que tu me crois incapable de peindre la chambre moi-même, dit-elle. En fait, tu te trompes complètement !

— Tu oublies que les activités éprouvantes te sont interdites ?

— Ça ne te dérangeait pas, hier soir, quand je te chevauchais.

Elle le défiait du regard. Il eut à la fois envie de lui administrer une fessée et de la faire rouler sur le lit pour lui faire l'amour.

Sans se départir de son calme, il se leva et dit sur un ton déterminé :

— Tu ne repeindras pas la chambre, point final. Quant à

moi, je déteste faire ce genre de travaux. Cole m'envoie un de ses hommes aussi vite que possible.

— Les jumeaux vont commencer leur vie dans cette chambre et j'aimerais qu'elle ait quelque chose de spécial.

— Je te promets qu'elle sera très personnelle, assura-t-il.

Consultant un instant son agenda, il proposa :

— Si nous allions faire des emplettes pour Beau et Bailey au centre commercial de Gatlinburgh cet après-midi ? À notre retour Marcellus aura préparé le dîner.

— D'accord, répondit-elle.

Sans être aussi enthousiaste qu'il l'espérait, elle cessa au moins de parler de peinture.

Assise au milieu de ce qui serait bientôt la chambre des petits, Sloane regardait par la fenêtre qui donnait sur un joli bosquet.

Benji avait demandé aux déménageurs de stocker l'ancien lit de la chambre d'amis dans l'abri de jardin. Les berceaux des enfants, encore dans leur emballage, étaient appuyés contre un mur. Elle rangea tous les vêtements de Bailey du côté gauche du dressing, et ceux de Beau à droite. Un gros tas de jouets de bébés jonchait le sol, ainsi que des petits meubles. De petites paires de chaussures adorables s'alignaient sur une étagère.

Elle vivait avec Benji depuis six semaines. Ils prenaient leur petit déjeuner et le dîner ensemble, et la délicieuse cuisine de Marcellus lui évitait toute préparation culinaire, ainsi que la vaisselle. Grâce à Caitlin, elle ne faisait pas non plus le ménage. Elle passait donc pas mal de temps à regarder en toute sérénité les séries qu'elle avait manquées au fil des dernières années. En toute logique, elle aurait dû être la femme oisive la plus heureuse du monde.

Alors pourquoi s'ennuyait-elle à mourir ?

Les bébés arriveraient bien assez tôt et l'occuperaient à temps plein. Sa mère lui rappelait souvent la chance qu'elle avait de vivre avec un homme qui « roulait sur l'or », et qui en plus l'adorait, ainsi que les futurs bébés. Comme si elle avait touché le gros lot.

Mais elle n'était pas avec Benji. Bien sûr, ils vivaient ensemble temporairement et ils faisaient souvent l'amour. Ensuite, elle rejoignait toujours sa chambre. Ils ne formaient pas un couple et ne vivaient pas un conte de fées. Loin de là. Quand arriverait le premier anniversaire des jumeaux, chacun reprendrait sa route.

Elle ne ressemblait pas à sa mère. Elle ne dépendrait pas d'un homme ou d'un autre pour subvenir à ses propres besoins et à ceux de ses enfants. Avant sa grossesse, elle se débrouillait parfaitement toute seule. Quand elle reprendrait un travail, il en irait de même.

Une douleur lui vrilla soudain le ventre, lui coupant le souffle. Elle se massa doucement. Inutile de s'alarmer, il s'agissait sans doute de contractions mineures, qu'elle n'éprouvait plus depuis que Benji était devenu son pourvoyeur d'eau et de nourriture équilibrée. Pourtant, elle consulta sa montre et nota l'heure de la contraction, au cas où une autre lui succéderait.

Se levant, elle revint dans la chambre des petits, ouvrit une boîte de couches qu'elle rangea dans la jolie table à langer achetée la semaine dernière.

Les murs n'étaient pas encore repeints, les lits toujours dans leur carton, mais les choses prenaient forme. Après tout, ils avaient encore un peu plus d'un mois devant eux.

Un nouvel accès douloureux lui ôta le souffle, la mettant presque à genoux. Elle consulta sa montre. Un peu plus de dix minutes la séparait de la précédente contraction. Son nouvel obstétricien lui avait conseillé d'appeler si elle en ressentait plus de quatre en une heure. Auquel cas il s'agirait du travail prénatal, qui pouvait présenter un danger pour elle et les bébés.

Fermant les yeux, elle inspira profondément puis expira avec calme. Ce faisant, elle s'efforça d'évacuer la tension et le stress qui lui comprimaient la poitrine.

Dans la cuisine, elle se versa un verre d'eau et le but d'une traite. Au moment où elle s'en servit un second, une nouvelle contraction la surprit. Sous l'effet de la douleur, elle lâcha son verre, qui se brisa au sol. Ses yeux s'emplirent de larmes.

De nouveau elle inspira longuement par le nez et expira.

Trois jours plus tôt, Benji était parti en avion pour une réunion à New York. Il rentrerait plus tard dans la journée. Il lui avait suggéré d'inviter sa mère à rester avec elle en son absence, ou de séjourner chez Blake et Savannah. Mais elle se lassait d'être traitée comme une enfant. Benji ne partait que trois jours, et le terme de sa grossesse était prévu pour dans un mois et demi.

Maintenant, elle se demandait si les jumeaux avaient connaissance de l'agenda.

Tenant son ventre à deux mains, elle se dirigea vers le canapé, reconnaissante que Benji l'ait obligée à apprendre les exercices de natalité avec lui.

Inspire, expire. Inspire, expire.

Inutile d'appeler le médecin et d'alerter tout le monde avant d'être sûre de la cause de ses douleurs.

Les yeux fermés, elle renversa la tête sur le dossier du canapé. Elle avait une soudaine envie que Benji soit là pour lui tenir la main et lui assurer que tout irait bien.

Au moment où l'assaillait une nouvelle vague de douleur, elle comprit que quelque chose allait de travers.

Benji traversa en courant à toute allure le petit aérodrome local. Au téléphone, Marcellus l'avait informé que Sloane souffrait des premières contractions prénatales et qu'il l'emmenait à l'hôpital.

Il était d'humeur rageuse. Jamais il n'aurait dû la laisser seule, en dépit de ses protestations. Il était de son devoir de la protéger, ainsi que les jumeaux, et il s'était dérobé à sa tâche. Pourvu que sa négligence n'ait pas mis en danger la vie de la maman et des petits.

Il aurait dû exiger que la mère de Sloane vienne au chalet, ou la conduire lui-même de force chez Blake et Savannah.

Plus jamais il ne commettrait pareille erreur.

Il fit crisser les pneus de sa voiture et démarra en trombe pour l'hôpital.

La peau de Sloane la brûlait, il semblait faire quarante degrés dans sa chambre d'hôpital, conséquence de la perfusion de magnésium dans ses veines.

Elle en était à presque huit mois. Son médecin insistait pour prolonger la grossesse aussi longtemps que possible, afin de laisser aux bébés le temps de se développer au maximum. On lui donnait aussi des stéroïdes destinés à augmenter la capacité de leurs petits poumons, au cas où le magnésium échouerait à ralentir suffisamment le travail prénatal.

Elle se montrait agitée et à cran. Plus que tout, elle mourait de peur, davantage pour les bébés que pour elle-même. Si quoi que ce soit arrivait à l'un d'eux, elle ne se le pardonnerait pas. Benji non plus ne le lui pardonnerait pas.

Combien de fois lui avait-il recommandé de garder son téléphone chargé ? N'avait-il pas aussi insisté pour qu'elle ne reste pas seule ? Elle ne l'avait pas écouté. À ses yeux, Benji se montrait trop inquiet, trop mélodramatique. En fait, il avait eu raison sur toute la ligne.

Heureusement, Marcellus était venu lui préparer son dîner, bien qu'elle ait voulu l'en dissuader.

Les jumeaux n'étaient pas encore nés, et elle se révélait déjà une mère incompétente.

— Je meurs de faim, Marcellus, dit-elle. Vous ne pouvez pas me dénicher quelque chose à manger ?

Au fil des semaines, elle avait appris à apprécier ce cuisinier hors pair, sorte de géant au cœur tendre.

— Si je faisais ça, Benji me tuerait ! répondit-il avec un bon sourire. Dans quelques heures vous dormirez, et demain vous pourrez manger n'importe quoi.

— Vous avez de la chance que je sois reliée à cette perfusion, menaça-t-elle.

L'homme se mit à rire, pour la première fois depuis son embauche.

— Désolé mais le médecin a dit « pas de nourriture ce soir ». Après l'accouchement, quand vous et les jumeaux serez en sécurité, je vous promets de vous cuisiner de bons petits plats. D'ici là, tout va bien aller, assura-t-il.

Sloane acquiesça. Elle se frotta le ventre, heureuse de sentir Bailey et Beau se manifester.

— Merci de m'avoir conduite à l'hôpital. Mais vous devez avoir d'autres clients. Je ne veux pas accaparer votre temps. Avec le Dr Miller, je suis entre de bonnes mains, ne craignez rien.

— Je ne risque pas de partir avant l'arrivée de Benji et de votre mère, répondit-il, visage sévère mais œil malicieux.

— Me voici !

Benji s'engouffra dans la chambre, se précipita vers Sloane et lui prit les mains en demandant :

— Tu vas bien ? Et les bébés ?

Elle lui expliqua la situation. Les médecins tentaient de retarder le travail, pour qu'elle parvienne le plus près possible du terme prévu. Ils préparaient les poumons des petits, au cas où.

Benji remercia Marcellus avec effusion. Celui-ci parti, il s'assit au bord du lit.

— Tu es sûre que tu vas bien ?

L'inquiétude évidente de Benji fissura le mur de bravade qu'elle avait érigé jusqu'ici.

— Non, répondit-elle en essuyant une larme. En fait, je suis terrifiée. Si quelque chose arrive aux petits…

— Rien ne leur arrivera, promit-il en lui baisant les mains.

Il n'avait aucun moyen de tenir cette promesse, mais elle rassura un peu Sloane.

Au fil des semaines, grâce à des moments paisibles comme celui-ci, elle devenait dépendante de lui.

Benji était là, tout allait bien se passer. Pour le moment, cela suffisait.

Benjamin vérifia le calendrier. L'alerte aux contractions datait de trois semaines. Depuis le retour de Sloane à la maison, elle était consignée au lit. Repos complet exigé.

Il l'avait convaincue de dormir dans sa chambre, pour pouvoir la surveiller. À ce stade de cette grossesse difficile, il n'était plus question de sexe.

Ils lisaient, regardaient la télévision, et discutaient chaque soir jusqu'à ce qu'elle sombre dans le sommeil. Il la tenait entre ses bras, lui caressait le ventre, sentait les jumeaux devenir plus forts.

Qui aurait cru qu'il deviendrait cet homme, fou de deux bébés même pas nés, et de jour en jour plus amoureux de la femme qui les portait ?

Il serra Sloane contre lui. La peur qu'ils avaient éprouvée quelques semaines plus tôt l'avait bouleversé.

Que se serait-il produit si un malheur leur était arrivé, à elle et aux jumeaux ?

Ni Sloane ni lui n'avaient programmé cette situation, mais elle était la seule femme qu'il ait vraiment désirée. Maintenant qu'elle était revenue dans sa vie avec cet incroyable cadeau, pour rien au monde il ne gâcherait cette opportunité. Il emploierait tous les moyens pour la convaincre de rester avec lui, au moins pour le bien des enfants.

À cet instant, une humidité se répandit sous lui, et Sloane s'éveilla en sursaut.

— Oh ! s'exclama-t-elle, je perds les eaux ! Les bébés arrivent.

Envahi par la panique, le cœur de Benji se mit à battre à grands coups. Mais il se maîtrisa. Sloane avait besoin de lui et de sa force. Elle et les jumeaux comptaient sur lui.

Il l'embrassa et la serra très fort.

— Pas de problème, ma chérie. Tout va bien aller, je te le promets.

Et il tint sa promesse. Douze heures plus tard, il tenait Bailey et Beaumont Bennett dans ses bras.

6

Sloane était affamée, épuisée. Jamais rien ne lui était apparu aussi difficile que de donner naissance aux jumeaux. Mais en contemplant Benji, debout devant la fenêtre, occupé à bercer son fils dans ses bras, à lui dire à quel point il était heureux de faire sa connaissance et celle de sa sœur, elle se rasséréna : ce spectacle valait toute la souffrance, tout l'épuisement, toute la terreur du monde.

Il y avait eu un moment, juste après la naissance de Beau, où elle avait pensé ne pas avoir la force de continuer. Elle souffrait, mourait de peur tandis que l'accoucheur essayait de tourner Bailey pour qu'elle se présente tête la première. Debout près d'elle, Benji lui tenait la main, l'embrassait. Il lui murmurait à l'oreille d'ardents encouragements : elle était la femme la plus forte jamais rencontrée, elle pouvait le faire.

— Tiens le coup encore un petit peu, lui disait-il. Tu es sur le point de faire la connaissance de notre fille.

Il haletait avec elle pendant les contractions, l'encourageait à pousser le moment venu, et l'avait complimentée quand Bailey avait enfin fait son apparition.

Maintenant elle tenait sa petite fille dans ses bras, elle inspirait son doux parfum en lui embrassant le front. Puis elle regarda avec amour le père de ces deux incroyables miniatures d'êtres humains auxquels elle venait de donner vie.

De son côté, Benji calmait Beau qui s'agitait, il lui chantait une berceuse de sa voix profonde. Cette voix qui l'avait tant charmée le soir où ils avaient fait l'amour pour la première fois.

Des larmes de reconnaissance lui brûlaient les yeux, un sourire béat lui éclairait le visage. Cet homme était beau et tendre, aimant et généreux.

Il possédait toujours les qualités humaines dont il faisait montre enfant, quand il était le charmant petit frère de sa meilleure amie. S'y ajoutait à présent le charisme de Benjamin Bennett adulte, dont elle semblait ne plus pouvoir se passer.

Son cœur menaçait d'exploser. Une part d'elle-même désirait se blottir contre lui, porter à quatre bras leurs merveilleux jumeaux. Mais, d'un autre côté, que se passerait-il lorsque l'éclat de leur relation se ternirait ? Lorsqu'ils ne seraient plus que des parents occupés à élever deux enfants exigeants ?

Dans le bureau de sa mère, il y avait un vieil album avec une photo de son père. Il la tenait dans ses bras, souriant comme le plus fier des papas de Magnolia Lake. Pourtant, elle en gardait le souvenir d'un homme qui lui en voulait d'exister, un homme qui ne se souciait ni d'être père ni d'être mari.

Elle refusait de mettre Benji dans cette situation, se martela-t-elle. Elle ne prendrait pas le risque de se réveiller un matin et de lire l'amertume dans son regard.

— Il s'est rendormi, déclara Benji avec un sourire attendri, en reposant Beau dans son berceau. Et notre fille, comment va-t-elle ?

— Je lui ai donné le sein, elle a fait son rot et vient de s'endormir, répondit Sloane en lui tendant le bébé.

Benji prit une chaise près du lit et lui tint la main.

— Tu as été formidable aujourd'hui, dit-il. Je ne ferai jamais plus l'erreur de qualifier les hommes de sexe fort !

— Merci d'être resté avec moi…

Les yeux plongés dans ceux de Benjamin, elle ajouta :

— Toi aussi, tu as été formidable. Sans toi, je n'y serais pas arrivée.

Il lui caressa la joue, prit doucement ses lèvres.

— Assez, vous deux ! C'est comme ça que vous avez fini avec ces adorables bébés !

Abigail Sutton venait d'entrer dans la chambre en coup de vent, un grand sourire aux lèvres. Elle avait déjà rendu une première visite, mais avait dû s'absenter pour emmener le grand-père de Sloane à un rendez-vous en cardiologique.

— Salut maman ! dit la jeune accouchée en renversant la tête sur ses oreillers, déçue de se séparer de Benji. Comment s'est passée la consultation de grand-père ?

— Ce vieux ronchon nous enterrera tous ! répondit Abigail en embrassant sa fille et en donnant une accolade à Benji. Il voulait venir ici, mais l'aller-retour en voiture l'a épuisé.

Sa mère mentait mal, mais Sloane apprécia l'intention. Elle ne parvenait pas à oublier la déception qui s'était peinte sur le visage d'Atticus Ames quand elle lui avait annoncé sa grossesse. Suivre le chemin de sa mère, c'était impardonnable aux yeux du vieil homme. Connaître le nom du père n'avait fait que consolider sa désapprobation.

Elle avait depuis longtemps arrêté d'essayer de lui plaire, cependant sa déception lui avait fait mal.

— Dommage que les bébés dorment, constata Abigail. J'avais envie de les prendre dans mes bras.

Sloane s'apprêtait à dire à sa mère de les laisser tranquilles quand Benjamin intervint :

— Allez-y, prenez-les !

Il fit un clin d'œil en direction de Sloane et poursuivit :

— Ta mère a fait du chemin pour voir les enfants. Je ne pense pas que cela leur fasse de mal si elle les prend un instant.

Fataliste, Sloane haussa les épaules. Après s'être lavé les mains, Abigail se pencha sur les berceaux, ne sachant quel bébé prendre en premier.

— Et si grand-mère commençait par toi ? demanda-t-elle en soulevant Bailey avec précaution. Qu'elle est belle ! C'est tout toi au même âge...

— Vraiment ? s'exclama Benji, aux anges. J'aimerais voir des photos de Sloane bébé !

— Non, surtout pas ! gémit la jeune femme. On te croit sur parole, maman !

— Pas moi, plaisanta-t-il. Il me faut des preuves !

Abigail se mit à roucouler avec sa petite-fille. Sloane en profita pour se pencher vers Benjamin et lui murmurer :

— À propos... Je sais que tu me fais confiance... Mais je suis d'accord pour effectuer un test de paternité qui prouvera que les jumeaux sont bien de toi.

Le regard de Benji se posa sur Abigail, en pleine conversation avec sa petite-fille. Son sourire se figea mais il ne répondit rien.

— Ça ne me dérange pas, reprit-elle en se passant une main dans les cheveux. Je sais que tu en as besoin pour ta propre tranquillité d'esprit et pour étouffer les doutes de ta mère et de Délia.

La mention de sa mère et de sa sœur assombrit le beau visage de Benji.

Mon Dieu ! Beau lui ressemblait tant, les mêmes magnifiques yeux marron, le même menton prononcé...

— Non, répliqua-t-il d'un ton convaincu, que démentait quelque chose dans l'expression de son visage. Ce que ma mère et ma sœur croient est leur problème, pas le mien. Nous n'avons rien à leur prouver.

— Mais si ça les calmait et apaisait leurs doutes ?

— Je sais que Beau et Bailey sont mes enfants. Je l'ai su dès que je les ai regardés dans les yeux. Les chiffres, les faits, c'est très important dans mon travail. Mais, si j'ai réussi professionnellement, c'est surtout parce que je me fie à mon instinct. J'ai confiance en toi. J'espère seulement qu'il en est de même pour toi.

— Je m'y efforce, dit-elle en contemplant ses mains posées sur son ventre encore bombé.

— C'est tout ce que je demande, répondit-il.

Il se tourna vers la mère de Sloane.

— Il me faut une vraie tasse de café, dit-il. Et vous, madame Sutton ? Besoin de quelque chose ?

— Nous sommes une famille, maintenant, répondit-elle. Appelle-moi Abby. Et, oui, une tasse de café me ferait du bien. Avec deux sucres.

— Oui, madame… Euh… Oui, Abby.

Il planta un baiser pudique sur le front de Sloane et de chacun des bébés et sortit.

Il était adorable.

— Je n'arrive pas à croire que ce bel homme a été un jour le petit Benjamin Bennett, dit Abigail en s'asseyant près de sa fille, Beau endormi dans ses bras. Et je n'arrive pas à comprendre que tu n'essaies pas de te faire épouser. De toute évidence il t'aime bien, il adore les bébés, et il peut t'offrir tout ce que tu désires.

C'était de cela dont sa mère rêvait pour sa fille ? Vivre avec un homme qui l'« aimait bien » ? Abigail et elle n'avaient-elles pas épousé des hommes qui les « aimaient bien », même si elles s'étaient mariées pour des raisons différentes ?

Elle s'était enfuie à Nashville avec Allen Dickson juste après son dix-huitième anniversaire. Il jouait de la guitare électrique comme s'il était né avec cet instrument dans les mains. Des intérêts communs les avaient unis : échapper à leurs familles dysfonctionnelles, faire carrière dans l'industrie du disque, placer Magnolia Lake dans le rétroviseur.

Mis à part ces doléances partagées, ils avaient peu en commun, ils attendaient de la vie des choses opposées. Allen voulait se ranger et fonder une famille. Ce qu'il souhaitait vraiment, c'était qu'elle devienne mère au foyer et élève les enfants, pendant qu'il passait la moitié de son temps sur les routes avec un groupe de musique ou un autre.

Finalement, leur mariage avait échoué, comme celui de ses parents. C'était une erreur qu'elle ne répéterait sous aucun prétexte, surtout maintenant qu'elle avait la responsabilité de Bailey et de Beau.

— Nous savons d'expérience, toi et moi, qu'épouser un homme pour son argent n'est pas la panacée, dit-elle.

Le visage soudain découragé d'Abigail culpabilisa Sloane.

— Excuse-moi, maman, dit-elle. Je n'aurais pas dû dire ça. Je suis fatiguée, c'est tout. Le moment est mal choisi pour parler de ces choses.

— Tu as sans doute raison, convint Abigail en reportant son attention sur son petit-fils endormi. Mais je veux te dire une chose : Benji ne ressemble en rien à ton père. C'est un garçon charmant et bon, et il aime Beau et Bailey de tout son cœur, ça se ressent.

Sloane mourait de fatigue, elle ne voulait qu'une chose, dormir.

— Je sais, maman. Mais ce n'est pas aussi simple que ça.

« Nous savons d'expérience, toi et moi, qu'épouser un homme pour son argent n'est pas la panacée. »

Benji avait rebroussé chemin pour demander à Sloane si elle avait envie d'autre chose que la nourriture de l'hôpital. Il s'était arrêté pile devant la porte de la chambre en surprenant la conversation entre les deux femmes. Maintenant, sur le parking, les mots entendus tournoyaient dans son esprit.

Après tout ce qu'ils avaient vécu ensemble, leur histoire commune, les derniers mois de sa grossesse, la naissance de leurs précieux jumeaux, elle le considérait encore ainsi ? Comme un homme qui a de l'argent ?

Soutenir Sloane pendant l'accouchement, participer à la naissance de leurs bébés, cela avait été l'expérience la plus extraordinaire de sa vie, établissant entre eux un lien très profond. Il avait cru que c'était un lien partagé. Prenait-il ses rêves pour des réalités ?

Benji sortit de l'hôpital, prit du café pour Abby et lui et acheta quelque chose à manger.

De toute évidence, il n'avait pas su convaincre Sloane qu'elle et les enfants constituaient sa famille, au même titre que ses parents et sa sœur. Ne voulant ni la stresser ni lui peser, il s'était montré trop subtil, trop en retrait.

Mais, fini maintenant ! Changement de programme ! L'heure sonnait de se montrer plus offensif.

Depuis sa voiture, il appela Kamilla Price.

Quand Benji rejoignit la chambre d'hôpital, Bailey se trouvait de nouveau dans les bras d'Abby. Sloane donnait le sein à Beau. Son visage douloureux indiquait que ça n'allait pas de soi.

— Tout va bien ? lui demanda-t-il en déposant le café d'Abby sur la table à côté d'elle.

— Oui, sauf que je me demande si Beau n'est pas né avec des dents, répondit Sloane.

Humant l'air, elle s'enquit avec espoir :

— Tu m'as rapporté un hamburger avec des bonnes frites ? Ce n'est pas la péridurale qui me donne la nausée, c'est cette nourriture qu'on sert à l'hôpital !

Une grimace lui tordit le visage.

— Aïe, aïe ! Doucement, mon petit gars. Quand elle ne te nourrira plus, maman veut encore pouvoir utiliser ses seins !

Le visage de Benji s'empourpra, et il se racla la gorge.

— Je mets le hamburger de côté en attendant que tu aies fini, dit-il.

Évitant de s'asseoir à côté du lit, il s'installa près d'Abby sur le canapé.

— Je vous ai aussi pris quelque chose à manger, Abby. J'espère que ça vous plaira.

— Comme c'est gentil, Benji ! s'exclama-t-elle.

Il hocha la tête, le regard posé sur Sloane et Beau.

Pourvu que tout aille bien…

7

Pendant le séjour de Sloane à la maternité avec les jumeaux, la Range Rover de Benji était arrivée de Seattle. En route pour le chalet, elle consulta par-dessus son épaule les rétroviseurs installés à l'arrière au-dessus des jumeaux. Tous les deux dormaient profondément.

Aurait-elle la chance de faire une petite sieste avant qu'ils ne se réveillent en hurlant de faim ? Les nourrir au sein était une épreuve, mais Benji la soutenait bien. Une infirmière lui avait montré comment allaiter les deux enfants simultanément, à l'aide de coussins. Pourtant, rien n'y faisait, elle ne se sentait pas sûre d'elle.

— Ça va ? demanda Benji en lui tapotant légèrement le genou pour attirer son attention.

Depuis que le médecin les avait libérés de la maternité, il arborait le même large sourire. Sloane l'enviait. Si seulement elle pouvait se sentir aussi prête que lui à entamer cette nouvelle étape ! Devenir parents à temps complet de deux petits êtres qui dépendaient d'eux en toute chose.

Elle ne pouvait se permettre d'échouer, l'enjeu était bien trop important.

Juger ses propres parents, pointer du doigt toutes les situations où ils avaient échoué, cela lui avait été facile. À présent, elle envisageait les choses différemment. Placée en face des mêmes responsabilités, elle sentait un poids énorme peser sur ses épaules, même si son cœur explosait d'amour pour les jumeaux et d'une profonde affection pour leur père.

— Oui, répondit-elle, je suis juste fatiguée. Avec un peu de chance, ils vont encore dormir deux heures, le temps que je fasse une petite sieste et prenne une douche bien chaude.

Les mains de Benjamin se crispèrent sur le volant.

— Ah bon ? Tu disais que tu en avais assez d'être au lit toute la journée à la maternité... Et avant ça, tu as passé tant de temps isolée au chalet... Je pensais que peut-être...

— Tu pensais quoi ? demanda-t-elle.

En approchant du chalet, elle distingua quatre ou cinq voitures garées dans l'allée. Elle en reconnut quelques-unes. Manquaient ostensiblement celle de Délia et celle de Rick et Connie Bennett.

— Tu as invité tous ces gens dès notre retour ? dit-elle, le visage empourpré.

— Ils désiraient tant t'accueillir, ainsi que Bailey et Beau...

Le ton désolé de Benji calma Sloane. Sa colère retomba, elle essaya de comprendre ce qu'il ressentait.

Fermant les yeux, elle inspira profondément et dit :

— C'est très gentil à toi, Benji.

— Tu es sûre ? Sans ça je leur explique que tu es épuisée.

— Ne t'inquiète pas. Je comprends qu'ils aient hâte de connaître les petits. Je rattraperai mon sommeil plus tard.

Gêné, il sourit.

— Très bien, dans ce cas. Tout le monde est excité à l'idée de vous voir, tous les trois.

Il se gara dans l'allée, aida Sloane à sortir de la voiture et refusa qu'elle porte les sièges des bébés. Au contraire, il la guida vers la maison où sa mère, Blake, Savannah et Zora, la sœur de Blake, l'accueillirent avec chaleur. Son grand-père se tenait à l'arrière-plan, devant la télévision, une bière à la main. Parker lui adressa un signe de tête, bref mais poli, puis sortit aider Blake et Benjamin à transporter les bébés et tous les sacs contenant leurs effets et le matériel.

— Alors, qu'est-ce que ça fait d'être mère ? s'enquit Zora en la guidant vers un fauteuil. Ça doit paraître irréel, non ? D'autant plus que tu ne t'y attendais pas tellement.

Le franc-parler de Zora avait toujours plu à Sloane. En ce sens, elle ressemblait à son frère Parker. Mais alors que le côté direct de Parker le faisait souvent passer pour un personnage antipathique et arrogant aux yeux de ceux qui le connaissaient mal, l'honnêteté de Zora lui conférait le charme et la candeur d'une fille élevée dans une maison pleine de garçons.

— C'est une expérience à la fois étrange et merveilleuse, répondit-elle. Je leur parle depuis le jour où je les ai sentis bouger en moi. Mais quand j'ai vu leurs visages…

Des larmes lui brûlèrent les yeux.

— C'est difficile à imaginer, acheva-t-elle.

— Pas pour moi, déclara Savannah en s'asseyant à côté d'elle, Bailey dans les bras. Je sais parfaitement ce que tu veux dire. Pour moi, Davis est arrivé comme un cheveu sur la soupe. Quand j'ai appris ma grossesse, la situation entre Blake et moi s'est tendue à l'extrême. Je suis heureuse que tout se soit arrangé entre nous deux.

Elle décocha un regard amoureux à son mari, qui aidait Benjamin et Parker à vider la voiture, et poursuivit :

— Mais, même si ça n'avait pas marché avec Blake, je n'aurais pas regretté d'avoir Davis. Blake est l'amour de ma vie, mon roc. Mais Davis est mon cœur. Et Blake ressent la même chose que moi.

— Vous avez l'air très heureux ensemble, dit Sloane.

Elle était contente pour son ami. Quelques années auparavant, il avait vécu une mésaventure amoureuse très douloureuse. Ensuite sa relation avec Savannah avait failli exploser quand il avait découvert qui elle était : la petite-fille d'un homme qui croyait fermement pouvoir prétendre à la moitié de la distillerie de la famille Abbott.

En dépit des obstacles, ils avaient fini par se réconcilier, assez mûrs pour se rendre compte que, malgré les circonstances, ils s'aimaient. Et le petit Davis était devenu une divine surprise.

— Où est ton fils ? demanda Sloane.

— Il est avec son grand-père et sa grand-mère, qui le gâtent tant et plus ! C'est quelque chose d'être le premier petit enfant dans une famille !

Sloane regardait sa mère s'occuper de Beau. Son cœur s'adoucissait devant l'amour qu'elle portait aux jumeaux. En ce qui la concernait, jamais elle n'avait vécu la même intense relation avec ses grands-parents. Se levant lentement, elle bougonna :

— Comme grand-père ne daigne pas venir à moi, je vais y aller moi-même.

— En ton absence, peut-être que Savannah partagera le bébé avec moi, puisqu'elle en a déjà un bien à elle, dit Zora en regardant sa belle-sœur, qui effleurait le front de Bailey de ses lèvres.

— À cet âge, ils sont si charmants, ils sentent si bon, murmura celle-ci d'un air rêveur. Ça me donne envie d'en avoir un autre.

Sur ces entrefaites, Benji s'approcha et tendit la main à Sloane en lui disant :

— Viens, je veux te montrer quelque chose.

Consciente de tous les regards posés sur elle et des airs entendus qui s'échangeaient, elle glissa sa main dans la sienne.

— Attends-moi un instant, répondit-elle. J'allais dire bonjour à grand-père

— Entendu, acquiesça-t-il d'un air un peu déçu. On se retrouve dans la chambre des petits.

Sloane se fraya un passage jusqu'à son grand-père, qui n'avait même pas levé la tête à son approche.

— Bonjour grand-père, dit-elle en s'asseyant à côté de lui sur le canapé.

— Salut, répondit-il en avalant un des toasts de Marcellus. Content de voir que vous allez bien tous les trois, et que vous vous installez ici.

— Merci, grand-père. Mais… Qu'est-ce que tu manges ? Plus

de bière ni de toasts pour toi, dit-elle sur un ton de reproche. Tu veux que j'envoie une photo de ton assiette à ton médecin ? Tu oublies le régime drastique qu'il t'a prescrit ?

— D'accord, grogna-t-il.

Cette manière bourrue, c'était la seule façon que connaissait Atticus Ames de dire à sa petite-fille qu'il l'aimait. Elle l'acceptait comme il était. En revanche, elle s'émouvait aux larmes de l'amour instantané et profond que sa mère vouait à Bailey et à Beau, ainsi que de l'enthousiasme de Savannah au sujet de la relation de son petit Davis avec ses grands-parents.

Sa vie aurait-elle été différente si elle avait eu ce type de relation avec son propre grand-père ? Question sans réponse.

— Je constate que ces snobs de Bennett ne sont pas encore venus, gronda son grand-père d'une voix triomphale. Ils ont toujours pensé que leur fils était trop bien pour toi. Connie fait sûrement une attaque à l'idée que ses petits-enfants partagent le même sang que des gens comme nous.

— Nous sommes entourés de membres de leur famille, et le sujet est sensible pour Benji, alors tiens ta langue, grand-père.

D'un regard circulaire, elle s'assura que personne n'avait entendu leur conversation et reprit :

— Toi et maman ne perdez rien pour attendre, vous pourrez vous en donner à cœur joie dans la voiture à propos de ma belle-famille.

— Vous n'avez pas régularisé votre situation, que je sache. Je ne considère donc pas ces gens-là comme ta famille.

Le jour étant mal choisi pour ce genre de considération, Sloane se leva.

— Je dois aller voir ce que me veut Benji, dit-elle.

En déséquilibre, elle tangua sur ses jambes. Son grand-père laissa presque tomber son assiette pour la retenir.

Après l'avoir remercié, elle se dirigea vers la chambre des enfants l'esprit léger. Si Atticus Ames était prêt à sacrifier une assiette de nourriture pour l'empêcher de tomber, peut-être l'aimait-il un peu plus qu'elle ne le pensait, après tout ?

Benji prit une photo au moment où Sloane poussait la porte de la chambre des enfants.

Elle demeura bouche bée, les mains devant ses lèvres entrouvertes. Une gamme d'émotions parcourut son beau visage sans apprêt.

— Mon Dieu ! Tout est fini ! C'est si beau !

La voix de Sloane traduisait sa surprise, mais non la joie que Benji escomptait.

Son sourire lui parut forcé tandis qu'elle passait un doigt sur le bord des berceaux en bois de bouleau. Il les avait commandés par l'intermédiaire de Zora à Dallas Hamilton, un artisan local spécialisé avec succès dans les meubles en bois. La chambre n'était pas fin prête, certaines pièces très demandées se trouvant sur liste d'attente.

Les berceaux étaient alignés le long d'un mur, séparés par une table à langer différente de celle qu'ils avaient initialement choisie. Les murs peints en vert pâle s'ornaient d'un trompe-l'œil de bouleaux semblables à ceux qu'on voyait par la fenêtre de la chambre. Les noms des jumeaux en lettres de bois surmontaient chacun des berceaux. Un tissu de soie légère, suspendu au-dessus de chaque berceau à une corniche, formait une sorte de charmant baldaquin.

Les commodes et la table à langer étaient également en bouleau. Un luxueux fauteuil à bascule recouvert d'un joli tissu vert sauge complétait l'ameublement. Chaque meuble de la pièce était une création unique de l'artisan.

— Je ne sais quoi dire, lança-t-elle enfin en regardant autour d'elle. C'est très différent de ce dont nous avions parlé... mais c'est très joli. Bien plus beau que tout ce que j'aurais pu imaginer moi-même.

Benji décela dans la voix de Sloane une pointe de tristesse.

— Mais tu aimes le résultat, n'est-ce pas ? demanda-t-il.

— C'est parfait, comment pourrais-je ne pas aimer ? répondit-elle d'un ton neutre. Mais... que sont devenus les berceaux que j'avais achetés ?

— Ils étaient très jolis mais, quand Zora m'a dit que Dallas Hamilton faisait des berceaux sur commande, j'ai pensé que ce serait formidable d'avoir des pièces uniques pour Bailey et Beau.

— Formidable, en effet, dit-elle, les bras croisés. Mais tu n'as pas répondu à ma question.

— Puisque nous n'allions pas les utiliser, j'ai pensé que tu aimerais les donner à quelqu'un qui en aurait besoin. Je les ai offerts à un organisme caritatif.

Il s'avança vers elle, laissa glisser le bout de ses doigts le long des bras de la jeune femme. Sa tension était palpable.

— Quelque chose ne va pas ? demanda-t-il.

Elle secoua la tête, mais elle avait les yeux humides.

— C'était juste des lits en bois blanc, murmura-t-il. Ceux-ci sont beaucoup plus beaux.

Elle s'éloigna de lui, comme si elle avait besoin d'espace.

— Comment as-tu eu l'idée de tout ça ? demanda-t-elle en lui tournant le dos.

— J'ai téléphoné à Kamilla Price, la décoratrice en vogue. Elle m'a donné quelques idées qui m'ont plu. Je lui ai donné carte blanche, à condition que tout soit prêt pour ta sortie de la maternité. Je trouve que c'est mieux que tout ce que j'aurais pu imaginer. Et toi ?

Elle se tourna vers lui et lui adressa un sourire poli.

— Merci de t'être occupé de tout, dit-elle. Mais il est temps de rejoindre les autres. Bailey et Beau doivent être prêts pour leur sieste. Ils seront heureux d'inaugurer leurs nouveaux berceaux.

Elle ponctua ses mots d'un baiser sur la joue de Benji.

Ils récupérèrent ensemble Bailey et Beau pour les coucher, puis retournèrent vers la petite fête improvisée en l'honneur des jumeaux.

Tous les deux mirent tout leur soin à cacher la blessure secrète que représentait l'absence des parents de Benji et de sa sœur.

8

Sloane souleva la tête et vérifia l'heure au réveil. Presque midi !

Effarée, elle sauta hors du lit. La dernière chose dont elle se souvenait, c'était d'avoir nourri les bébés avant le lever du soleil. Cela remontait à quelques heures. Pourquoi n'avait-elle pas entendu leurs cris ce matin ?

La proximité de sa chambre avec celle des enfants constituait la raison principale pour laquelle elle rejoignait chaque nuit son propre lit, au lieu de partager celui de Benji. Étant donné les moyens de vidéosurveillance dont ils disposaient, l'argument ne convainquait pas Benjamin.

Elle enfila ses pantoufles et se dirigea vers la salle de bains. Les dents brossées, les cheveux coiffés, elle se rendit alors dans la chambre des petits.

Beau et Bailey ne s'y trouvaient pas. Son cœur s'affola.

Pas de panique ! Je suis sûre que Benji est avec eux.

Au passage, elle jeta un regard dans sa chambre. Personne. Dans le hall, elle entendit une voix douce qui chantait, une voix féminine qu'elle ne reconnaissait pas.

Intriguée, elle avança dans le couloir à pas feutrés, et jeta un coup d'œil dans la cuisine. Les jumeaux trônaient dans leurs porte-bébés, perchés sur le comptoir de la cuisine. Une femme leur chantait une berceuse tout en remuant quelque chose dans une casserole.

— Qui êtes-vous ? s'exclama Sloane. Et que faites-vous avec mes enfants ?

S'agissait-il d'une personne malveillante ? Sloane regarda autour d'elle, à la recherche d'une arme éventuelle.

Tendue, la jeune femme leva les mains en l'air et répondit :

— Ne vous alarmez pas, Sloane… Vous ne vous souvenez sans doute pas de moi… Je suis Olivia Henderson, la nièce de Mme Henderson de Chicago. Mais appelez-moi Livie.

Toujours sur la défensive, Sloane se détendit un peu. Elle se souvenait vaguement de la gamine qui venait passer quelques semaines l'été chez sa tante. La jeune fille devant elle ne ressemblait guère à l'adolescente boutonneuse, au sourire gâché par des bagues, qui aidait parfois sa tante à l'épicerie.

— Eh bien, Livie de Chicago, tout ça ne m'explique pas ce que vous faites avec mes enfants dans ma cuisine.

— Ce serait peut-être plus facile si Benji vous l'expliquait lui-même.

— Puisqu'il n'est pas présent, à vous de me fournir une explication, rétorqua Sloane, en vérifiant que les enfants allaient bien.

— J'avais rendez-vous avec vous deux ce matin. Comme vous dormiez profondément, Benji n'a pas voulu vous réveiller.

— Si nous avions tous les deux rendez-vous avec vous, comment se fait-il que je n'en aie rien su ?

Sloane se rapprocha de la jeune fille, dont la beauté la frappa. À peu près de l'âge de Benji, elle avait des yeux azur de toute beauté. Sa peau bronzée rayonnait, comme si elle avait passé beaucoup de temps sur une plage. Ses dents étaient impeccables et blanches, les bagues avaient rempli leur office.

— Benji voulait vous faire la surprise, je crois, dit-elle. Il est parti en ville pour une course, mais il sera bientôt de retour.

— Quelle était la raison de ce rendez-vous ? insista Sloane.

— Surprise ! répondit Livie avec un peu d'appréhension. Je suis votre nounou potentielle.

— Ma quoi ?

— Votre nou…

— J'ai entendu ! coupa Sloane. Benji et moi avons parlé de tout ça, il sait que je n'ai pas besoin d'une nourrice.

Une main posée sur son front, l'esprit agité, elle se mit à faire les cent pas. Elle avait alternativement chaud et froid. D'abord la femme de ménage, ensuite le cuisinier, maintenant la nounou ?

Leur année ensemble ressemblerait donc à ça ? Benji déciderait de tout sous couvert de lui faire des surprises ? Elle n'aurait pas voix au chapitre ?

— S'il avait été là pour expliquer les choses lui-même, ça se serait mieux passé, convint la jeune fille d'un air désolé en retournant à sa casserole odorante.

Beau s'agita puis se mit à pleurer.

— Alors, mon petit chou ? dit Livie d'une voix douce en se détournant de la gazinière.

Elle s'essuya les mains à un torchon et tendit les bras vers le bébé, mais Sloane s'interposa et souleva Beau elle-même.

— Mon petit gars, ta maman te manquait ? dit-elle en le berçant.

Beau eut une sorte de rictus qu'elle interpréta comme un sourire. Sa tension s'allégea aussitôt.

Sans regarder Livie, elle réfléchit à haute voix :

— Puisque je dormais, on a dû leur donner le biberon.

Elle sourit à son fils, qui la contemplait de ses yeux écarquillés.

— Quand ont-ils été nourris pour la dernière fois ? s'enquit-elle.

— Je suis arrivée un peu avant 8 heures, et j'étais ici depuis deux heures quand Bailey a commencé à se manifester. Benji l'a nourrie et j'ai nourri Beau. Il était à peu près 10 heures.

— Pas très précis, tout ça, remarqua Sloane en lançant un regard rapide à la jeune femme.

Cette personne, qui prétendait être nourrice, ne devrait-elle pas suivre un protocole précis, savoir exactement quand un enfant était nourri, changé, couché ?

— En fait, répliqua Livie en ouvrant le placard pour y prendre des flocons d'avoine, il existe une application pour aider les soignants à consigner les différents horaires d'alimentation. Je vais la charger dès que j'aurai une minute.

Sloane enrageait. Cette personne avait l'air un peu trop à l'aise dans la maison, comme si elle y vivait déjà.

— Vous avez faim ? demanda Livie. Benji m'a dit que vous adorez les flocons d'avoine au petit déjeuner. C'est pour ça que j'en fais beaucoup.

— Je n'ai pas faim pour le moment, mais merci.

Au même moment, son estomac cria famine. Elle fit semblant de ne pas remarquer le petit sourire en coin de Livie.

— Je m'en sers un bol, déclara cette dernière en s'asseyant près du comptoir. Si vous avez besoin de quoi que ce soit, je suis là.

Le ventre de Sloane gargouilla de nouveau. D'accord, elle était une sacrée menteuse, reconnut-elle en son for intérieur.

— Je vais peut-être manger un peu avant de nourrir les enfants, murmura-t-elle en replaçant Beau dans son siège.

— Asseyez-vous, je vous prépare un bol, dit Livie en se levant avec un grand sourire.

Elle posa bientôt un grand bol de flocons d'avoine devant elle. Sloane y goûta et concéda :

— Pas mal, pour une fille de Chicago...

Livie répondit avec un clin d'œil :

— Ma maman est du Sud, n'oubliez pas !

Dédaignant toute familiarité avec la jeune femme, Sloane ne répondit pas. Elle avait la ferme intention de la renvoyer dès le retour de Benji.

Quand elle eut terminé son petit déjeuner, les jumeaux dormaient profondément. Elle examina la situation. Elle ne voulait pas dépendre d'une nourrice onéreuse, ni d'un chef cuisinier, ni d'une femme de ménage. Après tout, quand s'achèverait l'année avec Benji, elle ne jouirait plus de tout ce luxe. Il valait donc mieux ne pas trop s'y habituer. Mais puisque Livie était ici, et que les bébés dormaient...

Elle rangea son bol dans le lave-vaisselle et demanda :

— Ils vont encore dormir une vingtaine de minutes. Ça vous

dérangerait de garder un œil sur eux pendant que je prends une douche rapide ?

Livie lui sourit sans détour.

— J'en serais ravie, répondit-elle. Prenez votre douche tranquille, je vais nettoyer la cuisine.

Sloane se lavait les cheveux quand elle entendit Benji frapper à sa porte.

Elle lui ouvrit et le fusilla aussitôt du regard.

— Laisse-moi t'expliquer, dit-il.

— Je t'écoute, dit-elle en resserrant sa sortie-de-bain autour d'elle. Mais, je te préviens, j'ai le plus grand mal à comprendre pour quelle raison tu confierais nos nouveau-nés à une complète étrangère.

— Liv n'est pas une étrangère, c'est la nièce de Mme Henderson. Nous sommes devenus bons amis quand je travaillais l'été à l'épicerie pour me faire de l'argent de poche.

Posant ses mains sur les épaules de Sloane, il poursuivit :

— Désolé d'avoir été absent à ton réveil. J'espère que ça ne t'a pas trop bouleversée.

— Un instant, j'ai cru que c'était une folle qui voulait me prendre les enfants.

Elle se dégagea et chercha dans son armoire quelque chose à se mettre.

— À part ça, rien de grave, poursuivit-elle.

— J'avais organisé le rendez-vous pour ce matin, mais tu dormais, la nuit t'avait épuisée. Ensuite, j'ai eu un appel urgent, et les documents dont j'avais besoin se trouvaient au bureau. J'ai essayé de te réveiller, mais rien à faire !

— Pourquoi n'as-tu pas laissé un mot ?

Il se dirigea vers la table de chevet, et prit un morceau de papier coincé sous un verre d'eau.

— Oh ! s'excusa-t-elle en lisant les explications de Benji. Mais pourquoi ne m'as-tu pas parlé à l'avance de ce rendez-vous ?

— Honnêtement ? Parce que je savais que tu refuserais.

— Tu as donc décidé d'ignorer mes arguments, dit-elle en froissant le papier entre ses doigts nerveux.

— Au début, tu ne voulais pas de femme de ménage ni de chef cuisinier. Pourtant, tu t'y es habituée, et je doute que tu veuilles vivre sans, à présent.

Comme elle gardait le silence, il soupira et enchaîna :

— Écoute, elle n'est pas encore embauchée. Je voulais juste que tu fasses la connaissance de Livie, je pensais que ça rendrait l'idée d'une nourrice à domicile moins intimidante.

— Ta petite copine ne m'intimide pas ! riposta Sloane. Je n'en ai pas besoin, c'est tout. Je suis convaincue que toi et moi avons la capacité de nous occuper de nos propres enfants.

Sur ce, elle retourna dans la salle de bains et referma la porte derrière elle.

Exaspéré, Benji continua à parler devant la porte close :

— Hier quand nous sommes rentrés de l'hôpital, tu étais crevée. Et ce matin, tu étais presque dans le coma.

— Arrête, Benji. De toute évidence, tu n'as pas contacté Je-ne-sais-plus-son-nom ce matin.

Prétendre ne pas se rappeler le nom de Livie était enfantin, mais Sloane s'en moquait éperdument. C'était la deuxième fois qu'il prenait des décisions concernant les jumeaux sans la consulter.

Benjamin mit du temps à répondre, à tel point qu'elle eut le sentiment qu'il était parti.

— Tu as raison, Livie et moi avons gardé le contact, répondit-il enfin. Elle a réussi son examen de puéricultrice il y a deux ans. Depuis elle travaillait dans une maternité à Chicago, mais elle a eu envie de changer.

— C'est pour ça que tu l'as engagée ? Comment peux-tu être sûr qu'elle n'a pas été virée pour une faute grave ?

— Je te répète que je ne l'ai pas engagée. Et je ne le ferai pas sans ton accord. J'ai bien entendu vérifié ses antécédents dès que j'ai songé à utiliser ses services.

— C'est bien ce que je dis, tu ne m'as pas informée que tu songeais à l'embaucher.

Renonçant à enfiler un jean d'avant sa grossesse, Sloane ouvrit la porte, et prit un legging dans un tiroir.

En désespoir de cause, Benji lança :

— C'était une surprise !

— Les embuscades aussi sont des surprises, répondit-elle du tac au tac en enfilant un T-shirt. Ne t'imagine pas que tu peux faire n'importe quoi parce que tu es beau et riche, et que tu sens bon... Tu ne m'as pas consultée parce que tu savais que je ne serais pas d'accord, c'est aussi simple que ça !

— Sans doute. Mais je savais aussi que nous avons vraiment besoin d'une nourrice. De même que nous avons besoin de Caitlin et de Marcellus.

Se laissant tomber sur le lit, il acheva :

— Mon travail, ça a toujours été d'être efficace. J'identifie les problèmes et je trouve des solutions.

— Je ne suis mère que depuis une semaine et tu me juges déjà déficiente ? Merci pour le vote de confiance !

— Je ne dis pas que tu remplis mal ton rôle, Sloane. Mais ni toi ni moi n'avons d'expérience, nous venons d'avoir non pas un mais deux bébés, et nous apprenons sur le tas. En quoi un peu d'aide nous ferait-il du mal ? Puisque nous avons les moyens de nous l'offrir...

Il parlait encore d'argent.

Sloane sentit l'air lui manquer. Le souvenir de son père lançant au visage de sa mère qu'il gagnait l'argent, et en conséquence décidait ce qu'il voulait, lui revint soudain en mémoire.

Elle serra les poings.

— Je n'ai pas eu Beau et Bailey pour que quelqu'un d'autre s'en occupe, lâcha-t-elle.

— Et qu'aurais-tu fait si tu avais été seule et avais dû repartir travailler à la fin de ton congé de maternité ? Tu les aurais déposés tous les matins à la crèche, ou tu aurais employé une jeune fille à la journée. En quoi ce que je te propose est-il différent ?

Elle le détesta une seconde d'exposer de si bons arguments.

— Je l'aurais fait par nécessité, répondit-elle en croisant les bras sans le regarder. Non parce que j'aurais eu envie de ne pas me fatiguer.

Benji lui souleva le menton et la força à le regarder en face.

— Tu as été si stressée, ces derniers mois. Je voulais juste te soulager un peu pour que nous puissions profiter de Beau et de Bailey.

— Alors, pourquoi ai-je l'impression que tu as confié mes devoirs de mère à une autre personne ?

— Tu sais bien que ce n'est pas vrai. Tu es une mère formidable.

— Dans ce cas, aie un peu foi en moi. Je vais apprendre à me débrouiller toute seule, comme des millions de femmes le font chaque jour. Nos parents n'avaient pas de chef cuisinier, de femme de ménage, de nounou, et nous nous en sommes quand même bien sortis.

Relativement bien, modula-t-elle en son for intérieur. Mais ce n'était pas le moment de couper les cheveux en quatre. D'autant plus que ses arguments commençaient à porter.

— Je sais que nous n'avons pas été élevés comme ça, mon cœur, dit Benji. Mais pourquoi ne pas donner à nos enfants une meilleure vie que la nôtre ?

Il marquait un point.

Sloane n'appréciait pas que l'argent prenne tant de place dans la conversation. Pourtant, elle aussi voulait une vie meilleure pour Bailey et Beau.

— J'aurais préféré que tu me consultes, plutôt que de te mettre en embuscade avec ta blonde, lâcha-t-elle.

— Il est plus facile de demander à être pardonné après que de demander la permission avant, répliqua Benji en enfouissant une fois de plus ses mains dans ses poches. Encore une chose que j'ai apprise dans le monde des affaires. J'anticipe les besoins de mes clients et de mes employés. Quand j'identifie un besoin, j'essaie d'apporter une réponse. Même si mon équipe n'est pas encore formée.

— Je ne suis ni ta cliente ni ton employée.

— Ce n'est qu'une comparaison, rétorqua-t-il en fronçant les sourcils.

— J'ai à peine eu le temps de m'habituer à vivre avec toi, entourée de Caitlin et Marcellus à mi-temps. Si on ajoute Livie, je vais devenir claustrophobe. Et si je ne l'aime pas ? Et si Beau et Bailey ne l'aiment pas ?

— Livie est adorable. Ce matin, elle a très bien su s'y prendre avec les enfants. Donne-lui une chance, comme tu l'as fait avec Marcellus. Si à l'issue d'une période d'essai elle ne te plaît pas, elle partira.

Sloane donna son accord à contrecœur. Benji l'embrassa sur le front et se tournait pour sortir quand elle le rattrapa par la manche.

— Je ne veux pas sembler ingrate, dit-elle, j'apprécie tout ce que tu as fait jusqu'à maintenant. Mais je n'ai pas l'habitude d'être si... dépendante de quelqu'un d'autre. J'ai l'impression que mon ardoise s'allonge de jour en jour.

Ses propres mots lui déplurent, elle détestait se sentir subalterne. Benji voulait vivre avec les jumeaux et il la prenait dans le forfait. C'était difficile à accepter.

— Je ne tiens pas une ardoise, répliqua Benjamin d'un ton outré. Je me moque de l'argent, et je ne veux pas que tu y penses. Toi, Beau et Bailey, vous seuls comptez pour moi. Tu comprends ?

Pour le moment, elle le croyait sur parole. Mais ne finirait-il pas par lui en vouloir de toutes les différentes façons dont elle lui était redevable ?

— Compris, dit-elle.

Reléguant dans un coin de sa tête ses pensées négatives, elle suivit Benji jusque dans la cuisine pour l'entretien avec Livie Henderson.

9

Benjamin se gara dans l'allée. Son voyage d'affaires de cinq jours au Japon s'était achevé par une offre mirobolante. Sur le plan personnel, c'était sa première longue séparation d'avec Beau et Bailey. Ils avaient communiqué par Skype tous les jours mais, malgré cela, Sloane et les enfants lui avaient terriblement manqué.

Il déposa sa valise et son ordinateur dans l'entrée et huma la délicieuse odeur de nourriture en provenance de la cuisine. Marcellus semblait s'être surpassé.

Sloane l'accueillit avec un grand sourire.

— Il m'avait bien semblé t'entendre arriver, dit-elle. Je viens juste de coucher les petits, mais ils ne dorment pas encore et seront heureux de te voir.

Benji l'embrassa tendrement sur la bouche, ce qu'il n'avait pas fait depuis longtemps.

Les jumeaux avaient eu trois mois le jour de son départ pour le Japon. Trois mois d'une suite ininterrompue de biberons, couches, rendez-vous chez le médecin, découvertes quotidiennes. Après une première semaine un peu difficile, Sloane et lui s'étaient beaucoup rapprochés.

— Tu es belle, lui dit-il en lui caressant la joue d'un revers de la main.

Il respira son parfum aussi frais que les fleurs de printemps. La masse de ses cheveux bouclés luisait encore de l'humidité de la douche. Elle portrait une courte robe boutonnée devant.

Rien de sophistiqué, mais l'étoffe soulignait à la perfection ses courbes voluptueuses.

— Je parie que tu dis ça à toutes les mères de tes enfants, dit-elle.

Comme Benjamin fronçait les sourcils, elle s'empressa de spécifier :

— Je plaisante ! Viens, j'ai une surprise pour toi, acheva-t-elle en le prenant par la main.

Le cœur de Benji s'emballa. Elle venait d'accepter son baiser pour la première fois depuis des mois, admettant implicitement qu'il lui avait manqué. Se sentait-elle enfin prête à reprendre leur relation physique ? Pouvait-il espérer ?

Passant sans s'arrêter devant sa chambre, elle le conduisit vers celle des enfants et y pénétra sur la pointe des pieds. Les petits ne dormaient pas encore. Beau aperçut son père le premier, il lui sourit avec un petit bruit de gargouillis et de la salive lui coula sur le menton.

— Ah ! Mon garçon ! s'exclama Benji avec amour.

Il se souvenait de l'époque pas si lointaine où la simple vue d'un nourrisson baveux le repoussait. Maintenant, tout était différent. Il souleva le bébé et embrassa sa joue humide sans la moindre réserve.

— Il est devenu plus fort, constata-t-il.

Les progrès rapides des jumeaux le plongeaient dans un émerveillement sans fin. Ils se transformaient chaque jour, c'est la raison pour laquelle il avait détesté les quitter toute une semaine.

— Tu as raison, dit Sloane. Je l'ai découvert à mes dépens il y a deux jours, quand il a tiré sur une mèche de mes cheveux !

Tout en parlant, elle souleva Bailey, l'embrassa sur le front et la passa à Benji.

Les deux bébés dans ses bras, il s'assit dans le fauteuil à bascule et leur parla à voix basse.

Il ne put s'empêcher de sourire en remarquant Sloane debout dans un coin de la pièce, qui les observait sans mot dire.

— Qu'est-ce qu'il y a ? demanda-t-il.

Les yeux de la jeune femme brillaient, elle essuya une larme.

— Rien, répondit-elle. Tu leur as manqué, je m'en suis rendu compte. Même si jeunes, ils t'aiment, ça se voit. Je n'arrive pas à croire que j'aie envisagé de ne pas te révéler leur existence.

La gorge serrée par l'émotion, elle secoua la tête. Des larmes roulaient le long de ses joues.

— Ne te torture pas à propos d'un fait que ni toi ni moi ne pouvons changer, répondit-il.

Cette pensée lui avait souvent gâché la vie. Il préférait ne pas s'appesantir sur le sujet.

Sloane sécha ses larmes.

— Il est temps que je m'occupe des côtelettes de porc et de mon gratin de macaronis, dit-elle.

— Pardon ? Tu as fait la cuisine toi-même ?

En dépit de ses objections du début, Sloane s'était très bien habituée à la cuisine de Marcellus. D'ailleurs, en son absence, ils cuisinaient à peine, se contentant de passer commande en ville.

— Tu ne fais toujours pas confiance à mes talents culinaires ? le taquina-t-elle.

— Ce n'est pas ça… Mais je sais que tu aimes ce que nous concocte Marcellus. En général, avant de partir le vendredi soir, il nous prépare quelque chose.

— Aujourd'hui, je n'ai pas voulu qu'il fasse la cuisine. Depuis que Livie est ici et que j'ai davantage de temps, je demande souvent à Marcellus de me guider dans la préparation du dîner…

Un sourire un peu moqueur naquit sur les lèvres de Benji, mais Sloane l'arrêta d'un geste de la main :

— Ne triomphe pas ! Il est encore beaucoup trop tôt pour ça.

— Je commence à être un peu jaloux de Marcellus, dit-il. À part Beau, ne serait-ce pas ton homme préféré dans cette maison ?

Les yeux de Sloane scintillèrent. Elle se mordit la lèvre inférieure pour maîtriser un sourire sensuel.

— Nous verrons comment les choses évoluent cette nuit, dit-elle, provocante.

Sur ces mots, elle éclata de rire et quitta la chambre des enfants.

Rassasié, Benji s'arrêta de manger, il ne pouvait plus rien avaler. Les côtes de porc juteuses et tendres, les macaronis parfaits, les haricots verts, tout lui avait plu. Le tout servi avec un délicieux thé glacé assaisonné d'un brin de Bourbon.

— Quel dîner ! s'exclama-t-il.

Il ne souhaitait plus qu'une chose : se poster devant la télévision sur le canapé, et regarder sa série préférée dans un semi-coma digestif.

Attirant Sloane sur ses genoux, il l'entoura de ses bras.

— Je ne sais comment te remercier, ajouta-t-il.

— Comme ça, par exemple ? suggéra-t-elle en déposant un long baiser sur ses lèvres.

Charmé, il la serra davantage contre lui. Il ne voulait rien perdre de ses formes voluptueuses.

Elle entrouvrit ses lèvres pour qu'il puisse goûter à son délicieux parfum.

Les gémissements de Sloane le rendirent dur comme de l'acier. Son corps brûlait du désir inassouvi qui courait sans relâche dans ses veines depuis des mois.

De ses doigts fébriles il entreprit de défaire les boutons de la robe de Sloane, des boutons beaucoup trop gros pour les boutonnières, à son gré.

Il aurait pu soulever sa robe et passer sa main en dessous, mais il s'enjoignit à la lenteur. Il voulait voir chaque parcelle de ce corps qu'il aimait tant, sentir sous ses paumes le poids de ses seins fermes, câliner les mamelons que les jumeaux avaient tant martyrisés ces derniers mois. Il voulait révérer de sa langue ce corps magnifique, encore et encore.

Il avait déboutonné la robe jusqu'au nombril quand retentit

le cri de leur fils dans le moniteur placé sur la table derrière eux. Cri bientôt suivi par la voix plus faible et délicate de leur petite princesse.

Sloane s'arracha à regret à leur baiser. Ils restèrent front contre front quelques instants.

— Et voilà pour le petit cordial que j'avais en tête, dit-elle enfin.

Benji éclata de rire.

— Adorables petits trouble-fête.

— Ce sont bien tes enfants ! C'est l'heure de leur prochaine tétée, je vais les chercher. Laisse la vaisselle, je la ferai plus tard.

— Ah non ! Tu as cuisiné, laver les assiettes me revient. Ramène les enfants avant qu'ils ne se brisent les cordes vocales !

Sloane se mit debout, raide comme un piquet et exécuta un salut militaire avant de dire de sa voix la plus sexy :

— Bien mon capitaine.

Benji rit de bon cœur, rassembla les assiettes et les emporta dans la cuisine.

Bon sang ! Le repas était excellent, mais Sloane avait utilisé les trois quarts de leur vaisselle, et tout se retrouvait dans l'évier.

Retroussant ses manches, il se mit à récurer les plats. Au moins dépenserait-il les calories qu'il venait d'ingurgiter !

Sloane s'assit dans la chambre des enfants et leur donna le sein. Jamais elle n'aurait pu faire ça sans le soutien de Benji.

Bien sûr, le soutien financier comptait beaucoup. Les vêtements, la nourriture, les couches pour deux enfants, tout cela revenait cher. Mais l'argent ne venait qu'en seconde ou troisième position, bien après le soutien émotionnel et physique que Benji lui prodiguait sans compter.

Ils formaient une équipe.

Ce n'était pas des mots en l'air mais une réalité. Benjamin Bennett ne se contentait pas d'être un homme bon, il se révélait être un excellent père et un incroyable partenaire. Sans doute les circonstances n'étaient-elles pas idéales, mais elle n'aurait pu affronter cette expérience avec personne d'autre.

Elle adorait être la mère des jumeaux. Adorait vivre cette vie avec Benji à son côté. Elle ne pouvait désormais plus mettre cette réaction affective sur le compte des hormones de la grossesse, mais rien ne lui mettait les larmes aux yeux davantage que le spectacle de Benji avec son fils et sa fille.

C'était de l'amour à l'état pur.

Cependant, dès qu'elle débordait de joie en pensant à sa vie avec Benji et les bébés, une terrible crainte la prenait à la gorge.

Qu'arriverait-il quand la nouveauté de la paternité s'éroderait ? Se sentirait-il coincé ? Lui en voudrait-il ? En voudrait-il aux jumeaux ?

Une partie d'elle-même jugeait cette peur irrationnelle. Benji n'avait rien à voir avec son père à elle, il ne fallait pas le juger à l'aune de l'échec de cet homme irresponsable. Et pourtant... Cette angoisse l'habitait en sourdine, et il convenait d'en tenir compte. C'était plus prudent.

10

Benji battit des paupières. Son cou était raide et il avait anormalement chaud. La télévision était allumée dans le grand salon plongé dans l'obscurité. Son bras gauche ankylosé se trouvait coincé entre le dossier du canapé et le corps endormi de Sloane blottie contre lui.

Il regarda autour de lui. Les jumeaux dormaient dans leurs couffins. L'ombre d'un sourire éclaira son visage. Quand ils avaient emménagé ici, le chalet n'était qu'un luxueux refuge de célibataire. Maintenant, l'espace était rempli d'éléments indispensables à la vie de nourrissons.

Qu'importe le désordre ! Le lieu transformé le rendait heureux. Plus chaleureux, habité, c'était devenu un foyer. Leur foyer.

Il caressa doucement le dos de Sloane. Sa respiration se modifia un peu, elle changea de position sans se réveiller.

Avec d'infinies précautions, Benji se dégagea, emporta Beau puis Bailey dans leurs berceaux et éteignit la télévision.

Il se pencha ensuite vers Sloane et la contempla. Elle semblait si bien qu'il eut envie de la recouvrir d'un plaid pour la laisser dormir. Pourtant, il changea d'avis. Aussi confortable soit le canapé, elle serait bien plus à l'aise dans son lit.

S'accroupissant, il glissa ses mains sous elle et la souleva dans ses bras. Dans le couloir, elle releva un peu la tête, ses yeux papillonnèrent.

— Non, dit-elle,

— Tout va bien, murmura-t-il. Je te dépose dans ta chambre pour que tu dormes.

Les yeux encore lourds de sommeil de Sloane plongèrent dans ceux de Benji.

— Allons dans ta chambre, dit-elle d'une voix rauque de sommeil. Je n'ai pas du tout envie de dormir.

Stupéfait, Benji s'arrêta au milieu du couloir. Avait-il bien entendu ? Peut-être rêvait-elle ? Ou lui ?

— Fais-moi l'amour, lui murmura-t-elle à l'oreille en caressant sa barbe naissante.

Enhardie, elle pressa sa bouche ouverte contre celle de son compagnon et y glissa sa langue.

Était-elle certaine ? voulut-il lui demander. Mais il y renonça. L'insistance de son baiser parlait d'elle-même.

Reprenant sa progression, il la déposa sur son lit, lui ôta sa robe, et l'aida à se débarrasser de son soutien-gorge et de sa culotte. À son tour, elle l'aida à se dévêtir, jusqu'à ce qu'aucune étoffe ne sépare leurs deux corps.

Allongé sur elle, il lui baisa l'épaule, picora son cou de baisers, son souffle chaud parcourut sa peau.

— Tu es si belle, murmura-t-il. Je n'arrive pas à croire à ma chance.

— Je suis heureuse que tu sois de retour. Tu nous as manqué.

— C'est bien, si j'ai manqué à Beau et Bailey, souffla-t-il en l'embrassant encore et encore. Mais, si j'ai manqué à leur maman, c'est encore mieux. Elle m'a manqué aussi.

— Vraiment ? dit-elle avec un sourire sensuel en ondoyant un peu sous lui. À quel point ?

Étendant le bras vers sa table de chevet, Benji en sortit un écrin de velours noir. Apprécierait-elle ce cadeau, choisi avec tant d'intensité amoureuse ?

Il prit le collier acheté à Tokyo et le passa autour de son cou, en murmurant à son oreille :

— À ce point.

Il alluma la lumière pour qu'elle puisse le voir. C'était un pendentif fait de cœurs en or blanc emmêlés, chacun orné d'une émeraude. Sur un des cœurs était gravé le nom de Beau, sur un autre celui de Bailey. Le reste de chaque cœur était constellé de petits diamants.

Sloane passa ses doigts sur le pendentif, puis le retourna pour mieux le voir. Elle écarquilla des yeux pleins de larmes.

— Il est très beau, Benji, merci. Je n'ai pas les mots…

Dis que tu accepteras de m'épouser…

Ces mots roulèrent dans la tête de Benji.

— Ne dis rien, murmura-t-il.

Il l'embrassa, glissant sa langue entre ses lèvres, tandis qu'il bougeait sur elle.

— Benji, n'oublie pas…

La dernière fois qu'ils avaient fait l'amour, elle était enceinte, le danger d'une grossesse non désirée ne se posait pas. Maintenant, il fallait revenir à des moyens contraceptifs.

Il hocha la tête, tendit la main vers la table de chevet, éteignit la lumière, et enfila le préservatif. Puis il reprit ses baisers sur sa bouche, son cou, son épaule. Il empauma ses seins, de sa langue humide il en lécha les bouts dressés, les mordilla avec une torturante lenteur. Sous ce délicieux supplice, Sloane se tordait de plaisir.

Ensuite sa bouche brûlante s'égara le long du ventre de sa bien-aimée.

Elle se raidit sous lui, en proie à une soudaine appréhension, consciente des marques et du renflement que les jumeaux avaient laissés derrière eux.

À l'écoute, Benji joignit sa main à celle de Sloane et la plaça sur son ventre avec amour.

— Ça, dit-il, c'est devenu l'endroit de ton corps que je préfère. C'est la preuve du sacrifice que tu as accepté pour que nous ayons nos enfants. Jamais je n'oublierai le jour où tu as placé ma main sur ton ventre la première fois, pour que je sente Beau bouger, que je sente la petite épaule de Bailey.

Puis il lâcha la main de Sloane, et l'embrassa plus bas, à

la limite des boucles qui dissimulaient son sexe. Là, il lécha délicatement la chair de son intimité.

Relevant la tête, il poursuivit amoureusement :

— C'est peut-être ça, mon endroit favori.

Il la lécha de nouveau. Sloane frémit sous lui, ses gémissements attisèrent le désir de Benji jusqu'à la souffrance.

S'immisçant entre les cuisses de sa compagne, il écarta la fleur de son intimité de ses doigts et plongea sa langue en elle. Il la lécha, la suça, la titilla jusqu'à ce qu'elle jouisse contre sa bouche en convulsions irrépressibles.

Heureux, il remonta le long du corps de Sloane, le parsemant de baisers, s'enivrant de son plaisir, de ses spasmes et de ses transes.

Saisissant la base de son sexe, il en plaça le bout entre les plis mouillés et palpitants de sa compagne. Quelque chose dans sa poitrine rugit délicieusement. Il aimait son fourreau frémissant, s'enivrait d'entendre Sloane balbutier son nom.

Ne te presse pas. Fais attention à elle.

C'était leur première fois depuis la naissance des jumeaux, sous aucun prétexte il ne voulait lui faire mal. Il lutta contre l'impulsion presque irrésistible d'aller vite et profond, se battit contre la volonté aveugle de se libérer après ces mois d'abstinence.

Au contraire, il s'imposa de bouger ses hanches avec lenteur, en dépit du feu qui brûlait en lui, exigeant de flamber.

Le corps de Sloane fondit contre lui, elle adopta son rythme, ondoya sous lui, ses doigts plantés dans les hanches si masculines. Sa respiration s'accéléra, de petits halètements qui évoquèrent aux oreilles de Benji toutes les choses délicieuses qu'elle pourrait une autre fois lui faire avec sa bouche, et le plaisir fou qu'il en éprouverait.

Muscles tendus, il ferma les yeux, dans un effort désespéré pour ralentir le flux de son orgasme. Il tenait à la faire basculer une nouvelle fois dans une folle volupté, elle le méritait.

Pour ce faire, il lui souleva les hanches, changea d'angle de pénétration, intensifiant de la sorte la friction sur son clitoris.

N'y tenant plus, elle cria son nom. Tout son corps se tendit, son fourreau se contracta et se relâcha autour du sexe brûlant de Benji. Avec un grognement primitif, il plongea en elle d'un long coup profond et la rejoignit dans l'extase.

Il demeura quelques instants au-dessus d'elle, appuyé sur ses coudes. Tous les deux haletaient, quittant difficilement le sommet escarpé qu'ils venaient de gravir ensemble.

Le cœur gonflé d'amour, Benjamin baignait dans une douce euphorie. Il passerait volontiers le reste de sa vie à faire l'amour avec cette femme. Il la couvrirait de cadeaux, ils élèveraient leurs enfants ensemble. Jamais il n'avait été aussi fier qu'à la naissance des jumeaux. Ni aussi profondément satisfait qu'en s'endormant sur le canapé avec Sloane, entouré des deux enfants.

Il la regardait au fond des yeux, mais les mots d'amour qui trottaient dans sa tête ne franchissaient pas ses lèvres.

Ses sentiments pour cette femme bouillonnaient en lui, le rendaient fou de désir et d'attachement, c'était ce qui s'approchait le plus de l'idée qu'il se faisait de l'amour.

Mais il avait été échaudé. Une fois déjà, il avait demandé à Sloane de l'épouser, et elle l'avait platement éconduit. La situation avait-elle évolué ? Les mois écoulés depuis ce refus avaient-ils changé quelque chose pour elle ? Les avaient-ils rapprochés ? Pour lui, il connaissait la réponse. Mais pour elle ?

Beaucoup de points demeuraient en suspens. Une nuit dans son lit ne signifiait pas que Sloane se sentait prête à s'engager avec lui. De son côté, cela n'effaçait pas la douleur de la déception latente, la pointe de ressentiment qu'il s'efforçait de cacher. Mais c'était quand même un début.

Il roula sur le côté et se laissa tomber à côté d'elle. La prenant dans ses bras, il baisa son visage moiré de sueur, et la serra contre lui.

Il rompit le silence le premier :

— Sloane ? Promets-moi quelque chose.

Elle emmêla ses doigts dans la toison du torse de Benji et répondit d'une voix presque endormie :

— Si je le peux…

— Ne retourne pas dans ta chambre ce soir… Je veux me réveiller en voyant ton beau visage près de moi, dit-il en l'embrassant.

— C'est promis, dit-elle sans hésiter. En fait… Je me demandais si…

Elle se racla la gorge et força les mots à franchir ses lèvres :

— Ça te dérangerait… si je m'installais dans ta chambre ?

Le cœur de Benji se mit à battre à tout rompre. Ne voulant pas paraître trop enthousiaste, il attendit une seconde avant de répondre :

— J'aimerais beaucoup ça.

Quand Sloane se réveilla, elle était étalée dans le grand lit qu'elle avait partagé avec Benji toute la nuit. Il ne s'y trouvait plus. Elle comprenait enfin la déception de se réveiller seule dans un lit vide et froid lorsqu'on s'attendait à se trouver dans les bras chauds d'un amant.

Elle se passa une main dans les cheveux. De quoi avait-elle l'air au moment où il s'était levé ? Elle soupira, les yeux au plafond. Une étape avait été franchie. Elle avait passé la nuit dans le lit de Benji, lui avait demandé la permission de s'installer dans sa chambre. Une décision effrayante qu'elle avait tournée et retournée dans sa tête pendant le séjour de Benji au Japon.

Cinq jours ne représentaient pas grand-chose en soi. Mais, pendant ces cinq jours, elle avait découvert un fait sans équivoque.

Benjamin Darnell Bennett lui avait terriblement manqué.

Sa bouche, son humour, sa façon de sentir quand elle avait besoin de son aide, l'amour immodéré qu'il portait à leurs enfants, son corps magnifique, son amitié, et la relation unique qu'ils partageaient.

Elle avait essayé de se soustraire à son besoin croissant de lui, avait employé beaucoup d'énergie pour ne le considérer que comme le père des petits, rien de plus.

Mais l'absence prolongée de Benji lui avait sans équivoque révélé la vérité. De toute son âme, elle voulait être avec lui, vivre avec lui, tout partager avec lui. À la condition que, de son côté, il l'aime vraiment, sans être mû par une quelconque obligation morale, aussi noble soit-elle.

Sloane passa un doigt sur le joli collier qu'il lui avait offert la nuit dernière. Elle appréciait l'objet à sa juste valeur, mais elle aimait par-dessus tout la prévenance dont il avait fait preuve en le choisissant.

La veille au soir, elle avait eu l'audace de lui demander de lui faire l'amour. C'était sa façon indirecte de lui déclarer qu'elle voulait aller plus loin avec lui. Comment les choses se termineraient-elles entre eux ? Elle n'en savait rien. Mais elle se sentait prête à avancer dans leur relation si peu conventionnelle.

Benji l'avait invitée à passer la nuit avec lui, au lieu de se retirer dans sa chambre sur la pointe des pieds au petit matin. C'était important mais, dans le secret de son cœur, elle avait espéré davantage. Par exemple, qu'il lui déclare de réels sentiments pour elle. Pas de la convoitise sexuelle ou une amourette de jeune homme, mais des sentiments aussi profonds que ceux qu'elle commençait à éprouver pour lui.

Dans sa prime jeunesse, elle avait assisté à la transformation dévastatrice qui se produisait dans une relation quand une des personnes du couple aimait sans équivoque, alors que l'autre fournissait l'argent et exerçait le pouvoir. Elle avait assisté à l'érosion de la relation, et au malheur qui rejaillissait sur chacun des partenaires. Elle ne voulait pas de ça pour elle ni pour les jumeaux. Elle ne supporterait pas non plus de voir l'homme qu'elle aimait devenir un être amer et rancunier.

Agitant ces pensées dans sa tête, Sloane se leva, prit sa douche et s'habilla. Quand elle se pencha vers les jumeaux, ils l'accueillirent avec des sourires. Beau et Bailey étaient sa seule priorité. Il fallait se concentrer sur eux.

Pour le moment, mieux valait garder pour elle les sentiments qu'elle éprouvait pour Benji.

11

L'estomac noué, Sloane inspira profondément tandis que Benji se garait dans l'allée de Blake et Savannah. Conscient du stress qui l'étreignait, il lui prit la main et emmêla leurs doigts.

— Détends-toi, dit-il. Nous allons passer un bon moment.

— Bien sûr, répondit-elle avec une fausse insouciance.

Elle regarda par-dessus son épaule les jumeaux endormis dans leurs sièges.

À cinq mois, ils avaient beaucoup grandi, et chacun développait une personnalité distincte.

Ils sortirent les enfants du SUV, et Benji transporta leur parc de jeu dans la maison. Davis, le petit garçon de Blake et Savannah, âgé de presque dix-huit mois, se montra fasciné par les petits. Il se rengorgeait de ne plus être le bébé de la famille.

Les parents nourrirent les enfants puis partagèrent à quatre un délicieux dîner, confectionné par Blake, cuisinier occasionnel mais talentueux. Le tout arrosé d'un bon chianti auquel Sloane ne toucha pas, car elle allaitait encore.

Une fois les enfants couchés pour la sieste, les adultes se retirèrent dans la bibliothèque dont les baies vitrées donnaient sur le lac et les montagnes environnantes.

Sloane avait accepté de conduire au retour, afin que Benji puisse goûter au délicieux bourbon de son ami en regardant avec lui un match à la télévision. Elle et Savannah s'étaient installées à l'autre bout de la pièce, pour jouir de la merveilleuse vue.

— Alors, comment se passe votre vie de couple pas tout à fait marié ? s'enquit Savannah avec un sourire chaleureux et taquin.

Sloane sourit et lança un regard en biais à Benji, qui riait avec son cousin.

— Ça se passe bien, répondit-elle. Très bien, même.

— Les cloches du mariage vont bientôt résonner ?

Sloane faillit avaler son punch de travers.

— Ni Benji ni moi n'avons considéré pareille éventualité, répondit-elle. Je sais, nous ne faisons pas les choses à la manière traditionnelle de Magnolia Lake, mais ça nous convient très bien.

— Hum, fit Savannah d'un air pensif.

Consciente du piège que lui tendait son amie, Sloane n'en décida pas moins de saisir la perche.

— Pourquoi ? demanda-t-elle.

Savannah haussa les épaules et but une gorgée de son punch.

— Peut-être est-ce que je me laisse influencer par ma propre expérience, dit-elle, mais ce que je discerne dans tes propos, c'est la peur. L'autre jour, chez Benji, j'ai remarqué la relation profonde entre vous. Même si tu étais un peu contrariée de subir l'embuscade d'une petite fête au sortir de la maternité.

— Ça se voyait tant que ça ?

— Peut-être pas pour tout le monde, répliqua Savannah en riant. Je me souviens de ce que je ressentais après mon accouchement. J'étais sur les nerfs, épuisée. Je ne souhaitais qu'une chose, prendre une douche bien chaude, me reposer dans mon propre lit et apprécier mon intimité avec Blake et notre bébé. Ça aurait été la débâcle si j'avais dû affronter une fête ! Crois-moi, tu as bien su gérer la situation.

Sloane poussa un soupir de soulagement. Il était déjà assez navrant que les proches immédiats de Benji ne fassent pas partie de leur nouvelle vie. Pour rien au monde elle ne souhaitait s'aliéner sa famille un peu plus éloignée. Les Abbott l'avaient accueillie avec chaleur et simplicité. Seul Parker demeurait sur la réserve.

D'un autre côté, personne à Magnolia Lake n'associait dans une même phrase les mots Parker Abbott et amitié.

— Le lien entre Benji et toi semble même s'être renforcé, reprit Savannah. Son adoration pour toi et pour les jumeaux est évidente.

Plus à l'aise, Sloane soupira.

— Je suis très attachée à lui, dit-elle. Cependant, nous devons encore résoudre beaucoup de problèmes. Je me demande souvent s'il me pardonnera un jour de ne pas l'avoir mis au courant de ma grossesse quand je l'ai découverte. Parfois, dans son regard, je discerne cette peine, ce ressentiment. Il pense sans doute à ce qui serait arrivé s'il n'avait pas débarqué chez moi, à Nashville, au retour du Japon. Pour moi, à l'époque, la décision de ne rien lui dire avait un sens. Maintenant, ça paraît égoïste et lâche... Je ne lui en veux pas d'être en colère.

Savannah hocha la tête.

— Tu connais l'histoire de ce qui s'est passé entre Blake et moi ? Et pour quelle raison je suis venue à Magnolia Lake ?

Sloane acquiesça. Tout le monde en ville le savait.

— Pourtant, poursuivit Savannah, maintenant nous sommes heureux ensemble, et vraiment amoureux. Je ne veux pas ressembler à ces jeunes mariés qui étalent leur bonheur, mais... je suis convaincue que Blake m'était destiné. Je souffrirai toujours de lui avoir menti au début. Mais si je n'étais pas venue ici, si je n'avais pas fait ce que j'ai fait, nous ne serions pas ensemble. Et nous n'aurions pas découvert le rôle que jouait mon grand-père dans King's Finest.

Sloane regarda Benji du coin de l'œil. Leur histoire pouvait-elle aussi se terminer par un happy end, malgré leur début de mauvais augure ?

— J'aimerais que Benji et moi puissions avoir la même belle relation que Blake et toi, dit-elle. Mais...

Elle regarda dans la direction de Benji, qui semblait maintenant plongé dans une discussion sérieuse avec Blake.

— Je ne sais pas, reprit-elle. Surtout maintenant qu'il semble étranger à sa propre famille. Ses parents ne sont même pas revenus à Magnolia Lake cet été, comme ils le font chaque année. Leur réaction envers nous me heurte et me met en colère. En particulier celle de Délia. Nous sommes amies intimes depuis l'âge de dix ans. Je ne peux pas croire qu'elle envisage, ne serait-ce qu'une seconde, que je fasse du mal à son frère ou profite de lui.

Les yeux humides de sympathie, Savannah posa une main sur l'épaule de Sloane.

— Je suis désolée que les Bennett soient si injustes avec toi, dit-elle. Iris, la tante de Benji, en est très bouleversée. Elle essaie de parler à sa sœur, mais celle-ci ne veut rien entendre.

— C'est gentil de sa part. Je suis furieuse contre Délia et Connie, surtout pour le mal qu'elles font à Benji. Il n'aime pas en parler, mais je vois à quel point cette dispute lui pèse. Je déteste être celle par qui la famille s'est séparée. Ils étaient si proches...

— Il a pris ton parti contre toute sa famille, commenta Savannah en la regardant droit dans les yeux. Et, malgré ça, tu penses qu'il n'est pas sérieux envers toi ?

La question n'appelait aucune réponse.

— Fais les choses à ton rythme, nuança-t-elle aussitôt. N'écoute pas les gens comme moi qui essaient de te pousser vers l'autel.

Toutes les deux se mirent à rire. Savannah poursuivit :

— Benji a des raisons de se sentir blessé, comme Blake à l'époque. Mais, s'il a fait ce choix, il a ses raisons. Ne l'abandonne pas. Donne-lui du temps.

Sloane serra Savannah dans ses bras et la remercia.

Elle ne savait toujours pas comment les choses évolueraient avec Benji, mais elle n'avait jamais nourri autant d'espoir.

Benji et Blake avaient proposé d'emmitoufler les enfants, de les mettre dans leurs poussettes et de prendre les deux chiens pour une balade autour du lac. Mais la vraie raison de cette sortie était tout autre. Blake souhaitait parler à son cousin. De son côté, Benji n'était pas certain de vouloir cette conversation. Il savait d'avance ne pas pouvoir fournir toutes les réponses aux questions que Blake ne manquerait pas de lui poser. Où en étaient les choses entre Sloane et lui et formaient-ils à présent un véritable couple ?

Il n'en savait rien et en doutait, tout en se sentant plein d'espoir.

De son point de vue, cela ne nécessitait pas une conversation impliquant trois enfants et deux chiens.

Après quelques préliminaires, Blake lui posa la question clé :

— Tu l'aimes ?

Benji fronça les sourcils.

— Que veut dire cette grimace ? Que tu ne l'aimes pas ? Que tu trouves que j'outrepasse mes droits en évoquant tes sentiments ?

— Deuxième option, répondit Benji sans regarder son cousin.

— Eh bien, sois un grand garçon et fais une exception pour moi, rétorqua Blake en lui décochant un petit coup de coude dans les côtes.

Benji essuya la bave qui coulait le long du menton de Beau. Les jumeaux semblaient apprécier le grand air.

— Oui, dit-il enfin.

— Oui quoi ? insista Blake.

— Je crois que je l'aime.

— Tu le crois, pas plus ? demanda Blake avec un sourire en coin.

L'espace d'une seconde, Benji eut envie de remettre son cousin à sa place. Se maîtrisant, il demanda d'un ton grinçant :

— Personne ne t'a jamais dit que tu étais un emmerdeur ?

Blake éclata de rire.

— Si ! Mais seulement les gens auxquels je suis lié par les liens du sang !

À son tour Benji se mit à rire.

— Bon, finit-il par dire. Je l'aime, c'est sûr. Personne auparavant ne m'a inspiré de pareils sentiments. Je l'aime depuis ma plus tendre adolescence. Quand je suis venu à ton mariage, je pensais avoir surmonté cet amour. Mais, à la seconde où je l'ai revue, tout a recommencé.

— Écoute, tu connais mieux que moi la mère de tes enfants, dit Blake avec précaution. La Sloane que je connais est une dure à cuire. Elle a eu des problèmes avec sa mère et son père. Elle n'aime dépendre de personne, elle met du temps à établir un vrai contact avec les gens. Mais si tu arrives à lui prouver que tu es un homme bien, que tu ne la laisseras pas tomber à la première occasion, comme l'ont fait beaucoup de gens dans sa vie… dans ce cas, ça vaut le coup. C'est une personne de qualité. Vous irez très bien ensemble, si vous avez tous les deux la volonté d'y parvenir.

— C'est exactement ça, répondit Benji en s'arrêtant en vue de la maison de son cousin. Toute mon énergie vise à le lui prouver. Entre nous, il y a de l'amitié, de l'affection… et de la passion sexuelle, ajouta-t-il en rougissant. La seule chose que j'ignore, c'est si elle est prête à s'engager de manière permanente.

— Tu lui as exprimé tes sentiments envers elle ?

— Je l'ai demandée en mariage.

— Et elle a refusé ? C'était à quel moment ?

Blake avait l'air stupéfait. Mais quand Benji lui expliqua les choses en détail, il siffla d'un air entendu.

— Son refus ne m'étonne pas, dit-il. Ta demande en mariage ressemblait à un contrat professionnel. Sloane n'est pas du genre à prendre une décision fondée sur la seule logique. Cette fille a du cœur, et si tu veux qu'elle t'aime, qu'elle mette son âme en jeu pour toi, il faut que tu lui parles à cœur ouvert, Benji.

Blake se remettait en marche vers la maison, mais Benji le rattrapa par la manche.

— Peut-être qu'elle ne m'aime pas comme je l'aime, objecta-t-il. Peut-être que ça n'arrivera jamais.

— Dans ce cas, il vaut mieux que tu avales cette pilule amère le plus tôt possible, répondit Blake d'un ton grave. Mais je ne pense pas que ce soit le cas. Si Sloane est vraiment la femme de ta vie, continue à lui montrer ce que tu ressens, jusqu'à ce que tu sois prêt à le lui formuler.

Benji hocha la tête, et tous deux rejoignirent la maison.

Sloane était la femme de sa vie. Il en était aussi certain maintenant qu'il l'était à l'âge de dix ans. Désormais, le fondement de cet amour n'était plus un souvenir d'enfance, il s'agissait au contraire de sentiments adultes, bien réels et profonds.

Pourtant, il semblait parfois difficile d'ignorer la petite voix. Celle qui lui soufflait que, s'il ne s'était pas rendu chez Sloane au retour du Japon, elle ne lui aurait pas révélé sa paternité. Celle qui lui rappelait que, s'il n'avait pas réglé la dette de sa famille, elle ne vivrait pas avec lui en ce moment.

Et l'horloge lui rappelait que, dans sept mois, elle projetait de le quitter en emmenant les jumeaux avec elle.

12

Attablée dans la cuisine du ranch de sa mère, Sloane savourait son café. Les jumeaux venaient d'avoir sept mois et ne tétaient plus. Son grand-père adorait Beau et Bailey, qui le lui rendaient au centuple. Bailey entretenait un lien particulier avec le vieil homme. La première fois qu'il l'avait tenue dans ses bras, elle avait emmêlé ses doigts dans sa barbe grise, et elle avait entraîné son frère dans l'aventure.

Atticus Ames ne pouvait plus se passer d'eux et il leur rendait souvent visite. Il escortait même Livie et les enfants en poussette dans leur balade quotidienne autour du lac.

En ce moment, Beau rampait par terre, jouant avec un des nombreux jeux musicaux qui rendaient Sloane folle.

Bailey, debout sur les genoux de son arrière-grand-père, essayait de faire valser ses lunettes. Elle y parvenait parfois et, au lieu de s'énerver, le vieil homme riait de bon cœur.

— Jamais il n'a montré une telle patience avec moi, marmonna Sloane à voix basse, pour qu'il ne l'entende pas du salon. Si j'avais fait la même chose, il m'aurait punie d'une manière ou d'une autre.

— Ma chérie, tu exagères. Ton grand-père n'était pas aussi mauvais que ça. Il t'aime et tu le sais très bien.

— Il a toujours eu une drôle de façon de me le prouver, rétorqua Sloane en grignotant un gâteau à la cannelle.

Ce qui n'aidait pas à lui faire perdre les sept kilos pris pendant sa grossesse. Marcellus était un sacré cuisinier !

— Il était dur avec toi, concéda sa mère, mais il le regrette. Je suppose que c'était ma faute. Ayant échoué avec moi, il était résolu à ce que tu deviennes la petite fille parfaite que je n'ai jamais été.

Sa mère avait parlé d'une voix triste. Sloane lui saisit la main. Devenue mère, elle mesurait mieux l'impact d'être parent. À sa naissance, sa propre mère était encore une toute jeune fille. Elle avait fait de son mieux avec les talents dont elle disposait.

Sloane n'appréciait pas ses choix de vie, mais elle respectait les raisons qui l'avaient poussée à les faire pour élever son enfant.

— Les plans de grand-père me concernant n'ont pas exactement été couronnés de succès, dit-elle avec un rire amer. Je suppose que, toi et moi, sommes incorrigibles.

— Je ne dirais pas ça, dit Atticus Ames.

Il venait d'entrer dans la cuisine, Bailey dans les bras. La petite fille se mit à rire. La mère de Sloane la prit à son tour et quitta la cuisine en disant avec un sourire triste :

— Je vais voir ce que fait Beau.

Elle déposa Bailey dans son parc, et souleva Beau dans ses bras. Le visage du petit garçon se fendit d'un sourire radieux qui découvrit deux dents en haut et une en bas.

Atticus s'assit à la table de la cuisine sans rien dire. Le silence devenant trop pesant pour elle, Sloane le rompit :

— Écoute, grand-père, désolée pour ce que j'ai dit tout à l'heure, je n'aurais pas dû.

— C'est ce que tu ressens, et je ne peux rien y changer.

Il leva la tête vers sa petite-fille et la regarda dans les yeux.

— Mais je peux t'expliquer pourquoi j'ai été si dur avec toi, dit-il.

La tête penchée sur le côté, Sloane réfléchissait. Qui était cet homme repentant, qui se laissait mener par le bout du nez par des bébés et demandait pardon sans qu'on ne lui demande rien ?

— D'accord, répondit-elle simplement.

— Je n'ai jamais été un grand-père aimant avec toi, parce que j'étais aussi stupide et entêté que la famille de Benji.

J'avais insisté pour que ta mère épouse ton père à cause de sa grossesse, mais je ne le respectais pas et ne l'aimais pas. J'ai donc pris de la distance. J'ai raté une ou deux années de ta vie, et ne me suis jamais lié à toi comme je le fais avec ces deux petits, dit-il en désignant du menton la pièce d'à côté. Ensuite, quand je suis entré dans ta vie, j'ai remarqué à quel point tu étais intelligente et déterminée. Je ne voulais pas que tu gâches ton potentiel comme ta mère. J'ai donc choisi une ligne dure, pour que tu deviennes la personne que j'imaginais. C'est devenu pire quand ton père est parti, parce que j'essayais d'être à la fois ton père et ton grand-père. Je voulais à tout prix te préparer à affronter le monde.

— Tu trouves que tu as réussi ? s'enquit Sloane d'un ton qu'elle voulait léger.

— Le problème, c'est que toi et moi sommes pareils. Tu m'as combattu bec et ongles, tu étais décidée à devenir ce que tu voulais, toujours à l'opposé de ce que je souhaitais pour toi.

Sans doute y avait-il du vrai dans les propos de son grand-père. Pourtant elle ne se sentait pas disposée à lui donner l'absolution pour avoir été si intraitable. Elle ne voulait pas l'exonérer de sa culpabilité, comme si sa dureté d'autrefois n'avait pas conditionné les choix de sa fille et de sa petite-fille.

— Pourquoi tu me dis ça maintenant ? demanda-t-elle en jugulant sa colère.

— Je voulais juste t'empêcher de commettre les erreurs qu'ont faites tes parents. T'empêcher de t'évader de tes responsabilités familiales comme l'a fait ton père. T'empêcher de te mettre en chasse d'hommes qui ne te conviennent pas, comme l'a fait ta mère. Mais mon attitude trop froide, trop dure, t'a éloignée de moi et t'a fait commettre l'inverse de ce que j'espérais, dit-il, la voix soudain tremblante d'émotion.

Les yeux humides de son grand-père émurent Sloane. Soudain il ne ressemblait plus au vieil homme qui avait gâché sa vie. Il était triste, brisé, rongé de remords. Autant de qualificatifs qu'elle ne lui avait jamais appliqués.

Sortant un mouchoir de sa poche, il s'en tamponna les yeux tout en secouant la tête.

— Je ne pourrai peut-être jamais rien faire pour changer la vision que tu as de moi, dit-il en fourrant son mouchoir dans sa poche. Mais je ne peux te laisser ruiner ta vie et celle des petits sans m'exprimer.

— Qu'est-ce que tu veux dire ?

— Si tu projettes toujours de partir avec tes enfants quand ils auront un an, ce sera une erreur monumentale dont vous ne vous remettrez jamais.

— Tu deviens un peu mélodramatique, grand-père, dit-elle, les yeux fixés sur sa tasse de café.

— Benji est un homme très bien, mon petit. Et c'est un père formidable. Quel que soit ce qui vous a poussés l'un vers l'autre, c'est une bénédiction pour vous deux, et pour les enfants. Ne prends pas ce cadeau à la légère, acheva-t-il d'une voix tendre.

En cet instant précis, le donjon qu'elle avait érigé autour de son cœur se craquela.

C'était bouleversant de voir Atticus Ames sous un jour nouveau. Cela soulageait un peu la tension qu'elle éprouvait dans sa poitrine depuis si longtemps.

De peur que sa voix ne tremble, elle se contenta de hocher la tête, pour montrer à son grand-père qu'elle l'avait entendu. Elle demeura silencieuse, laissant couler ses larmes sans les essuyer.

Elle avait bien compris les conseils avisés de son grand-père. Mais, pour ce qui allait se passer entre elle et Benji, que dire ?

Cela ne dépendait pas que d'elle.

13

Benjamin sifflotait en pénétrant dans la boulangerie-café de Magnolia Lake. Les jumeaux avaient maintenant neuf mois. Au cours d'un séjour de deux semaines chez lui à Seattle, ils avaient appris à se mettre debout tous seuls en se tenant à un meuble.

Ce jour-là, il s'était précipité dans la salle de bains pour raconter à Sloane le dernier exploit de Bailey. Le temps qu'elle sorte du bain et atteigne la chambre des enfants, Beau, qui refusait de se laisser distancer par sa sœur, s'était lui aussi hissé sur ses jambes.

Les progrès de leurs enfants les excitaient tous les deux, et elle avait saisi son appareil photo pour immortaliser l'événement.

Une semaine plus tard, de retour dans le chalet, il avait offert à Sloane et à sa mère quelques jours à la montagne, dans un hôtel de luxe avec spa, à quarante minutes de la ville.

Benji arborait un sourire heureux. Tout allait pour le mieux dans sa vie. Bien entendu, ni lui ni Sloane ne le formulaient en ces termes, ils ne parlaient jamais de leur relation, mais ils étaient de jour en jour plus proches. Il le sentait, le savait avec autant de certitude que s'ils avaient apposé leur signature au bas d'un document officiel.

Ils formaient une famille. Lui et Sloane reconnaissaient implicitement que les jumeaux avaient besoin de leur père et de leur mère. Et qu'eux-mêmes avaient besoin l'un de l'autre.

Pour sa part, il se sentait prêt à faire le grand plongeon, prêt à engager son cœur et à redemander Sloane en mariage. Cette fois-ci, il s'y prendrait mieux. Elle comprendrait donc que, s'il désirait l'épouser, c'était pour sa beauté, pour son intelligence, parce qu'elle le faisait rire et qu'il adorait lui consacrer son temps. Il se sentait plus proche d'elle que de quiconque au monde. Il n'imaginait plus sa vie sans elle.

Il avait déjà acheté la bague de fiançailles. Il ne lui restait plus qu'à choisir le moment opportun, et la meilleure façon de reformuler sa demande en mariage.

— Salut, Park, dit-il en s'asseyant à une table.

Il fit signe à la serveuse de lui apporter un café.

— Tu as l'air heureux comme un coq en pâte, remarqua Parker. J'aurais préféré que tu te sentes moins bien ce matin.

La pique alerta Benji. Certes il connaissait très bien son cousin et ses commentaires étranges, qui frôlaient parfois la grossièreté. Mais souhaiter qu'il ne soit pas heureux, c'était un peu fort.

Il avala une gorgée de son café brûlant avant de lui poser la question qui s'imposait :

— De quoi tu parles, vieux ?

— J'ai deux choses à te dire, et je pense qu'aucune des deux ne te plaira, répondit son cousin d'un ton neutre.

Le cœur de Benji se serra.

— Vas-y, Parker, annonce la couleur, dit-il en reposant sa tasse et en le regardant droit dans les yeux.

— Hier, je suis passé à la boutique de Kayleigh pour choisir un cadeau pour ma mère.

— Pourquoi chez Kayleigh ? Tu ne l'aimes pas, et elle te le rend bien ! remarqua Benji avec un petit gloussement.

La relation amour-haine entre Parker et Kayleigh Jemison datait de leur enfance. Au début ils étaient proches, mais ensuite il avait choisi des amis plus populaires pendant un certain temps. Elle ne le lui avait jamais pardonné, et n'appréciait pas beaucoup les Abbott d'une façon générale.

— Ma mère et ma sœur aiment les bijoux qu'elle vend. Mais ce n'est pas la question. La question, c'est que Kayleigh t'aime beaucoup, depuis toujours. Elle a donc ressenti le besoin de me renseigner sur quelques points.

Benji se contracta. Ce petit jeu le lassait déjà.

— Quels points ? demanda-t-il sèchement.

— Tu savais que la famille de Sloane était très près de perdre sa ferme ?

— Oui.

— Tu savais aussi que Sloane était menacée de perdre son appartement de Nashville ?

Benji hocha la tête en buvant une gorgée de café.

— Je sais tout ça. Mais comment Kayleigh le sait-elle ? Les finances et les affaires de Sloane et de sa famille ne regardent personne. Pourquoi font-elles l'objet des commérages de la ville ?

Il comprenait soudain la réticence de Sloane à revenir vivre à Magnolia Lake. Le taux bas de criminalité et le rythme de vie tranquille de la ville laissaient aux gens beaucoup d'oisiveté.

— Quelle importance ? demanda-t-il.

— Écoute… Sloane tombe enceinte de toi, un homme très riche qui a toujours eu le béguin pour elle. Elle n'a assisté à aucun enterrement ni à aucun mariage à Magnolia Lake pendant des années. Et voilà que soudain elle se présente au mariage de Blake, sachant que tu y seras, et vous finissez immédiatement ensemble dans un lit ? Tu trouves que c'est une coïncidence ?

— Pourquoi pas ?

Benji voulait y croire de toute son âme. Il était capable de pardonner beaucoup de choses, mais jamais il ne se remettrait d'avoir constitué une proie pour Sloane. Il chassa cette pensée horrible de son esprit. Ce n'était pas le genre de Sloane, point final.

— Tu connais mon point de vue sur les coïncidences, reprit Parker.

Il avala d'un trait l'expresso qui alimentait en permanence son esprit et lui permettait de supporter ses insomnies récurrentes.

En effet, Benji connaissait son opinion sur le sujet. De son côté, il s'interrogeait sur le fait que Sloane et lui aient conçu les jumeaux malgré les moyens contraceptifs utilisés.

Pourtant ce matin, il n'avait pas la moindre envie d'écouter les sornettes théoriques de son cousin. Il se retenait presque de se boucher les oreilles comme un gamin jusqu'à ce que Parker se taise.

— Tu es un homme sensé, Benji. As-tu au moins fait un test de paternité ?

Le pouls de Benjamin s'accéléra, la colère le gagnait. Il fusilla son cousin du regard.

— Beau et Bailey ont neuf mois, pourquoi soulèves-tu ce sujet maintenant ? demanda-t-il.

— Je l'ai déjà fait plusieurs fois... Tu n'étais pas réceptif, c'est tout. Sans doute parce que c'est ta mère qui a suggéré ce test. Mais, au vu de cette nouvelle information, ma question semble valide. Je n'ai sans doute pas besoin de te demander si c'est grâce à toi que Sloane et sa famille ont soldé leurs dettes.

— La façon dont je choisis de dépenser mon argent ne regarde que moi, bon sang !

— Je ne comprends pas pourquoi tu accepterais de donner tout cet argent sans avoir la preuve formelle que...

À cet instant, Parker écarquilla les yeux, mimant une révélation :

— J'ai compris ! Tu as peur qu'ils ne soient pas de toi ! Tu crains que le monde que tu as construit avec Sloane ne s'écroule comme un château de cartes.

— Stop, Parker ! Ne t'avise pas de continuer dans cette voie.

D'ordinaire, malgré son intelligence brillante, Parker n'était pas doué pour la psychologie. Pourtant aujourd'hui il avait décidé de faire preuve de sagacité. S'il n'avait pas été dans le collimateur de son cousin, Benji aurait pu être fier de lui.

Certes, il ne ressentait aucun doute réel au sujet de sa paternité. De plus, Beau et Bailey possédaient beaucoup de ses traits. Mais peut-être dans un recoin secret de son cœur existait-il une part obscure de lui-même qui cultivait les accusations formulées par sa mère contre Sloane. Et Parker avait mis le doigt sur ce recoin secret.

— En dépit des blagues de Sloane avec ta sœur sur le fait qu'il lui faudrait un homme richissime pour sortir sa famille de ses difficultés financières, tu persistes à croire que votre rencontre est pure coïncidence ? insista Parker.

— Oui.

— Même si, le jour du mariage, Sloane a dit à Kayleigh qu'elle avait un plan pour éponger ses dettes ? À mon avis, vieux, ce plan, c'était toi.

— Bon sang, Parker ! s'exclama Benji en tapant du poing sur la table. Je ne vais le dire qu'une fois, alors écoute bien ! Sloane a déjà reconnu qu'elle et Délia avaient plaisanté à ce sujet, bien avant que je vende ma compagnie. Elle blaguait, Parker. C'est un concept avec lequel tu n'es peut-être pas familier, mais elle n'était pas plus sérieuse sur le sujet que Délia elle-même. Je répète, c'était une plaisanterie. Tu aimerais que les gens prennent tout ce que tu dis au pied de la lettre ? Même tes blagues ?

— Je n'ai pas le temps de blaguer, répondit Parker sans le moindre humour.

L'espace de quelques minutes, Benjamin avait oublié à quel point Parker était terre à terre et sérieux jusqu'au bout des ongles. L'humour et les sarcasmes le dépassaient souvent. En général Benji défendait son cousin en toutes circonstances mais, là, il était furieux contre lui.

— Bon, dit-il, pour une fois dans ta vie, ne t'applique pas cette question à toi-même. Pense en termes plus généraux... Aux réactions des autres.

— Et son plan pour régler ses dettes, ça ne t'ébranle pas ? demanda Parker.

— Je ne connais rien à ce plan, répondit Benji. Mais je sais une chose, il n'avait rien à voir avec moi. On laisse tomber le sujet ?

— Encore une chose. Tante Connie m'a chargé d'un message. Elle veut que tu lui amènes les jumeaux en visite. Qu'ils soient de toi ou pas, tu as décidé de les élever, et Beau et Bailey deviennent de fait ses petits-enfants. Elle souhaite les connaître.

— Je n'ai pas changé de numéro de téléphone, que je sache,

répondit Benjamin en regardant par la fenêtre. Si elle a quelque chose à me dire, elle peut me téléphoner. Ou, encore mieux, venir me voir. Ce serait courtois de sa part, comme je l'ai été envers eux. Et je ne lui amènerai pas les petits si leur mère n'est pas la bienvenue.

— C'est équitable, reconnut Parker. Si ta famille souhaite te parler, et peut-être même s'excuser, tu ne les rejetteras pas, n'est-ce pas ?

La colère et la peine se disputaient le cœur de Benji. Il commanda un autre café.

— Alors ? insista Parker avec impatience. Je ne suis peut-être pas très sociable, mais je reconnais l'importance de la famille. Tu es très heureux avec Sloane et les jumeaux, mais ta famille te manque certainement.

— Ça a été leur choix, pas le mien.

— Je sais, répliqua Parker d'un ton calme. Mais, depuis des mois, tu es dans une impasse. S'ils sont assez humbles pour reconnaître leur part de responsabilité, serais-tu assez magnanime pour l'accepter ?

Au début, la question ne se serait pas posée, Benjamin aurait acquiescé de bon cœur. Mais plus la situation s'embourbait, plus le pardon lui paraissait difficile.

— Les jumeaux auront un an dans quelques mois, plaida Parker d'une voix conciliante. Ils n'ont encore jamais rencontré leurs grands-parents, ni leur tante, ni leur cousin. Ce n'est pas ainsi que nous avons été élevés, Benji. Nous sommes une famille. Nous agissons parfois bêtement et faisons de graves erreurs, mais nous nous pardonnons mutuellement et nous avançons.

— Je vais y réfléchir, répliqua Benji en remerciant la serveuse d'un signe de tête.

Les yeux de Parker scintillèrent soudain. Il hocha la tête en direction de quelque chose derrière son cousin.

— Tu ferais mieux de réfléchir vite, mon vieux, dit-il.

Sa tasse de café à la main, Benji se retourna.

Délia se tenait près de lui, le visage empreint de tristesse.

— Bonjour Benji, dit-elle. Nous pouvons nous parler ?

14

Benji scruta son cousin en soupirant, puis il indiqua à Délia de prendre le siège que Parker occupait jusqu'ici.

Ce dernier se leva et régla sa note.

— Laisse tomber, intervint Délia.

Parker la remercia en souriant, puis tourné vers la serveuse :

— Ajoutez à la note deux beignets et un autre café, s'il vous plaît !

— Radin !

Le frère et la sœur avaient prononcé le mot ensemble. Ils ne se permirent pas d'éclater de rire, mais leurs visages s'adoucirent.

— C'est toi qui as demandé cet entretien ? dit Benji au bout d'un moment en sirotant son café relevé par une note de bourbon.

Délia retira son manteau et commanda une boisson.

— Benji, tu es mon frère, et je t'aime. Je te présente mes excuses pour la façon dont je me suis comportée. Sloane est... était ma meilleure et plus ancienne amie, dit-elle en essuyant une larme. J'étais blessée qu'elle ait couché avec mon petit frère et ne m'avoue même pas qu'il était le père de ses jumeaux.

Benji ne réagit pas et résista à l'impulsion de réconforter sa sœur. Délia s'était montrée cruelle envers Sloane, elle devait en supporter les conséquences. Tant pis si elle se retrouvait assise en face de lui, à baigner dans l'absurdité des accusations portées contre son amie.

— Je ne peux pas parler à la place de maman, mais c'est moi qui ai fait tout ce bruit autour de mon amitié avec Sloane.

C'était injuste envers toi, envers mes petits-neveux, et envers Sloane aussi, qui a toujours répondu présente quand j'ai eu des problèmes. J'aurais dû dépasser mes blessures personnelles et faire la même chose pour elle.

Elle se tapota les yeux de son mouchoir et acheva :

— C'est elle la meilleure personne de nous deux.

— J'apprécie tes remords, Délia, mais je ne peux parler qu'en mon nom propre. Il va falloir que tu parles aussi avec Sloane.

Un étrange éclair traversa le regard de Délia, elle détourna les yeux et se frotta l'oreille. Ce dernier geste ne trompait pas, elle lui cachait quelque chose.

— Tu me manques, mon petit frère, dit-elle en le regardant de nouveau en face. Et tu manques à Evie.

— Vous aussi, vous me manquez, répondit Benji. Comment vont papa et maman ?

— Tu veux la vérité ? Maman est malheureuse, ça ne va pas très bien avec papa. C'est lui qui a insisté pour que nous venions tous à Magnolia Lake te parler. Il s'oppose enfin à maman.

— Mieux vaut tard que jamais. Ils sont donc en ville eux aussi ?

— Ils vont arriver dans une heure à peu près, répondit Délia en consultant sa montre. Moi, je suis arrivée hier.

Un silence gêné s'instaura entre eux. Puis :

— La paternité te va bien, dit Délia d'une voix brisée. Tu étais déjà un très bon oncle, mais tu es un père incroyable.

— Comment tu peux en juger ?

Délia soupira et se mordit la lèvre.

— Tout d'abord, promets-moi de ne pas te mettre en colère ou de renier tes promesses, dit-elle.

Le cœur de Benji se serra.

— Envers qui ? demanda-t-il.

— Sloane, murmura Délia.

— Tu lui as parlé ?

— Pas exactement. Elle me parle par l'intermédiaire de ce blog privé où elle tient une sorte de journal vidéo. Elle partage de jolies petites anecdotes sur votre vie familiale et poste des photos de vous et des jumeaux. Ce n'est pas public, et elle n'utilise pas vos vrais prénoms. Sloane m'envoie le lien chaque fois qu'elle ajoute quelque chose.

— Fais-moi voir ce blog, demanda Benjamin en tendant la main.

Délia sortit son smartphone de son sac, se mit sur le blog et le tendit à son frère.

Benjamin fit dérouler les photos de Beau et de Bailey, regarda deux vidéos montrant les progrès des jumeaux, et Sloane louant les qualités paternelles de Benji.

Une colère montait en lui. Pourquoi lui avait-elle dissimulé cette activité ? La confiance était déjà un point sensible dans leur relation et voilà qu'il découvrait un nouveau secret qui les séparait. D'un autre côté, les louanges qu'il venait d'entendre le touchaient.

Il se frotta la joue en regardant un clip après l'autre. Il envoya le lien sur son propre portable, puis rendit son smartphone à sa sœur. Soudain la seconde requête de Délia lui revint à l'esprit.

— Tu m'as demandé de ne pas revenir sur ma promesse envers Sloane, dit-il. Elle t'a tout raconté ?

Délia hocha la tête.

— Elle m'a parlé de son appartement et de la ferme. Elle se sentait coupable de ne pas m'avoir tout raconté, elle craignait que cette dissimulation donne du poids à mon accusation. C'est pour ça qu'elle a tenu à m'informer. Elle était prête à prendre le risque de te faire reculer sur le contrat moral que vous avez passé entre vous. Elle ne supporte pas d'être la cause de la rupture dans notre famille, et m'a dit de faire ce que je voulais de l'information qu'elle me donnait.

— Tu l'as dit à papa et à maman ?

— Je n'ai rien dit à personne. Mais tu sais bien que maman pensera que ça confirme ce qu'elle pensait. À savoir que Sloane a fait tout ça pour l'argent.

Les rumeurs se propagent vite dans les petites villes. Si Délia lui affirmait n'avoir rien dit à personne, il la croyait.

— Je sais que Sloane n'aurait pas dit ça dans un blog, dit-il.

— Non, bien sûr. Elle l'a inclus dans le premier mail qu'elle m'a envoyé. Mais je n'ai jamais répondu à aucun de ses mails ou de ses appels téléphoniques.

— Pourquoi pas ?

— Je n'étais pas prête à lui pardonner. Pour être tout à fait honnête, je suis encore un peu blessée. Mais elle me manque, et je finirai par lui pardonner. Pour le moment, c'est toi que je voulais rencontrer pour te présenter mes excuses.

Délia tendit la main vers lui. Elle parut soulagée qu'il ne retire pas la sienne.

— Je sais que le monde te considère comme un homme d'affaires puissant et prospère, et je suis très fière de toi. Mais une partie de moi continue à te voir comme mon petit frère naïf que je dois protéger.

— Je prends note... Mais je suis un grand garçon, maintenant, contra-t-il avec un petit sourire.

— Encore une chose, dit Délia en buvant une gorgée de café. J'étais contre votre relation, au début, mais Sloane et toi allez très bien ensemble. Je suis certaine qu'elle t'aime autant que tu es fou d'elle.

— Elle t'a aussi dit ça dans son courriel ?

— Ce n'était pas la peine de le dire. Ton amour pour elle et les jumeaux éclate dans les vidéos. Et son amour pour toi... est évident quand elle s'extasie devant tes qualités. J'aimerais penser qu'elle a cherché à me joindre pour sauver notre amitié. Mais la vérité c'est que... elle l'a fait pour toi, parce qu'elle tient profondément à toi. Tu vis avec elle depuis un an et tu ne t'en rends pas compte ?

Bien sûr, il sentait l'attachement de Sloane, et il appréciait à sa juste valeur son désir de le voir renouer avec sa famille. Mais il butait sur un point : elle l'avait trahi une nouvelle fois.

Ils s'étaient mutuellement juré de garder le secret sur leur arrangement financier. Quand Sloane avait eu ce grand désir de le dire à Délia, elle aurait dû lui en parler d'abord, au lieu d'agir derrière son dos en espérant que tout se passerait bien.

Il l'aimait, ça ne faisait aucun doute. Pourtant, s'ils devaient construire un avenir ensemble, il fallait que la confiance règne entre eux.

En ce moment, ce n'était pas vraiment le cas.

15

— Je m'habituerais très bien à ce style de vie, déclara Abby Sutton.

Sur ce, elle s'enfonça davantage dans la baignoire de boue qu'elle partageait avec Sloane. Toutes les deux avaient relevé leurs cheveux dans des turbans en microfibres.

— Ne t'avise surtout pas de t'y habituer, rétorqua sa fille en soupirant d'aise dans la boue chaude qui lui décontractait les épaules. Tout cela n'est qu'une heureuse surprise.

— J'espère que Benji te surprendra de nouveau bientôt…

À cet instant, le téléphone de Sloane vibra. Elle sortit à contrecœur une main de la boue. Un nœud se forma dans son estomac à la vue du numéro affiché sur l'écran.

Remarquant son émotion, sa mère s'enquit :

— Qui est-ce ?

— C'est Délia.

— Je croyais que la famille de Benji ne t'adressait plus la parole, et que Benji ne leur parlait plus non plus ?

En effet. C'est pourquoi ce coup de téléphone la prenait au dépourvu. Elle n'avait pas informé sa mère qu'elle essayait de communiquer avec Délia depuis des mois, efforts demeurés vains jusqu'à maintenant. Avant qu'elle ait eu le temps de répondre, l'appel fut transféré vers son répondeur. Elle en fut soulagée. Mais le téléphone sonna de nouveau et, cette fois-ci, elle répondit.

Délia parut surprise d'entendre sa voix.

— Je n'étais pas sûre que tu aies envie de me répondre, dit-elle d'emblée. Je ne t'en blâmerais pas. Ma famille et moi avons été horribles envers toi.

Estomaquée, Sloane ne réagit pas.

— Je te demande pardon, reprit Délia. Jamais je n'aurais dû dire les choses horribles dont je t'ai accusée. Je te connais trop bien pour penser que tu aies pu blesser mon frère volontairement.

La voix de Délia hésitait.

— Mais ? proféra Sloane.

— Mais je n'ai pas encore tout surmonté. Je suis blessée que tu aies gardé le nom du père pour toi, sans m'en parler, et surtout sans en parler à Benji.

La voix de Délia flancha, mais elle se reprit :

— Il aime tant ces bébés, et tu t'apprêtais à les priver de lui.

— Je sais. C'est un père si formidable.

Des larmes roulèrent le long des joues de Sloane, elle renifla et poursuivit :

— Je me demande souvent ce qu'auraient été leurs vies si Benji n'était pas venu à Nashville. J'aurais gâché leur existence et la sienne. Je ne sais pas si je me le pardonnerai un jour.

— Je te crois. Tu avais tort sur toute la ligne, mais je comprends que tu croyais bien faire. Je ne suis pas encore prête à faire vraiment la paix avec toi, mais je voulais que tu saches que j'y travaille, parce que ma meilleure amie me manque.

— À moi aussi, répondit Sloane, qui maîtrisait mal sa voix.

— Encore une chose. Ceci n'est pas une excuse officielle de la famille Bennett. Je ne parle qu'en mon nom. Ma mère… Disons qu'elle n'est pas prête.

Quand Délia raccrocha, Sloane était en larmes.

C'était un premier pas vers la réconciliation entre deux amies de longue date. Ne pas avoir Délia dans son camp pendant toute cette année avait été une blessure profonde.

— Je sais que c'est douloureux, ma chérie, mais c'est en bonne voie, la consola Abby d'une voix rassurante.

Sloane eut soudain envie que sa mère la serre dans ses bras.

Le téléphone sonna de nouveau.

— C'est encore Délia ?

— Non, répondit Sloane, c'est Garrett Hyatt.

— Ton ancien patron de la maison de disques de Nashville ? Qu'est-ce qu'il veut ?

Sloane n'en avait pas la moindre idée. Elle répondit :

— Sloane Sutton à l'appareil.

— Salut Sloane. C'est Garrett. Ça fait longtemps que...

— Que tu m'as licenciée ?

— Que tu as donné ta démission, corrigea Garrett avec une certaine mauvaise foi. De toute façon, je voulais savoir comment tu allais et comment les choses évoluaient pour toi. J'ai vu les photos des jumeaux que tu as envoyées à Natalie. Beau et Bailey sont des gosses adorables. Quel âge ont-ils ? Un an ?

— Neuf mois, et merci.

Garrett se lança dans une histoire d'enregistrements, mais Sloane l'interrompit abruptement :

— Écoute, je suis en thalasso, dans la boue jusqu'au cou en cet instant. Tu voulais me dire quelque chose en particulier ?

— Oui, viens prendre ton poste, celui que tu voulais et que nous aurions dû te donner depuis le début.

— Le poste de directrice de création ? Que s'est-il passé avec la femme que vous aviez embauchée ?

— Elle n'a pas su s'adapter à notre façon de travailler et n'a pas accompli les efforts nécessaires pour apprendre.

— Dommage...

— Alors, qu'est-ce que tu en penses ?

— De quoi ?

— Allez, Sloane, ne fais pas la maline.

Garrett se montrait un brillant professionnel, mais sur le plan humain, il n'excellait pas.

— Que penses-tu de mon offre ? répéta-t-il.

— Je ne vis plus à Nashville, dit-elle d'un ton distant. N'ayant plus d'emploi, je suis retournée à Magnolia Lake.

Il se racla la gorge.

— Je suis désolé pour ce qui s'est passé, dit-il. Mais si tu acceptes ce poste, tu seras payée vingt pour cent...

— Non.

— Vingt-cinq pour cent...

Sloane resta de marbre.

— Trente pour cent, renchérit Garrett.

— Si tu ne m'offres pas au moins une augmentation de cinquante pour cent, plus une prime, je raccroche et me replonge dans mon bain de boue.

— Tu es vraiment dans un spa ?

— Tu m'offres cette augmentation ou je raccroche ?

— Écoute, voilà la situation : nous avons deux artistes majeurs que nous essayons de convaincre de renouveler leur contrat. Mais ils sont formels : sans toi, ils ne signent pas. Les choses sont folles ici depuis quelques mois. J'ai vraiment besoin de toi.

— Est-ce que ça veut dire oui sur la somme que je propose, ou bien on augmente le chiffre de la négociation ? demanda-t-elle en bougeant ses orteils dans la boue.

— C'est oui. Alors, tu reviens ?

— Il faut que je réfléchisse, je dois consulter ma famille. Je te rappelle dans quelques jours. Au revoir, Garrett.

Elle raccrocha et se replongea dans la boue tiède.

— Tu as beaucoup appris de Benji, remarqua sa mère en riant. Il serait très fier de ta façon de négocier !

Les épaules de Sloane étaient de nouveau crispées. Comme le destin était étrange ! Elle venait d'obtenir le travail qu'elle visait depuis très longtemps, et au salaire qui l'intéressait. Et, avant d'être licenciée, elle avait déjà repéré la crèche idéale pour les petits.

Mais il y avait un sacré problème : elle ne pouvait à la fois accepter cet emploi convoité à Nashville et poursuivre la vie qu'elle s'était créée à Magnolia Lake avec Benji.

Il fallait choisir.

16

Quand Benji s'engagea dans son allée, le vieux pick-up d'Atticus Ames s'y trouvait garé. Le vieil homme rendait souvent visite aux jumeaux, qui le menaient par le bout du nez. Remué par sa conversation avec Parker et Délia, il ne se sentait pas d'humeur à se montrer sociable et cordial.

Le grand-père de Sloane était assis dans le grand salon, occupé à faire sauter Beau sur ses genoux. Le rire adorable de l'enfant remplissait l'espace. Malgré l'anxiété qui lui contractait la poitrine, Benji ne put s'empêcher de sourire.

— Bonjour, monsieur Ames, dit-il en serrant la main du vieil homme.

Atticus se racla la gorge avant de déclarer :

— Si nous étions un peu moins formels ? Nous sommes pratiquement de la famille, vous et moi.

Beau tendit les bras vers son père en chantant :

— Pa, pa, pa.

— Salut, mon gars, répondit Benji en lui ébouriffant les cheveux avant de le prendre dans ses bras.

Il éluda la remarque du vieil homme. Il le connaissait depuis son enfance et l'avait toujours appelé « monsieur Ames ». Ils n'étaient pas assez proches pour lui donner du « grand-père » comme le faisait Sloane, et il se refusait à l'appeler par son prénom.

Malgré son intense désir de consacrer son temps à ses enfants et à Sloane, il s'enquit :

— Je peux faire quelque chose pour vous ?

L'homme se leva et caressa sa barbe grise.

— Simplement répondre à quelques questions, lâcha-t-il.

— À quel sujet ?

Le vieil homme remonta son pantalon haut sur sa taille.

— Quelles sont vos intentions concernant ma petite-fille ? Jusqu'à présent, je me suis tu parce que Sloane et Abby m'ont demandé de rester en dehors de ça. Mais ça fait un an que vous vivez ensemble, et je finis par me poser une question : si ma petite-fille est assez bonne pour tenir votre maison, pourquoi n'est-elle pas assez bien pour que vous l'épousiez ?

Sloane n'avait donc pas informé son grand-père de sa désormais lointaine proposition de mariage ? Comment l'en blâmer ? Il s'y était mal pris. Si elle n'avait pas jugé utile de le dire à son grand-père, ce n'était pas à lui de le faire.

— Monsieur Ames...

— Vous avez été très généreux envers ma famille, j'apprécie tout ce que vous avez fait pour nous. Vous avez amplement prouvé que vous étiez un homme bien, et vos sentiments envers Sloane sont évidents. Mais je ne peux vous regarder utiliser ma petite-fille puis la rejeter, sans réagir.

Le vieil homme commençait à agacer Benji.

— Je n'utilise pas Sloane, rétorqua-t-il sèchement, et je n'ai aucune intention de la rejeter. Elle a toujours été précieuse à mes yeux.

Devant le ton sévère, Atticus Ames baissa la tête.

— Je n'ai pas toujours été un bon grand-père, reprit-il, mais ce n'est pas faute d'aimer ma petite-fille. Je voulais le meilleur pour elle, tout en étant très maladroit. Je m'en suis excusé auprès d'elle.

Il se rassit, comme si le poids de cette confession était trop lourd à supporter.

Livie entra à ce moment-là, Bailey sur sa hanche. Benji embrassa sa fille puis demanda à la nourrice d'emmener les enfants dans leur chambre.

Lorsqu'elle fut sortie, il prit place sur le canapé à côté du vieil homme.

— Je n'aurais pas dû vous parler de la sorte, dit-il.

— Pas la peine de vous excuser. Je sais très bien qui je suis, qui j'ai été. Dans le passé, je n'ai su soutenir ni Abby ni Sloane. Mais je suis reconnaissant de pouvoir faire amende honorable.

Le visage empreint de chagrin et de regret, il poursuivit :

— Le pontage que j'ai subi m'a ouvert de nouvelles perspectives de vie. Et vos enfants si adorables m'ont donné une chance de me rattraper un peu.

— Je vous remercie d'avoir été là, Abby et vous, depuis le début, répliqua Benji en pensant à sa propre famille. Et je suis heureux que les jumeaux vous connaissent et vous aiment.

— Vous aimez vos enfants, ça crève les yeux, et je sais que vous aimez aussi ma petite-fille.

— En effet, je l'aime profondément, répondit Benji d'une voix contrainte, le cou et les épaules contractés.

— Il y a un « mais » dans votre réponse, je me trompe ?

Benji laissa échapper un soupir avant de reconnaître :

— Je me demande parfois si je suis le seul investi émotionnellement dans cette relation.

— Vous pensez que Sloane n'est pas attachée à vous ? s'étonna Atticus Ames. Pour quelle autre raison serait-elle ici avec vous ?

Benji le regarda droit dans les yeux.

— Vous avez des moyens très importants, concéda le vieil homme. Vous pouvez lui offrir tout ce qu'elle veut. Mais Sloane n'est pas du genre à mâcher ses mots. Si elle ne voulait plus être ici, elle vous le ferait savoir. Et, si elle ne vous aimait pas, vous le sentiriez, je peux vous l'assurer.

— Même si c'était dans son intérêt de me le faire croire ?

Devant Parker, il avait défendu Sloane, mais les accusations de son cousin avaient fait mouche.

Blessé, Atticus Ames se leva et se dirigea vers la porte.

— Vous connaissez mal ma petite-fille, lâcha-t-il.

Benji se leva également et protesta :

— Je connais Sloane et je suis plus attachée à elle et aux jumeaux qu'à quiconque. Mais il est difficile d'ignorer les circonstances et les rumeurs qui courent en ville.

Atticus se retourna, désapprobateur.

— Je vous croyais assez fort pour ne pas tenir compte des racontars, mais je me suis trompé, lança-t-il. Si vous pensez, ne serait-ce qu'une minute, que Sloane soit capable d'une telle manigance…

Il passa une main rageuse dans ses cheveux clairsemés et acheva :

— Dans ce cas, autant vous séparer tout de suite. Pour le bien de Sloane, le plus tôt sera le mieux.

— Monsieur Ames… Atticus.

Benji rattrapa le vieil homme sous le porche et posa une main apaisante sur son épaule.

— J'aime Sloane plus que tout, et je souhaite ardemment vivre avec elle, dit-il.

Le vieil homme se retourna, le visage adouci.

— … dans ce cas, fiston, laissez-moi vous donner un conseil. Ne faites pas les mêmes erreurs que moi. Ne laissez pas Sloane douter de la solidité de votre amour. Et n'essayez pas de la contrôler. Sans ça, elle vous combattra frontalement, et je peux vous dire d'expérience que vous n'en sortirez pas vainqueur.

Sur ces paroles, il vissa sa casquette sur son crâne, monta dans son pick-up et mit le contact.

Comme il s'éloignait, son conseil avisé se mit à trotter dans la tête de Benji, déjà surchargée par les événements de la journée. Une chose paraissait très claire : dans leur relation, lui et Sloane devaient démêler le vrai du faux. Et cela ne pouvait attendre son retour.

Sloane enfila sa robe de chambre et se hâta vers la porte de sa chambre d'hôtel. À 22 heures passées, quelqu'un frappait comme un forcené. Il devait y avoir urgence.

Regardant par l'œil-de-bœuf, elle ouvrit précipitamment.

— Benji ! Que se passe-t-il ? Beau et Bailey vont bien ?

— Ils sont en pleine forme. Je les ai nourris et couchés avant de les confier à Livie pour la nuit.

— Mon grand-père, alors ?

— Il va bien aussi, répondit Benji en refermant la porte derrière lui.

Prenant la main de Sloane, il la conduisit jusqu'au canapé. Le cœur de la jeune femme cognait dans sa poitrine. Quelque chose ne tournait pas rond, ce n'était pas possible autrement.

— Dans ce cas, quelle urgence y avait-il à venir me parler en pleine nuit ? demanda-t-elle.

Il se racla la gorge et se lança :

— Sloane... Je... Sloane Sutton, je t'aime. Toi et les petits, vous êtes tout pour moi, et je ne veux jamais me retrouver sans vous. Je t'ai donné jusqu'au premier anniversaire des jumeaux pour décider si tu veux rester avec moi. Mais, en ce qui me concerne, je ne peux attendre plus longtemps pour t'exprimer mes sentiments.

Son sourire franc et doux rappela à Sloane le petit garçon qu'elle avait connu si longtemps auparavant.

— Tu as l'air stupéfaite, remarqua-t-il d'un air inquiet.

— Benji, j'aime infiniment vivre avec toi et élever nos petits à deux. Mais autant j'aime la famille que nous formons, autant je suis triste d'avoir causé ta rupture avec ta propre famille.

Elle essuya ses larmes d'un revers de sa main libre et secoua la tête.

— Tu essayes de le cacher, reprit-elle, mais le chagrin de ne plus voir ta sœur ni tes parents assombrit ton cœur.

— C'est la rupture entre ma famille et moi qui t'empêche de m'accepter pleinement ? demanda Benji en caressant la joue de Sloane. Je te rassure, tu n'es en rien fautive. De plus, j'ai parlé avec Délia aujourd'hui.

— Je le sais, et je suis pleine d'espoir concernant notre relation. En revanche, ta mère n'a pas bougé d'un pouce.

Il laissa retomber sa main et s'enquit :

— Délia m'a montré ton blog et m'a parlé de tes mails. Pourquoi as-tu pris le risque de lui parler de l'argent et de rompre notre accord ?

— Parce que j'ai détruit ta famille, comme j'ai détruit la mienne, répliqua-t-elle en se passant une main lasse sur le visage. Il semble que je sois très douée pour ça.

— De quoi parles-tu ?

— Quand ma mère est tombée enceinte de moi, ça a assombri sa relation avec grand-père, et ça a détruit la relation de mon père avec sa propre famille. Des années plus tard, je suis la cause de la brouille avec ta famille depuis presque un an. Aujourd'hui, quand j'ai entendu le chagrin dans la voix de Délia... Je ne peux pas vivre avec la pensée d'avoir détruit le clan Bennett, et tant que nous vivons ensemble...

— Tu t'éloignerais de moi dans le seul but de réconcilier ma famille ? demanda Benji d'une voix très calme. J'apprécie que tu tiennes à ce point à moi, Sloane, mais je suis adulte. J'ai choisi de vivre avec toi, tout comme ma mère et ma sœur ont fait leurs choix.

— Tu vois les choses de cette façon pour le moment. Mais que se passera-t-il dans deux ans, quand tu verras en moi la femme qui a déchiré ta famille ? M'aimeras-tu encore, à ce moment-là ? Ou bien te réveilleras-tu un matin en me détestant, comme c'est arrivé à mon père ?

— Ma chérie, jamais je n'éprouverai ces sentiments horribles envers toi, ni envers nos enfants.

L'attirant contre lui, il sécha les larmes qui roulaient le long de ses joues.

— Je t'aime, lui murmura-t-il, je t'ai toujours aimée.

— Ce n'était pas de l'amour, à l'époque, Benji, c'était un béguin.

Elle se dégagea de son étreinte et le regarda.

— Parfois, j'ai peur que ce ne soit toujours qu'un béguin, dit-elle.

Il l'attira de nouveau contre lui.

— Je sais que tu ne le crois pas, mais je t'aime vraiment depuis que j'ai dix ans. À l'époque, je ne savais pas au juste ce que je ressentais, je savais seulement que tu étais une des personnes les plus importantes au monde pour moi, et que tu le serais toujours. L'année que nous venons de passer ensemble a de toute évidence confirmé cette certitude. Nous sommes faits l'un pour l'autre.

Le cœur gonflé d'amour, elle le regarda droit dans les yeux. Il y avait tant de choses qu'elle mourait d'envie de lui dire, pourtant les mots ne franchissaient pas ses lèvres.

Son silence ne troubla pas Benji, qui poursuivit :

— Je remercie le destin pour le mariage de Blake et Savannah, pour le week-end au chalet, pour les jumeaux... Sans cela, je ne serais pas ici à t'enlacer, à te dire enfin ce que j'ai toujours voulu te dire. Je t'aime, Sloane, je veux vivre avec toi.

Quelque chose se détendit enfin en elle. Elle lui sourit et s'abandonna contre lui.

— Moi aussi, je t'aime, Benjamin Darnell Bennett.

Il lui prit le visage entre ses mains, leurs bouches se rencontrèrent, leurs langues se mêlèrent. Sloane déboutonna la chemise de son homme et glissa ses paumes le long des muscles déliés de son buste.

Quand Benji détacha ses lèvres des siennes, il avait encore un point à éclaircir :

— Au mariage, quand tu as dit à Kayleigh Jemison que tu avais un plan pour te débarrasser de tes dettes...

— Elle a cru que je parlais de toi ? s'exclama Sloane, incrédule.

Kayleigh et elle n'étaient pas proches, mais elles se connaissaient assez bien pour que Sloane soit blessée de pareil soupçon.

— C'est pour ça qu'elle se comporte si bizarrement avec moi chaque fois que je la croise en ville ? demanda-t-elle.

— Sans doute. Mais ne sois pas en colère contre elle, elle m'en a seulement parlé parce qu'elle craignait...

— Elle craignait que je profite de toi, acheva-t-elle, les yeux étrécis… C'est ce que tu penses, toi aussi ? Que me faire faire un enfant par un milliardaire résoudrait mes problèmes financiers ?

Cabrée, elle se dégagea de l'étreinte de Benji.

Sans répondre, il détourna les yeux. Sloane sentit son cœur se briser.

Mais il protesta aussitôt en la retenant :

— Non, je n'ai jamais cru que tu puisses être si froide, si calculatrice. Mais je n'aurais jamais cru non plus que tu me dissimulerais l'existence des jumeaux.

Baissant les yeux, elle reconnut :

— Je sais que j'avais tort, mais je cherchais à te protéger.

— Comme tu l'as fait en rompant notre accord, et en révélant à Délia notre arrangement financier ? demanda-t-il d'une voix tendue.

— Je ne voulais pas qu'elle le découvre par l'intermédiaire de quelqu'un d'autre. Et je ne supportais plus que vous ne vous parliez plus à cause de moi.

— Si ça t'était aussi insupportable, tu aurais dû m'en parler, et nous aurions trouvé une solution ensemble. Écoute… Je t'aime. Mais, si tu veux que je te fasse confiance, il faut que tu commences par me faire confiance aussi. Dans cette relation, nous devons être des partenaires égaux. Je ne veux pas d'un couple comme celui de mes parents, dans lequel une personne exerce unilatéralement le pouvoir et contrôle tout, pendant que l'autre se contente de suivre.

Il lui reprochait de se comporter comme Connie Bennett, sa mère ? songea Sloane. Pire, elle lui en avait elle-même fourni l'occasion.

— Benji, excuse-moi, dit-elle en lui prenant la main. Je ne me rendais pas compte… Moi non plus, je ne veux pas de ce déséquilibre dans notre vie familiale. Je me suis convaincue que je faisais ça pour toi. Mais, en fait, une partie de moi essayait sans doute de reprendre le contrôle de ma vie. Avant de te rencontrer, je faisais tout par moi-même, et tout à coup c'est toi qui as pris les rênes, fait tous les choix. J'éprouvais peut-être un peu de ressentiment. Je te demande de me le pardonner.

L'enlaçant, il l'allongea sur le canapé.

— Ça vient de moi aussi, expliqua-t-il à son tour. Je compensais un peu trop, pour ne pas ressembler à mon père. Je cherchais aussi à te prouver que je n'étais plus le petit garçon que tu protégeais autrefois.

— Ça faisait beaucoup de problèmes à régler, constata Sloane en souriant.

Tous les deux éclatèrent de rire.

— Promettons-nous de ne plus jamais avoir de secrets l'un pour l'autre, proposa Benji. Dans notre vie commune, nous formons une équipe, d'accord ? Je ne te poserai plus d'embuscade pour une nourrice, ne t'imposerai plus de chef cuisinier inattendu, ni d'architecte d'intérieur. Ça te va ?

— D'accord, répondit-elle en lui plaquant un baiser sur la bouche. Tu es absolument sûr de toi ?

— Plus que jamais.

Dans les yeux profonds de Benji, elle lut un amour comme elle n'en avait jamais connu. Un amour dont elle ne supporterait pas de se passer.

La solution au problème posé par la proposition de Garrett devenait claire comme de l'eau de roche. Sa vie à Nashville avait certes été agréable. Mais celle que Benji, les jumeaux et elle se bâtissaient à Magnolia Lake la surpassait de loin.

Elle ouvrait la bouche pour parler à Benji de l'offre d'emploi qu'elle avait reçue, mais il l'emporta dans un baiser brûlant qui les consuma bientôt tous les deux.

Il lui fit l'amour avec tendresse et passion. Quand elle s'endormit contre lui, elle n'éprouvait plus le moindre doute.

Sa place se trouvait dans les bras de cet homme.

17

Benji prit un petit déjeuner matinal avec Sloane et sa mère avant de repartir s'occuper des jumeaux. Après avoir passé quelques heures avec eux, il se rendit en voiture chez ses parents.

Tout en grimpant les marches qui menaient à la maison de son enfance, il remarqua les plates-bandes préparées par sa mère.

Des gueules-de-loup.

Il sourit au souvenir des fleurs qu'il avait apportées à Sloane pour la Saint-Valentin, à son retour du Japon. Ce jour-là, il avait pour la première fois entendu parler de Bailey et Beau, il les avait sentis bouger dans le ventre de leur mère. Un événement inoubliable.

Il inspira profondément et appuya sur le bouton de la sonnette.

Son père ouvrit la porte. Un lent sourire illumina son visage.

— Benji ! dit-il en lui donnant une accolade. Mon fils, c'est bon de te revoir.

— Toi aussi, papa.

Au fil des semaines, son père lui avait écrit des mails, envoyé des textos, l'avait parfois appelé au téléphone. Tout cela dans le dos de sa mère. Son inertie avait attisé la colère de Benji. Jusqu'à cet instant précis.

— Délia m'a montré des photos de Beau et Bailey, dit-il, les larmes aux yeux. Ils sont magnifiques, fiston. J'ai hâte de les voir.

— On va voir comment les choses évoluent, papa, répondit Benji en lui emboîtant le pas, les mains fourrées dans ses poches.

— Non ! affirma Rick Bennett en posant une main sur

l'épaule de son fils. Cette querelle idiote prend fin aujourd'hui. Jusqu'ici, j'ai été beaucoup trop indulgent avec ta mère. Quoi qu'il advienne entre elle et toi, je me désolidarise de son attitude, et suis prêt à faire la paix avec toi et Sloane. Je veux voir mes petits-enfants. Aujourd'hui.

— D'accord, papa, détends-toi, dit Benji en plaçant ses mains sur les épaules de son père.

Rick Bennett était toujours resté en retrait au sein de la famille, c'était étrange de le voir soudain s'enflammer.

— Où est maman ? demanda-t-il.

— Dans le solarium, en train de faire semblant de ne pas avoir entendu la sonnette. Bonne chance, mon petit.

Benji n'attendait rien de la chance. Jamais il ne s'était senti aussi déterminé qu'en cet instant.

Aussi longtemps que sa mère et lui demeureraient dans cette impasse, sa vie avec Sloane en serait partiellement gâchée. D'après Délia, ses parents stagnaient dans la même situation. Tout cela devait cesser. Il n'accepterait aucune compromission, aucune réponse négative.

Quand il entra dans le solarium, sa mère ne leva pas la tête de sa broderie. Appuyé au chambranle de la porte, il lança :

— Alors comme ça, tu fais faire ton sale boulot par Parker ?

Feignant la surprise, elle s'exclama :

— Benji ! Je vois que tu es venu seul ?

— Pourquoi amènerais-je ma famille dans une maison où ils ne sont pas les bienvenus ? demanda-t-il en croisant les bras.

Un rictus parcourut le visage de Connie Bennett, comme si les mots prononcés lui avaient causé une souffrance physique.

— On dirait que toi et Sloane avez créé votre propre petite famille, dit-elle. Une famille que tu préfères à la nôtre.

— Seulement parce que tu m'as obligé à choisir, rétorqua-t-il sans sourciller.

Elle rencontra enfin les yeux de son fils, poussa un soupir et l'invita à s'asseoir en disant :

— Tu es toujours chez toi, ici, tu sais.

— Je n'en ai plus l'impression, maman. Parce que, chez moi, c'est l'endroit où se trouvent Sloane et nos enfants.

Les yeux de sa mère s'emplirent de larmes.

— Sloane t'a jeté un sort ! Je savais que tu avais le béguin pour elle, mais jamais je n'ai imaginé cette évolution invraisemblable.

— J'aime Sloane, maman, j'aime nos enfants. Et j'aime notre vie ensemble. Je n'y renoncerais pour rien au monde, ni pour personne. Mets-toi ça dans la tête.

— Vous êtes tous très heureux, si je comprends bien.

— En effet. Une seule chose nous tracasse. Comme Sloane m'aime, elle ne supporte pas d'être la cause de notre rupture.

— Et pourtant, elle l'est bel et bien, dit Connie du ton de l'évidence.

— Faux ! C'est toi qui as fait ce choix. Que ça te plaise ou pas, Sloane est la femme que j'ai choisie. Elle et les jumeaux me rendent plus heureux que je ne l'ai jamais été. Tu es la seule personne à vouloir détruire ce bonheur.

— Je ne veux pas qu'une fille comme elle profite de toi.

— Une fille comme *quoi*, maman ? Pourquoi détestes-tu Sloane avec une telle hargne ? Qu'a-t-elle fait pour mériter cette rancœur ?

— Elle a eu une mauvaise influence sur Délia.

Benji éclata d'un rire amer.

— Pardon ? s'exclama-t-il. Il est temps que Délia et toi ayez une conversation à cœur ouvert. Tu devrais remercier Sloane d'avoir empêché Délia de faire davantage de bêtises que celles qu'elle a commises !

— Je ne te crois pas.

— Eh bien, parle avec Délia et nous verrons ensuite, dit-il en se levant.

Parvenu à la porte, il se retourna et lança :

— Encore une chose... La femme que tu prends pour une croqueuse de diamants... Je lui ai proposé de l'épouser le jour où j'ai appris pour les jumeaux. Elle a refusé. Et, pas plus tard qu'hier, elle était prête à me quitter plutôt que d'être un obstacle entre toi et moi. Ça, c'est un amour véritable, maman.

Les deux révélations semblèrent atterrer Connie Bennett.

— Benji, bredouilla-t-elle, j'aimerais connaître Beau et Bailey.

— Quand tu te seras excusée auprès de Sloane, je serai heureux de te les présenter, répondit-il, les mâchoires serrées, le cœur battant. D'ici là, je demeure intraitable.

Comme il franchissait le seuil du solarium, sa mère le rattrapa par le bras.

— Benji, dit-elle en laissant couler ses larmes. J'ai eu tort d'envenimer ce désaccord entre nous, et j'en suis désolée. Tu es toujours mon fils chéri et... tu as toujours eu un si grand cœur... Je ne voulais pas que quelqu'un profite de toi.

— Je sais que tu veux mon bien, maman, répondit Benji en se décontractant un peu. Mais, dans cette affaire, j'ai besoin que tu me fasses confiance.

Tapotant ses yeux avec son mouchoir, elle hocha la tête.

— Penses-tu que demain matin conviendrait à Sloane pour avoir une conversation avec moi ? demanda-t-elle.

Serrant rapidement sa mère contre lui, Benji soupira et répondit :

— Je pense que ça peut s'organiser.

Sloane arpentait le salon du chalet. Elle avait donné leur bain aux jumeaux, les avait nourris et habillés. Maintenant Livie s'amusait avec eux dans leur chambre.

Benji avait proposé de renoncer à sa vidéoconférence pour la soutenir dans la conversation avec sa mère, mais elle avait décliné. Elle refusait d'être couvée. Tout se passerait bien, avait-elle déclaré. Pourtant en ce moment, elle n'en était plus aussi sûre.

La sonnette retentit. Elle prit une profonde inspiration avant d'ouvrir la porte en souriant.

— Bonjour, madame Bennett, dit-elle. Entrez.

Il lui paraissait bizarre d'accueillir dans le chalet son ancienne propriétaire.

Connie regarda autour d'elle.

— Les travaux décidés par Benji ont complètement transformé les lieux, remarqua-t-elle. L'équipe de Cole fait toujours un excellent travail.

— Tout à fait, répondit Sloane. Ils ont aussi très bien rénové mon...

Elle s'interrompit. Ce n'était pas le genre de conversation qu'elle voulait avoir avec la personne qui l'accusait de vivre aux crochets de son fils.

Pour faire diversion, elle proposa une boisson à Connie mais celle-ci déclina. Toutes deux s'assirent sur le canapé.

— Écoutez, Sloane, dit Connie sans préambule, j'ai eu tort. Et je crains d'avoir toujours été injuste envers votre mère et vous. J'étais certaine que vous tiriez ma fille vers le bas. Mais, d'après ce que Délia m'a avoué, vous étiez au contraire mon alliée secrète, vous la canalisiez autant que vous le pouviez.

Sloane ploya un instant sous le choc de ces excuses inattendues, puis elle répondit :

— Délia était comme une sœur pour moi. Je veillais sur elle.

— En tant que mère de Benji, j'ai fait la même chose quand j'ai cru que vous profitiez de lui.

Décidée à demeurer calme, Sloane se redressa.

— Jamais je ne lui aurais fait ça, rétorqua-t-elle. Ni à personne, d'ailleurs.

— Benji vous croit, et je lui ai promis de faire confiance à son instinct.

— Merci. C'est très précieux pour moi.

— Il semblerait que les jumeaux et vous représentiez ce que mon fils a de plus précieux au monde, dit Connie avec l'ombre d'un sourire. Jamais auparavant il ne s'était opposé à moi avec cette détermination. Je crois vraiment qu'il est amoureux de vous depuis sa plus tendre enfance. Seul Benji pouvait trouver l'âme sœur à dix ans...

Le rire et les larmes se mélangèrent sur le visage de Sloane.

— Il vous a dit ça ? demanda-t-elle.

— Oui. J'ai beaucoup appris en vingt-quatre heures, et je vous considère sous un tout autre angle. J'ai été bien trop sévère à votre égard, toutes ces années. Je ne peux promettre de changer en une nuit. Mais je vous promets de vous donner une chance.

— Je n'en demande pas plus, répondit Sloane en essuyant ses larmes. Au fait, j'en ai parlé à Benji, j'aimerais beaucoup faire un test de paternité, pour dissiper les doutes que vous pourriez encore avoir.

— J'apprécie la proposition, répliqua Connie avec un sourire crispé. Mais j'ai vu des photos de Beau, il est le portrait tout craché de son père au même âge. Je n'ai besoin de rien d'autre.

Sloane hocha la tête, son cœur battait à tout rompre. Elle protégeait ses enfants comme une louve et se sentait un peu nerveuse à l'idée que Connie les rencontre enfin. Elle finit par se lever, se tordit les mains et suggéra :

— Aimeriez-vous... rencontrer les petits ?

De grosses larmes s'accumulèrent dans les yeux de Connie, qui hocha la tête :

— Cela me ferait très plaisir.

Sloane se rendit dans la chambre des jumeaux. Quelques instants après, elle et Livie revinrent avec les deux adorables bambins.

— Constance Bennett, je vous présente votre petite-fille et votre petit-fils, Bailey et Beaumont.

Le visage inondé de larmes, la mère de Benji les prit dans ses bras et les serra contre elle.

18

Une semaine s'était écoulée depuis que les parents de Benji avaient enfin fait la connaissance des jumeaux. L'avant-veille sa sœur et Evie leur avaient aussi rendu visite. La petite se trouvait sous le charme de ses deux jeunes cousins, et jamais Benji n'avait vu Délia et Sloane verser tant de larmes de bonheur.

Il consulta sa montre. Sloane était partie faire une course à Gatlinburgh, cela lui laissait le temps de finaliser quelques arrangements. Il arpentait le salon dans tous les sens, avait déjà changé deux fois de chemise.

Tout devait être parfait.

Il avait choisi avec soin les mots qu'il voulait dire à Sloane. Mais dans quel ordre les prononcer ? Commencerait-il par la question principale, ou lui annoncerait-il d'abord la grande nouvelle ?

Quand il entendit les pneus du SUV de Sloane crisser sur le gravier de l'allée, puis la portière claquer, il était prêt.

Il l'aida à transporter ses achats.

— Les petits ne t'ont pas causé de problème ? demanda-t-elle en l'embrassant.

Tout de suite elle sentit quelque chose dans l'air. Les yeux étrécis, elle le regarda avec attention et s'enquit :

— Tout va bien ? Tu as l'air bizarre.

L'attirant vers le canapé, il répondit :

— Aucun problème. J'ai juste à te parler d'une offre que j'ai reçue.

Elle se contracta légèrement. Benji prit une profonde inspiration et se lança :

— La compagnie qui a acheté la mienne aimerait que je retourne au Japon pour les aider sur un nouveau projet.

— Un autre contrat de six mois ?

— Un an. Et la somme qu'ils m'offrent est considérable.

— Formidable, dit Sloane, dont le visage exprimait un tout autre sentiment.

— Tu te souviens quand je t'ai demandé de partir au Japon avec moi ? Tu m'avais fait une liste de ce que nous aurions pu y faire ensemble si tu avais accepté. Saisissons cette chance, veux-tu ? Beau et Bailey deviendront de grands voyageurs avant d'avoir deux ans !

— C'est une occasion incroyable, dit-elle en lui tournant le dos.

— Dans ce cas, pourquoi as-tu l'air si malheureuse ? demanda Benji en l'enlaçant. Tu regrettes d'avoir refusé ton poste dans la maison de disques ?

— Non, je ne regrette pas de t'avoir choisi, ainsi que Bailey et Beau, plutôt que de travailler cinquante heures par semaine. Mais, pour être honnête, une petite part de moi regrette de ne pas avoir pris ce travail quelque temps. Ils se sont agenouillés devant moi et j'avais négocié un excellent salaire. Tu aurais été fier de moi...

— Je suis fier de toi, ma chérie. Tu travaillais dur pour avoir ce poste de directrice de création, et tu l'as finalement obtenu. Si tu veux changer d'avis et prendre ce travail, je te soutiendrai à cent pour cent.

— Réfléchis ! On ne peut pas être ensemble si je suis à Nashville et toi au Japon !

— Fais-moi confiance !

— Sois réaliste ! Ou tu gagnes ou je gagne. Il n'y a aucun moyen que nous ayons tous les deux ce que nous voulons.

— Dans ce cas, c'est simple ! On va vivre tous les quatre à Nashville et je deviens ton richissime homme d'intérieur !

Sloane se mit à rire en posant sa tête contre le torse de Benji, qui l'entoura de son bras.

— Ne sois pas ridicule, dit-elle. Pour gagner ce qu'on te propose, je devrais sûrement travailler cent ans !

Elle n'avait pas tort, mais pour Benji ce n'était pas l'essentiel. Même s'il ne travaillait plus jamais, il aurait de quoi entretenir sa famille durant des siècles.

— J'ai déjà atteint mon Graal, dit-il avec un grand sourire. Être avec toi. C'est ce dont j'ai toujours rêvé. Tant que je t'ai, ainsi que les petits, rien d'autre n'a d'importance. Je veux que tu fasses ce qui te rendra aussi heureuse que je le suis, grâce à toi.

— Allons, sois sérieux !

Sans plus attendre, il mit un genou à terre, et sortit de sa poche la bague qu'il s'impatientait de lui offrir.

— Mon Dieu, Benji, balbutia Sloane, ses doigts tremblants pressés contre sa bouche. Elle est magnifique, quel rêve !

— Je t'aime, ma chérie. Ce que je ressens pour toi n'a rien à voir avec un amour passager. Je t'aime profondément, t'avoir dans ma vie me comble de bonheur.

Elle frémit de tous ses membres.

— Je t'aime aussi, répondit-elle en l'embrassant. Promets-moi juste que nous n'adopterons pas un jour les comportements idiots de nos familles.

— Promis, dit-il en lui baisant la main. Accepte de m'épouser, et nous vivrons où tu voudras. Du moment que nous sommes ensemble, le lieu m'indiffère.

Des larmes roulaient le long des joues de Sloane. Elle hocha la tête avec vigueur.

— J'accepte, mon amour, répondit-elle.

Il lui glissa la bague à l'annulaire et l'embrassa tendrement. Puis il se leva et l'attira contre lui.

— Je n'arrive pas à croire que nous allons nous marier, dit-elle en souriant, les yeux fixés sur l'énorme solitaire serti de plus petits diamants.

— Ce qui me rappelle quelque chose, déclara Benji en sortant son téléphone de sa poche pour envoyer un texto groupé.

Soudain elle lui agrippa le bras et pointa son doigt en direction de Bailey. La petite fille, les bras tendus vers eux, fit trois pas dans son parc, avant de retomber sur ses fesses.

Ému, Benji prit l'enfant dans ses bras et l'embrassa avec ferveur. Pour ne pas laisser Beau seul dans son parc, Sloane le souleva pour l'embrasser avec le même amour. Puis comme sous le coup d'une révélation, ses yeux s'illuminèrent.

— Je sais où je veux vivre, s'exclama-t-elle.

— Nashville ou Tokyo ?

— Ici, à Magnolia Lake ! Faisons bâtir une grande maison où les jumeaux grandiront au milieu de leur famille et de nos amis.

— C'est ça, ton choix ? Nous laissons tous les deux tomber nos offres professionnelles ? demanda Benji en reposant Bailey dans le parc.

Sloane expliqua :

— Il faudra au moins six mois à Cole pour construire notre maison. Pendant ce temps-là, ça serait sympathique de manger des sushis et de voir les cerisiers en fleur...

— Tu en es sûre ?

— Certaine.

La soulevant de terre, Benji la fit tournoyer dans ses bras. Avaient-ils le temps de coucher les enfants et de filer dans leur chambre célébrer en privé cette heureuse décision ?

À cet instant précis, la sonnette de la porte d'entrée retentit. Trop tard !

Marcellus transportait des cartons de nourriture, et Benji sortit l'aider. Très vite arrivèrent sa sœur, sa nièce et ses parents. Abby et Atticus ne tardèrent pas, suivis de près par Blake, Savannah et Davis, ainsi que Zora, Parker, Max, Cole, la tante Iris et son mari, l'oncle Duke. Livie se joignit bientôt à tout ce petit monde.

Amis et famille se mélangèrent joyeusement. Sloane fit

admirer sa bague à la cantonade. De son côté, Benji regardait ses parents s'amuser avec les jumeaux.

Un sourire ému lui éclaira le visage. Il n'en doutait pas un instant, leur vie à Magnolia Lake s'annonçait très heureuse et fructueuse.